문예신서
262

문학과 문화 읽기

김종갑

(건국대학교 영어영문학과 교수)

東 文 選

문학과 문화 읽기

차 례

서 론

필자는 왜 글을 써야 하는지 분명한 이유를 알지 못한다. 이러한 의문이 삶의 본질에 대한 질문처럼 너무 본질론적이라면, 글은 현실 참여적이며 현실 간섭적이어야 한다고 생각을 한다. 그렇지만 글이 어떻게 현실에 스며들 수 있는지, 똑딱단추 채우듯이 경쾌하게 딱 소리를 내면서 어느 현실의 한 지점과 맞물리는지 알지 못한다. 글은 세계와 직접적으로 관여하지 않는다. 나무를 톱으로 자르고 대패질을 해서 책상과 의자를 만드는 목수는 세계의 일부를 두 손에 움켜쥐고서 세계를 '직접' 제작하거나 변형시킨다. 하지만 기껏해야 글은 세계에 '대해서,' 책상과 의자에 '대해서' 말할 수 있을 따름이다. 그래서 글을 쓰는 손에는 세계의 톱밥이나 먼지가 묻지도 않는다. 컴퓨터의 등장과 더불어 펜에 잉크를 적시지 않아도 되기 때문에 이제 한 권의 책을 쓰더라도 손에 세계의 잉크가 묻어 있지 않다. 종이에 글을 써야 했던 시대에는, 목수의 톱밥처럼 수북이 쌓인 원고 뭉치를 바라보면서 작가는 자신이 세계에 속해 있다는 사실을, 글쓰기도 세계의 땀이며 노동이라는 사실을 확인할 수 있었다. 마음에 들지 않아 소각해 버려도 원고는 재로서 흔적을 남긴다. 글이 부정(否定)된 형태로서 재는 한때 그것이 세계에 속해 있었다는 사실을 여전히 증언하고 있다. 그렇지만 저장된 파일을 컴퓨터에서 지워 버리면 아무런 흔적도 남지 않는다. 세계에 절대적인 '무'가 존재하지 않는다면, 컴퓨터 글쓰기는 매순간 절대적인 무의 입에 삼켜질 가능성에 노출되어 있다. 질량보존의 법칙이 글쓰기에 적용되지 않는 것이다. 세계의 보호와 간섭, 구속의 궤도에서 벗어난 글쓰기는 독백적이며 나르시시즘적인 무(無)한 한 자유의 길로 치달을 수가 있다.

물론 글쓰기는 완전한 자유가 아니다. 매순간 무(無)로 퇴행할 수 있는 부정적 가능성이 글의 자유를 보장해 주지는 않는다. 톱과 대패가 세계에 속해 있듯이, 이 글을 쓰고 있는 필자를 비롯해서 컴퓨터와 언어도 세계에 속해 있다. 글을 써야 하는 당위성의 부재, 자유의 관념, 나르시시즘적인 독백도 세계의 소유물이기는 마찬가지이다. 인간은 물리적인 세계가 아니라 문화적인 세계에 살고 있으며, 목수의 망치처럼 손에 잡히지는 않지만 '망치'라는 언어도 그러한 문화적 세계에 엄연히 존재하고 있다. "인간은 자유에 처형당했다"는 사르트르의 언명은 "인간은 문화에 처형당했다"라는 언명으로 대체되어야 마땅할 것이다. 문제는 '없음'의 썰물이 아니라 '있음'의 밀물, 의미의 과소가 아니라 의미의 과다이며 과잉이다. 그래서 왜 글을 써야 하는지 모른다는 필자의 고백은 다분히 자기 방어적이 된다. 과다한 의미의 범람에 휩쓸리거나 익사당하지 않기 위해서 의미의 제로 지점으로 손을 내밀고, 목덜미를 붙잡고 있는 세계의 완강한 손아귀에서 벗어나기 위해서 무의 주문을 외기도 하는 것이다. 그럼에도 한결같이 분명해지는 것은, 내가 꼼짝할 수 없이 문화의 세계에 사로잡혀 있다는 사실, 하나의 의미로부터의 탈출은 또 다른 기존의 의미로의 진입이라는 사실, 글은 철저하게 세속적일 수밖에 없다는 사실이다.

세계가 거대한 한 권의 책이라면, 글쓰기는 이미 쓰여진 세계의 글 읽기가 된다. 읽기는 절대적인 유나 절대적인 무, 완전한 현존이나 완전한 부재가 아닌 중간 지대에서 진행이 된다. 각주와 훈고, 해제의 역사로 다져진 《성경》이나 《논어》 같은 책의 의미와 가치도, 손에 잡힌 망치처럼 한꺼번에 파악되지 않는다. 없는 듯하면서 있고 있는 듯하면서 없는 회색의 논리, 빛과 어둠이라는 대립적 이분법이 아니라 그늘의 논리를 따라서 모든 책읽기가 이루어진다. 있음은 없음을 가리키고, 없음은 있음을 드러내는 것이다. 예컨대 서풍에 흔들리며 떨어지는 오동나무의 잎새를 바라보는 나의 눈은 어느새 한용운의 〈알수 없어요〉를 읽고 있다. "바람도 없는 공중에 수직의 파문을 내이며, 고요히 떨어지는 오동잎은 누구의 발자취입니까." 오동나무 잎새에 이미 만해의 의미가 깃들어 있는 것이다. 한용운의 시를 읽었던 나는 〈알수 없어요〉를 떠올리지 않고서 떨어지는 오동잎을 바라볼 수가 없다. 그러면서 나는 내가 한국 사람이라는 사실, 나의 한국적인 정서와 감수성을 새삼 다시 깨닫게 된다. 그렇다고 해서 내가 오동나무 잎새의 의미를 완전히 해독하는 것은 아니다. 한용운의 '오동잎'은 지금 내가 바라보는 오동나무의 의미를 밝혀 주는 듯하지만 이내 '알 수 없어요'의 어둠 속으로 숨어 버린다. 이와 같이 세상읽기와 책읽기는 '알수 없다'와 '알 수 있다' 사이를 반복 운동하면서 진행되며, '알 수 있다'의 확정된 의미 지점에 도달하지 않기 때문에 읽기는 영원히 계속될 수밖에 없다.

다시 말하지만 필자는 왜 글을 써야 하는지 분명한 이유를 알지 못한다. 떨어지는 오동나무 잎새의 의미도 분명하게 알지 못한다. 그러면서 신이 아닌 이상 그 어느 누구도 이 세상의 의미를 망라해서 한꺼번에 읽어내는 초월적인 시선을 소유할 수가 없다는 사실을 잘 알고 있다. 어떤 읽기도 문화와 의미, 가치의 전체를 한꺼번에 탕진하지 못한다. 우리 위에 군림해서 우리의 개별적인 읽기를 감독하고 지휘하는 초월적인 주체는 존재하지 않는 것이다. 그렇다면 왜 우리는 읽고 쓰는 것일까? 개인적으로 필자는 읽고 쓰는 행위가 공평한 대화의 한 형태여야 한다고 생각하고 있다. 대화의 미덕은 결론이나 타협, 합의가 아니다. 대화의 미덕은 끊임없이 계속되어야 한다는 당위성에 있다. 영원에 이르도록 결론이 유보되며, 책의 마지막 장은 이야기의 흐름에 종지부를 찍지 않아야 한다. 쉽사리 합의점에 이르는 대화만큼 무미건조한 대화는 없을 것이다. 대화의 가능성을 끊임없이 열어 놓기 위해서는 '알 수 없어요' 라는 명제가 대화의 미덕이 된다. 여기서 약간의 주의가 필요하다. 상대의 자유로운 응답을 자극하기 위해서 모든 화자들이 '알 수 없다' 는 말로 문장을 끝맺음할 수는 없다. '알 수 없다' 는 대화의 실질적인 내용의 일부가 아니라 대화의 형식적인 조건으로 전제되어야 한다. 강경한 주장, 일방적인 주장, 편견으로 뭉쳐진 발언도 그러한 형식적 조건에 속해 있음은 물론이다. 또 자물쇠처럼 굳게 잠긴 입은 장도리로라도 열어 놓아야 한다. 그러면서 세상을 열린 대화의 창구로 만들어 놓아야 한다.

이 책에 실린 모든 글들은 독자와의 대화를 염두에 두고서 쓰여진 것들로, 독자들이 잘 알고 있는 문학 작품이나 영화·문화 현상이 주된 소재를 이루고 있다. 대화의 생리가 그러하듯이 순수하게 나의 것이라고 주장할 수 있는 생각이나 사상이 이 책에는 없다. 읽고 쓰는 과정에서 순수한 나의 몫을 지향하면 할수록 이미 나의 생각과 글이 세상과 타자에 의해서 불순하게 감염되어 있다는 사실을 더욱 절실하게 깨달을 따름이었다. 그러나 필자는 '불순함' 을 자랑과 영광으로 끌어안는 법을 배웠다. 이 책의 8할이 제자들의 의견과 생각, 논평의 날실과 씨실로 짜여 있음을 고백해야 할 것이다. 더불어 이 자리를 빌려 연구비를 지원한 건국대학교와 졸저의 출판을 흔쾌히 허락한 동문선의 신성대 사장님에게 감사의 말을 전하고 싶다.

1

책읽기의 방황과 모험

I

전래 설화 하나를 가지고 책읽기에 관한 글을 시작하려고 한다.

옛날, 어느 집에 새며느리가 들어왔다. 시부모는 며느리에게 말조심
하도록 타일렀다. "여자는 입이 무거워야 하느니라. 여자는 말이 없어
야 해." 며느리는 공손하게 "예, 그렇게 하겠습니다"고 대답했다. 그러
자 시어머니가 "너는 아무 말도 않고 다소곳이 있기만 하면 된다. '예,
그렇게 하겠습니다' 그것도 말이 많다는 증거야." 시어머니의 핀잔을
받은 며느리는 이제 아무 대답도 하지 않고 가만히 고개만 끄덕였다.

그러던 어느 날 며느리가 우물에서 물을 길어 오던 도중에 부엌에서
치솟는 불길을 목격했다. 깜짝 놀란 며느리는 달려가서 불이 났다는 사
실을 알려야 했다. 온갖 몸짓과 손짓으로 불이 났다는 사실을 시부모
에게 전달하려 하였지만, 시부모는 며느리가 전하려는 뜻을 짐작할 길
이 없었다. 무슨 말인지 몰라 애태우는 사이에 불길은 더욱 크게 번지
고 있었다. 그제야 사태를 짐작한 시아버지가 며느리에게 호통을 쳤다.
"어이구, 이 멍청아. 불이 났으면 그렇다고 알릴 것이지 그리 손지랄만
하면 어찌하느냐?"

저녁에 며느리는 식구들한테서 바보라는 핀잔을 받았다. 남편도 한몫 거들었다. "어이구, 이 사람아. 불이 났는데 그 좋은 입을 가지고 '불이야!' 소리도 못 지르나? 다음에는 즉시 '불이야!' 소리를 지르란 말이야." 진화하느라고 피곤했던 가족들은 일찍 잠자리에 들었다.

그런데 공교롭게도 그날 밤 남산 봉우리에서 봉홧불이 오르고 있었다. "어이구 저기에도 불이 났구나. 불이 나면 즉시 소리를 지르라고 주의를 받았으니 빨리 알려야지." 이렇게 판단한 며느리는 "불이야!" 하고 크게 소리를 질렀다. 곤히 잠이 들었던 식구들이 놀라서 벌떡 일어났다. "뭐 불?" "어디에 불이 났어?" "또 불이 났어?" "어디야?" 식구들이 웅성거리며 야단법석이었다. 이때 며느리는 저 멀리 남산을 가리키면서 말했다. "저기 남산에 불이 났잖아요?" "어이구, 저건 불이 아니라 봉홧불이야, 봉홧불!" 시아버지가 어처구니없다는 표정으로 말했다. 그러자 며느리가 샐쭉거리며 대답하였다. "봉홧불은 불이 아닌가요? 불이 나면 소리치라고 말씀하셨잖아요. 낮에 저에게 그렇게 호통을 치시더니, 이제는 딴말을 하시네요."

이것은 의사소통의 실패를 다룬 이야기이다. 여자가 말이 많으면 안 된다는, 더 이상의 설명이 필요없을 만큼 단순하고 명료한 화자의 메시지가 청자에게 제대로 전달되지 않은 것이다. 그러나 달리 생각하면 말을 하지 마라는 가장의 명령이 너무나 성공적으로 며느리에게 전달되었기 때문에, 의사소통이 실패로 막을 내린 성공적 실패의 사례담이기도 하다. 가부장이 내린 명령을 문자 그대로, 성경의 권위처럼 한 획도 가하거나 감함이 없이 받아들이고, 또 그것을 에누리 없이 행동으로 옮겼기 때문에 며느리는 곤경에 처했던 것이다. 이때 의사소통의 성공은 곧 실패이다.

며느리는 시부모의 명령을 확실히 이해한 듯이 보인다. 먼저 말을 하지 마라는 시부모의 명령에 충실하게 복종하고, 다음에는 불이 나면 외치라는 명령에 두말없이 복종한다. 그럼에도 그녀가 받는 대접은 바보라는 핀잔과 꾸지람이다. 시부모와 남편의 명령을 순순히 수행했기 때문에 바보가 되어 버린 것이다. 말을 해도 꾸중, 말을 하지 않아도 꾸중, 상반되는 두 개의 명령 사이에서 그녀의 당혹감은 절정에 이른다. 지렁이도 밟으면 꿈틀거린다고, 마지막에 그녀는 두 개의 모순되는 명령의 정당성에 대해서 반박한다.

그러나 과연 시부모는 딴말을 했던 것일까. 며느리가 미우면 발뒤축이 달걀 같다며 나무란다는 옛말처럼 시부모는 며느리가 미워서 괜한 트집을 잡았던 걸일까? 며느리에게 걸맞은 예절과 품행 교육을 시키려 했던 시부모는 '벙어리 3년'이라고 먼저 언행을 삼가도록 신신당부한다. "알겠습니다"라는 대답마저 말의 낭비로 여겨질 정도로 며느리가 말을 아끼기를 바라는 것이다. 물론 며느리는 시부모의 기대를 저버리지 않는다. 시부모의 훈계를 한 글자 한 글자 가슴판에 아로새긴 며느리는 절대로 입을 열지 않는다. 그런데 이런 절대적인 복종이 문제를 야기하는 것이다. "아무 말도 하지 않고 다소곳이 있으라"고 권면한 시부모가 어떠한 상황에서도 입을 열지 마라는 함구령을 내린 것이 아니었다. "명중하기를 원한다면 과녁보다 조금 높게 조준해야 한다"고 롱펠로가 말한 적이 있다. 불필요한 말을 삼가라는 강조 용법으로 며느리도 새겨들었어야 했다. 더구나 구체적 상황의 목록을 하나하나 짚어 가면서 말할 때와 하지 말아야 할 때를 구별하는 것은 불가능하다. 그럼에도 여전히 다음과 같은 의문이 남는다. 고지식한 며느리가 절대로 오해하지 않도록 정확하게 시부모는 의사를 전달할 수 없었던 것일까?

말을 삼가라는 메시지를 더욱 정확하게 전달할 수 있지 않았을까? 오해와 혼란의 여지를 미리 방지하기 위해서, 가령 때와 장소를 가려서 신중하게 말하라고 훈계할 수 있지 않았을까? 그러나 이러한 정확성의 이상은 처음부터 실현될 수 없어 보인다. 다시 한 번 상황을 되새겨 보자. 고지식하게 입을 봉해 버린 며느리에게 혼쭐이 난 시부모는 불이 나면 "불이야!" 외치라고 주의를 주었다. 대상을 가리키면서 이것은 연필이고, 저것은 공책이라며 교육하듯이 시부모는 할 말과 안 할 말의 대상을 며느리에게 직시해 주었던 것이다. 그럼에도 며느리는 또다시 혼란에 빠지고 실수를 범한다. 반드시 해야 할 말을 하지 않음으로써 부엌 불의 사건이 일어났다면, 하지 않았어야 할 말을 했기 때문에 봉홧불의 사건이 발생했다. 봉홧불도 불의 하나임에는 틀림없다. 며느리를 교육시켰던 당시 시부모의 머리에는 봉홧불이나 화톳불, 모닥불을 비롯해서 다양한 불의 종류가 떠오르지 않았을지 모른다. 그러나 설령 불의 종류를 열거하면서 며느리에게 설명했더라도 결과는 마찬가지였을 것이다.

이 설화는 단순한 웃음거리로 읽힐 수 있다. 어리석고 고지식한 며느리, 권위적이고 완고한 시부모를 독자는 가볍게 웃어넘길 수가 있다. 하지만 그러한 의사소통의 실패는 노력하면 피할 수 있는 우발적이거나 개별적인 사건이 아니라 피할 수 없는 보편적인 사건이지 않을까? 언어의 태양이 떠오르는 곳에는 언제나 언어적 실패의 그림자가 필연적으로 뒤따르지 않는가? 그럼에도 우리는 주인공의 우매함을 비웃으면서 우리들 자신의 실패를 망각하고 있는지 모른다.

이 이야기의 참된 주인공은 시부모나 며느리가 아니라 언어이다. 기호가 지시 대상과 일 대 일로 맺어지는 대신에 삐딱하게 빗나가면서 일어났던 언어적 일탈의 사건이다. '말하지 마라' 는 명령은 하나의 명제로서, 청자에게 해석되고 이해되어야만 명제의 효력을 발생한다. 해석과 이해의 뒷받침이 없으면 명제로서 성립할 수가 없다. 그런데 역설적으로, '말하지 마라'는 명령은 정확하게(?) 이해되고 실천되면서 오히려 명제로서 자격을 잃는다. "불이야!" 하고 소리지르지 않았던 며느리를 나무랐던 시부모의 반응은 명제(A)의 반명제적(-A)인 성격을 증언한다. 말하지 마라는 말은 말하지 마라는 말이 아니었다. '말하다'와 '말하지 않다'의 차이와 경계가 무너져 있는 것이다. 말은 더 이상 말이 아니다. 말을 하면서도 말은 스스로가 말을 하는지 하지 않는지 분간조차 하지 못한다. 그래서 말로 며느리의 말을 다스리려 했던 시부모는 말을 하면서도 말하지 않는 역설적이고 모순적인 말의 피해자가 된다. 이렇듯 말은 말이 아닌 말의 타자성, 딴말을 속성으로 지니고 있다. 말이 말로 완전히 설명되지 않는 것이다. 설명되지 않는 그러한 말의 잉여가 말을 엉뚱한 방향으로 몰고 가기 때문에 '말하지 마라'는 시부모의 명령은 실패할 수밖에 없었다. 말의 있음과 없음을 완벽하게 구별하고 분리해 주는 메타 언어가 부재한 것이다. 말에 대해서 말하고자 하는 말은 그러나 스스로가 이미 말의 일부인지라 말을 대상으로 삼아서 말하지 못한다. 꽃이나 나무와 같은 자연 대상과 달리 말의 의미는 손가락으로 가리킬 수가 없다.

며느리를 비롯해서 시부모와 남편은 불안정한 언어(주인공)의 희생자들이다. 불안정함에도 불구하고 그렇지 않다는 듯이 안심하고 언어를 사용하였던 일가족은 자칫하면 초가삼간을 태울 뻔했다. 결말도 행복하게 끝나지 않는다. 시부모와 며느리 사이 갈등의 골은 더욱 깊어만 간다. 집안의 평화를 다지려던 말이 오히려 불화의 씨앗을 뿌려놓은 것이다. "여자는 입이 무거워야 하느니라"는 시부모의 말에도 오해의 소지가 다분하다. "여자는 말이 없어야 해"라는 단순한 문장이 걷잡을 수 없는 의미의 탈선을 불러왔다면, '입이 무겁다'라는 문장은 아예 이해가 불가능해 보인다.

II

이제 전래 설화에서 책읽기로 말머리를 돌리기로 하자. '말하지 마라'는 말이 발단이 되어 발생하는 에피소드는 책을 읽는 모든 독자들의 피할 수 없는 운명으로, 이야기를 읽는 우리도 며느리와 마찬가지로 텍스트의 방황과 탈선에서 벗어나지 못한다. 며느리가 '말하지 마라'는 시부모의 명령을 읽는 일차 독자였다면, 그러한 설화의 이차 독자들로서 우리도 당황했던 며느리의 처지에서 자유롭지 않다. 고지식하게 읽든 우회적으로 읽든 불안정성은 감소되지 않는다. 아둔하고 답답한 며느리를 풍자하는 가부장적인 이야기일까? 아니면 가부장적 명령의 모순을 드러내는 페미니즘적인 이야기일까? 암탉이 울면 집안이 망한다는 속담을 설명하는 예화일까? 아니면 그 반대일까? 이러한 일련의 질문에 대답하기 위해서 이야기를 꼼꼼하게 읽으면 읽을수록 혼란은 더해 가는 듯이 보인다. 어쩌면 '말하지 마라'는 명령을 대충 적당하게 새겨들었더라면 며느리는 실수를 범하지 않았을지 모른다. "너는 아무 말도 하지 않고 다소곳이 있기만 하면 된다"는 시어머니의 훈계에 따라서, 우리도 이야기를 읽고 나서 '아무 말도 하지 않고 다소곳이' 머리만 끄덕여야 하는지 모른다.

그러나 어떻게 읽고 이해해야 할지 독법을 모른다고 해서 독서가 미결정으로 끝나지는 않는다. 우리는 언제나 결정을 내린다. 예컨대 며느리는 시부모의 의도를 이해하거나 이해하지 못하였으며, 봉홧불이 불인지 아닌지에 대해 판단을 유보하는 대신에 "불이야!"라고 버력 고함을 지른다. 이처럼 무지한 가운데 내려진 판단과 결정이 사건과 이야기를 만들어 내는 것이다. "엎어진 물을 다시 주워담을 수 없다." 일단 발성된 말, 일단 행해진 이해와 결정은 언제나 사건을 수반하게 된다. 만약 완벽하게 이해하지 못했다는 이유로 우리가 이해와 결정을 포기해 버린다면, 아무런 사건도 발생하지 않는 가운데 역사는 문을 닫고서 잠을 자게 될 것이다. 텍스트를 올바로 읽었는지 아닌지의 여부와 무관하게 이해와 오해의 사건은 언제나 일어나는 것이다.

독서의 방황은 기호와 지시 대상, 기표와 기의의 불일치에서 발생한다. 한편에 '불'이라는 기호가, 다른 한편에 지시 대상으로서 불이 있는데 양자가 정확히 일치한다면 언어를 둘러싼 오해와 탈선은 일어나지 않을지 모른다. 하지만 불행(혹은 다행)하게도 이러한 가정은 성립될 수 없다.[1] 언어는 자연 대상이 아니기 때문에 기호로서 불은 진짜 불이 아니다. 그래서 독자에게 읽혀지고 해석되어야만 불은 불로서 인식이 된다. (지각된다는 말이 아니다.) 의미는 지시 대상이 아니라 독자의 해석에 의존하는 것이다. 그렇다면 독서의 방황에 대한 해결책이 전혀 없지는 않아 보인다. 불이라는 기호에 대해서 똑같은 불의 모습을 떠올리는 해석의 단일한 공동체를, 앞서 논의했던 전래 설화를 "암탉이 울면 집안이 망한다"는 속담의 알레고리로 단일하게 이해하는 가부장적 해석의 공동체를 가정할 수가 있다. '말하지 마라'라는 명제에 대해서도 이러한 공동체적 합의가 있었더라면 며느리와 시

---

1) 언어가 의미이면서 존재인, 언어와 존재의 행복한 합치가 《돈키호테》의 한 대목에 회화적으로 묘사되어 있다. 수증기가 얼어붙을 정도로 극심하게 추운 지방에서 돈키호테가 내뱉은 말이 얼어서 사물이 된다. 가령 '말' 하고 발성하면 얼음 말이 공중에서 출현하고, '달린다'고 덧붙여 말하면 그 말이 달리기 시작한다. 이와 같이 말과 사물이 일치하는 언어가 철학자들이 추구하는 이상적인 언어였다.

부모 사이에는 아무런 갈등의 소지도 없었는지 모른다.

그렇다면 독서가 방황과 탈선으로 치닫는 이유도 단일한 해석 공동체의 부재에서 찾을 수 있다. 그러한 공동체에 속해 있지 않은 며느리는 실수를 되풀이한다. 구태여 설명하지 않더라도 "여자는 입이 무거워야 하느니라"가 무슨 의미인지, "불이야!" 소리쳐야 할 대상 '불'이 무엇인지 미리 알고 있어야 했다. 어디로 튈지 모르는 의미의 불똥을 해석의 공동체가 하나의 방향으로 제한해 놓아야 했다. 공동체적 해석에 매이지 않은 해석은 수많은 의미와 의미를 건너뛰며 방황한다. 이러한 방황은 며느리의 아둔함이나 자유 의지가 아니라 언어 자체의 속성에서 유래한다. 봉홧불·화톳불·반딧불·쥐불·큰 불·작은 불·타는 불·꺼지는 불 등으로 천차만별인 불의 현상을 싸잡아 하나의 기호로서 명명하는 언어는 그녀가 봉홧불에서도 불을 읽어내도록 유도한다. 불이라는 말이 떨어지기가 무섭게 몰려오는 의미 군단을 통제할 해석의 공동체가 부재한 가운데 불이 나지 않았음에도 "불이야!" 하는 고함이 터지는 것이다.

산종하는 의미의 불똥, 해석의 궤도에서 일탈하여 방황하는 독서, 아버지 기의의 집을 떠난 탕아 기표의 독서, 이러한 문제투성이의 독서가 문학 이론을 생산하는 요람이다. '아무 말도 않고서 다소곳이' 고개를 끄덕여야 할 감동과 감상으로서의 독서가 '말이 많은' 독서로 바뀌면서 문학 이론이 고개를 드는 것이다. 의미에 대한 공동체적 합의의 파기는 혼란과 오해를 조장하면서 분열의 씨앗을 뿌려 놓는다. 크고 작은 목소리들이 할거하는 의미의 춘추전국 시대가 도래하는 것이다. 그래서 며느리도 나름의 해석의 무기로서 점잖게 훈계하는 시부모에게 맞설 수 있다. "봉홧불은 불이 아닌가요?"라며 새로운 해석을 제시하거나, 아니면 "이제는 딴말을 하시네요"라며 시부모의 담론의 모순을 지적할 수가 있다.

영미의 비평계의 경우, 1920년대에 부상했던 신비평은 당시 지배적이던 인본주의적 합의와 전통을 파기하면서 책읽기를 문학 연구의 중심에 올려 놓았다. 감상과 쾌감으로서의 독서는 텍스트에 쓰여진 문자(기표)에 유의하지 않는다. 글자와 글자를 건너뛰면서 합의된 의미의 목표를 향해 빠른 속도로 질주하는 것이다. (질주하지 않으면 독서의 쾌감도 생기지 않는다.) 이렇듯 재빠르게 진행되는 독서 행위에 신비평가들은 '꼼꼼히 읽기'의 제동을 걸었다. 신비평가들과 더불어 언어의 결합을 통해서 텍스트가 형성되는 과정을 꼼꼼하게 살피고 분석하는 책읽기가 새로운 패러다임으로 자리잡게 되었다. 해석의 공동체에 의한 무조건적(혹은 이데올로기적) 합의가 불가능한 시대에 신비평가들은 꼼꼼한 읽기를 통해서 조건적(혹은 대화적) 합의를 지향했던 것이다. 그러나 독서의 어려움을 충분히 인정하였던 이 신비평가들은 텍스트가 읽히며 이해될 수 있다는 사실을 믿어 의심치 않았다. 기본적인 문학사의 지식과 언어 능력으로 무장하고서 텍스트를 두드리다 보면 마침내 의미의 좁은 문이 열리리라고 믿었던 것이다.

그러나 텍스트의 정밀한 분석을 통해서 안정된 의미에 도달하려는 시도는 좌절될 수밖에 없었다. 꼼꼼하게 읽으면 읽을수록 텍스트는 백지에 까맣게 기어다니는 기표의 연쇄로 바뀌고, 일관된 의미를 찾아나섰던 비평가들은 폭죽처럼 산종하는 의미의 분열에 당혹하는 것이었다. (예수가 마귀를 쫓아내는 장면을 상상해 보라. 마귀는 단수가 아니라 다수, 하나가 아니라 군단을 이룬다.) 이러한 의미의 산종은 비평가의 해석학적인 욕망을 좌절시킨다. 언어는 그것이 지시하는 대상을 보여 주지도, 그렇다고 모순 없는 개념으로 수렴되지도 않는다. 더구나 사유가 언어와 더불어 시작된다는 사실을 생각하면 문제의 심각성이 더욱 커진다. 사유는 언어의 거울에서 자신의 정체를 확인하려 들지만 정작 거울은 사유의 표정과 모습을 올바로 담아 주지 않는다. 물론 그렇다고 해서 언어를 거부할 수는 없다. 니체가 말했듯이 "언어의 구속을 거부한다면 사유는 정지되고 만다."

20세기 후반의 문학비평은 '언어의 한계'를 긍정하고 환영하는 지점에서 출발하였다. 특히 해체비평가였던 드 만은 읽기의 가능성에서 불가능성에 이르는 긴 궤적을 남겨 놓았다. "독서의 가능성이 결코 당연시되어서는 안 된다"고 강조했던 그가, 나중에는 "독서의 불가능성이 결코 당연시되어서는 안 된다"라는 입장으로 전환하였던 것이다. 물론 며느리와 시부모의 이야기에서 짐작할 수 있듯이, 이론적인 독서 불가능성이 현실에서 독서가 발생하는 사건을 방지하지는 않는다. 그것은 독서를 억제하는 것이 아니라 더욱 장려하며 조장한다. 올바른 하나의 독서가 불가능하다는 사실, 이것이 무수한 독서의 군단을 몰고 오는 것이다. 니체는 "진리는 시적으로 고양된 비유의 움직이는 군단"이라고 말한 적이 있지만, 진리는 불가능한 책읽기의 움직이는 군단인지 모른다. 방황하는 독서와 더불어 사유의 험난한 모험이 시작되는 것이다.

이론적으로 불가능한 독서가 사건으로 현실화되는 과정은 이 글의 범위를 넘어선다. 그러나 언어는 의미이고, 동시에 권력에의 의지라는 것을 강조하면서 이 글을 마치고자 한다. 이러한 관점에서 바라보면 질문의 초점은 "말이 무엇을 의미하는가?"에서 "왜 말을 하는가?" 혹은 "말이 무엇을 하는가?"로 바뀌어야 한다. 망치는 나무에 못을 박는다. 그렇다면 독서는 무엇을 하는 것일까? 왜 책을 읽는 것일까? 며느리는 봉홧불을 보고 일부러 "불이야!"라고 소리를 지름으로써 가부장의 권위를 반박하려 했는지 모른다. 반면에 시부모는 "여자는 입이 무거워야 한다"라는 명령으로 저항과 반항의 싹을 미리 제거하려 했는지 모른다. 그렇다면 독서는 의미를 향한 방황의 여행담이 아니라, 상반된 의미의 세력들이 헤게모니를 장악하기 피 흘리며 싸우는 전쟁담이나 영웅담이라고 해야 옳다. 언어와 책·독서는 투쟁의 공간으로, 현실의 이해를 도모하는 다양한 세력들이 텍스트를 놓고서 혈전을 벌이는 것이다.

2

문학을 바라보는 두 가지의 시각: 현존과 부재

해체론이 현존의 형이상학에 대한 비판 작업이라면, 보러의 《절대적 현존》[1]은 컬러의 《해체비평》[2]과 대척점에 위치한 듯이 보인다. 의미의 현존이라는 전통적 패러다임에 급제동을 걸면서 해체비평은 텍스트에서 대신 부재나 차연의 흔적을 찾아내려고 한다. 해체의 불심검문에 걸린 현존이 차연의 감옥에 감금되는 것이다. 그렇다면 보러의 《절대적 현존》은 그렇게 감금된 현존을 다시 세상에 자유롭게 풀어 놓으려는 시도로 보인다. 이미 19세기말에 니체와 더불어 시작되었던 현존의 형이상학에 대한 비판이 현재에도 여전히 계속되고 있다는 사실을 감안하면, 보러의 시도는 시대착오적이고 무모하다는 인상을 준다.

그러나 하이데거와 데리다의 손길을 타면서 현존이 꼼짝없이 형이상학의 굴레에 묶이게 됨으로써 비교적 단순한 개념적 명징성을 확보

---

1) 칼 하인츠 보러, 《절대적 현존》(문학동네, 1998), 최문규 옮김. 원본은 Karl Heinz Bohrer, *Das Absolute Präsens──Die Semantik ästhetischer Zeit*(Frankfurt am Mein: Suhrkamp, 1994).

2) 조너던 컬러, 《해체비평》(현대미학사, 1998), 이만식 옮김. 원본은 Jonathan Culler, *On Deconstruction: Theory and Criticism after Structuralism*(New York: Cornell University Press, 1982).

하게 되었지만, 그렇게 단순 명쾌하게 현존이 정의되지는 않는다. 가령 존재로서 존재, 즉 존재 일반을 탐구하는 형이상학이라는 권위의 모자를 벗어 버리면 현존은 존재의 다양한 영역에서 다양한 형태로 모습을 나타내게 된다. 말하자면 절대적 존재를 정점으로 존재자들이 일렬 종대로 포진한 존재론적 위계 질서가 무너지면서 유일자나 절대자의 현존이 아닌 다양한 개별자의 현존, 절대적인 단수의 진리가 아닌 잡다한 다수의 진리가 출현하게 되는 것이다. 이것은 개별적 존재자의 자율성과 독자성으로 이어진다.[3] 절대적 존재에게 하인처럼 복종하고 의존하는 대신 스스로가 어엿한 주인으로 존재하는 것이다. 이것은 철학과 문학의 관계에서 특히 두드러진다. 만일 플라톤이나 헤겔의 주장처럼 철학이 현존의 특권을 독점한다면, 자율성을 잃은 문학은 철학의 권위에 기대면서 타율적으로 존재할 수밖에 없다. 문학의 현존성에 대한 바람은 아예 고개조차 들 수가 없다. 그렇지만 철학이 현존의 권리와 자격을 볼모로 문학의 자율성을 항상 위협했던 것은 아니다. 칸트는 예술에 상대적인 자율성을 부여하였으며, 니체는 오히려 예술적 현존의 이름으로, 철학을 부재의 심연으로 밀어내기도 했다.

이렇듯 현존과 자율성을 둘러싼 문제는 문학의 위상을 규정하는 철학이나 이론적 담론과 불가분의 관계를 가진다. 바라보는 관점에 따라서 문학은 현존으로 올려지기도 하고, 부재로 내려앉기도 한다. 이

---

3) 루만(Niklas Luhmann)에 따르면 현대처럼 기능적으로 분화된 사회에서 예술은 다른 영역에 종속되지 않는 나름의 자율성과 독자성을 지닌다. 각 영역이 총체로 환원되지 않는 부분 영역으로 남아 있기 때문이다. 《절대적 현존》의 역자인 최문규 교수는 〈문학과 사회의 차이성에 대한 모색〉(《문학동네》, 1997년 가을)이라는 글에서 이러한 루만의 관점에 입각해 문학의 자율성을 논했다.

러한 관점의 차이가 미리 전제되지 않으면 현존에 대한 물음은 공허해질 수밖에 없다. 따라서 철학과 문학의 미묘한 관계에 유의하는 한편 이러한 관계를 전략적으로 이용하는 해체론을 배경으로 삼아서, 보러의《절대적 현존》이 갖는 의미와 가치를 추적하는 것은 의미심장한 작업이 될 것이다. 필자는 컬러의《해체비평》의 결에 거슬러서 문학적 현존의 문제를 검토하려는 것이다. 현존의 형이상학에 대한 비판의 물결에 휩쓸려서 미학적 현존도 난파될 수밖에 없는 담론적 현실의 상황을 염두에 두면 이 문제는 보러와 컬러의 저서 범위를 넘어서는 중요성을 갖는다. 과연 해체론의 위협에도 불구하고 문학적 현존이 유지될 수 있는 것일까.

I

데리다에게 서양 철학이란 언제나 '현존의 형이상학'이었다. 그것은 철학의 기본적 개념이나 원칙이 '현존이라는 상수'(92/103)를 바탕에 깔고 있다는 이념으로, 로고스나 음성과 같은 개념이 현존의 형이상학과 결합되면 로고스중심주의나 음성중심주의로 솟아오른다. 데리다의 표현을 빌리면 "음성중심주의, 즉 목소리의 특권화는 존재 일반의 의미를 현존으로 결정하는 역사적인 움직임과 맞물린다." (92/104)[4] 이러한 형이상학의 손길이 개념들을 반죽해서 위계 질서를 빚어 놓는데, 의미와 형식, 영혼과 육체, 자연과 문화, 음성과 글쓰기와 같은 대립적 개념의 컬레들에서 첫번째 개념에는 현존의 특권이 부

---

4)《해체 이론》을 직접 인용하는 경우 필요에 따라서 필자는 역자의 번역에 손질을 가하고, 원본의 쪽수와 번역본의 쪽수를 괄호 안에 병기하였다.

여된다. 물론 두번째 개념은 현존의 부재로서 열등한 위치를 감수해야 한다. 데리다는 이처럼 현존의 형이상학을 등에 업은 위계적 질서의 정체를 심문하고 전복하기 위해서 대립쌍들이 각인된 고전적 철학 텍스트를 철저하게 읽어내면서, 이들 철학자들의 주장이나 바람과 반대로 개념쌍이 대립적 위계가 아니라 대리보충의 관계로 맺어져 있다는 사실을 논증한다. 그러한 해체 전략은 다음과 같이 요약될 수 있다. 1) 위계적 대립쌍으로 구성된 형이상학적 체계 안에 깔린 이데올로기적 전제를 드러낸다. 2) 위계적인 대립쌍에 의존해서 쓰여진 텍스트에서 이미 그러한 위계가 해체되어 있다는 사실을 보여 준다. 3) 대립쌍의 위계를 뒤집어 텍스트를 다시 읽음으로써 형이상학적 주장과 정반대되는 결론이 텍스트에서 똑같이 유도될 수 있음을 보여 준다. 4) 이러한 대립쌍을 무효화하는 새로운 통합적 개념, 예를 들어 글과 말의 대립이 소멸되는 '원형적 글쓰기(protowriting)'나 '차연(differance)' '흔적(trace)'과 같은 용어의 사용을 제안한다.

위와 같은 해체의 전략적 단계에 미루어 짐작할 수 있듯이, 데리다의 해체론은 사변적인 관념 작업이 아니라 구체적인 책읽기의 실천이라는 점에서 문학비평가들에게 각별한 매력을 지닌다. 하나의 전범적인 책읽기의 방법이 마련되는 것이다. 더구나 이러한 책읽기는 작품의 주제 연구에 치중했던 과거의 비평에 식상했던 비평가들에게 그것을 벗어나고 비판할 수 있는 입지를 제공해 주었다. 말하자면 텍스트에 일관된 의미가 현존한다고 가정했던 주제론적 접근은 암암리에 현존의 형이상학과 손을 잡고 있었던 셈이다. 말의 의미가 화자의 마음에 내재한다는 음성중심주의가 텍스트에 적용되면 작가의 의도가 텍스트에 현존한다고 간주하는 전기적 비평이나 주제론적 비평으로 흐르게 마련이다. 그러나 데리다에 있어서 의미는 하나의 중심을 향해 구심적으로 수렴되는 것이 아니라 원심적으로 사방팔방을 향해서 산종한다. "나는 우산을 잃어버렸다"는 짤막한 문장에도 "천 개의 의미 가능성이 열려 있다"(131/148)고 그는 진단하기도 하였다. 일관된 의미를 뒷받침했던 대립적 위계 질서가 무너지면서 텍스트의 의미는 무수한 군소 단위로 흩어지고, 그래서 "의미를 일의적으로 규정하려는 이론적 시도"(131/149)는 좌초하게 된다.

비록 해체비평이 의미의 문제에 무관심하다는 비판이 때로 제기되기도 하지만[5] 데리다에 영향받은 해체비평은 의미의 문제, 나아가 '텍스트의 논리'의 문제를 중시한다. 이원적 대립 구조의 해체는 의미나 논리의 문제와 뗄 수 없는 관계를 가진다. 일의적인 의미를 부정하는 완강한 거부의 몸짓도 어디까지나 의미 분석의 바탕에서 이루어진다. 그것은 논리에 대해서도 마찬가지이다. 논리의 이름으로 논리가 부정되는 것이다. 이 점에서 해체비평은 미학적이라기보다는 철학적이며 논리분석적인 비평으로, 문학에 대한 이해에 있어서도 문학과 철학의 의존 관계에 대한 데리다의 진단에 크게 의존하고 있다. 이원적 위계와 관련해서 설명하면 현존의 형이상학은 철학과 문학, 자구적 언어와 비유적 언어의 대립쌍에서 첫번째 개념에 절대적인 권위를 선사한다. 이러한 위계 질서가 엄격한 해체적 심문을 견딜 수 없음은 물론이다. 철학은 그것의 고유한 영토에서 문학을 배제하려 시도하지만 이미 그 중심에 문학이 깊숙이 침투되어 있는 것이다. 데리다의 말을 빌리면 "비유를 경계하는 모든 철학적 개념은 비유적인 기원과 힘"(147/168)을 몫으로 가지고 있다. 따라서 문학과 대립적인 관계

---

5) 페터 V. 지마, 《문예미학》(을유문화사, 1993), 허창운 옮김, 33쪽. 지마는 해체비평이 '의미의 문제를 이론적인 시대 착오로서 도외시' 한다고 주장하였다.

가 아니라 대리보충의 관계에 놓인 철학은 '원문학(archi-literature)'의 일종으로 볼 수 있다. 데리다는 문학과 철학을 원문학의 이름으로 수렴하면서 해체적 책읽기가 두 가지 텍스트에 한꺼번에 적용될 수 있는 이론적 기반까지 마련해 놓았다.

그러나 '원문학'이나 '일반 텍스트'라는 개념이 소개된다고 해서 하위 개념에 머물러 있던 문학이 철학의 상위 개념으로 전환되거나 문학과 철학의 구별이 사라지고, '일반 텍스트'만 남아 있는 '일원론'(149/171)이 도래한다고 생각해서는 안 된다.[6] 차연의 구조처럼 문학과 철학 사이에는 정체가 규명되지 않은 차이가 있을 따름이며, 이 불분명한 차이가 해체의 전략상 중요한 역할을 담당한다. 차연의 이름으로 지금까지 문학과 철학의 경계를 확정지었던 전통적 담론의 유효성이 부정되기 때문이다. 그럼에도 로티가 이미 지적했듯이[7] 원문학이나 일반 텍스트가 소개되는 대목에서 데리다의 형이상학적 성향이 발견된다. 형이상학이 개별적인 존재자가 아니라 존재 일반을 대상으로 탐구하는 태도라면, 원문학이나 일반 텍스트라는 개념은 현존으로 수렴되지 않음에도 불구하고 데리다의 형이상학적 성향을 반영

---

6) 그럼에도 데리다가 철학과 문학의 차이를 비롯해서 모든 차이와 경계를 제거하려 한다고 생각하는 독자들이 있다. 컬러는 무성한 '소문(rumor)'만으로 데리다를 이해한 사람들이 그런 착각에 빠진다고 주장하였다. 컬러를 인용하면 "모든 사상을 단순화시키는 것이 소문의 생리이다. 그래서 문학도 철학도 없애고, 다만 일반적이고 획일적인 텍스트성만을 남겨 놓으려는 시도가 해체론이라는 소문이 나돈다."

7) 데리다에 관련된 여러 논문에서 로티는 데리다가 초기에는 다분히 형이상학적이었으나, Glas 이후로는 보다 유희적이 되면서 탈형이상학적인 방향을 모색하였다고 진단했다. 예를 들어 〈Deconstruction and circumvention〉, 〈Is Derrida a trans-cendental philosopher?〉 in *Essays on Heidegger and Others: Philosophical Paper*(New York: Cambridge University Press, 1991)를 참조하기 바람. 이처럼 초기와 후기로 데리다가 구분된다면 《해체비평》에서 컬러는 초기 저서를 논의의 주대상으로 삼았다.

하고 있다고 할 수 있다. 그는 문학이나 철학으로 분화된 학문을 개별적으로 취급하는 것이 아니라, 이 두 영역을 한꺼번에 포괄하는 보편 학문을 구상하는 것이다. 원문학이나 일반 텍스트는 이러한 보편적 존재의 이름을 명명하려는 형이상학적 욕망의 표현이다. 그러나 데리다에 숨어 있는 형이상학의 문제는 차치하더라도 문학의 위상과 관련해서 제기되는 질문은, 원문학으로 종속되면서 문학이 자율성을 상실한 위험에 직면한다는 사실이다.

　문학의 자율성이 손상될 위험은 드 만의 해체비평에서도 예외가 아니다. 《해체비평》의 결론 부분에서 셸리의 《삶의 승리》를 분석했던 드 만의 텍스트를 인용한 후에 컬러가 제기하는 질문이 그것을 말해준다. "진리와 지식의 존재를 아예 거부하고 읽어도 좋을 시를 앞에 놓고서 (드 만보다 더욱) 진리와 지식에 강박적으로 집착하는 비평가를 상상할 수 있을까?"(278-79/321-22) 드 만은 문학 작품이 철학 텍스트의 일부인 듯이 진리와 지식의 기준으로 접근한다는 것이다. 드 만의 이러한 태도는 문학의 고유성을 인정하는 대신 일반 텍스트의 한 종류로 간주하는 데리다를 연상시킨다. 참고로 드 만의 텍스트의 일부를 여기에 인용하기로 한다.

　《삶의 승리》는 우리에게 경고한다. 행위나 말·사상·텍스트, 그 어떤 사건도 긍정적인 의미에서든 부정적인 의미에서든 그것의 앞에 오거나 뒤에 오는, 아니 어디에서나 존재하게 마련인 다른 사건과의 관련 속에서 발생하지 않는다는 것을. 단지 그것은 우발적인 사건으로, 이 사건의 힘이라는 것도 죽음의 힘처럼 발생의 우연성에서 연유할 따름이다. 더불어 《삶의 승리》는 체계의 오류가 백일하에 폭로되었음에도 멈추지 않고 계속되는 역사적이며 미학적인 회복의 체계(system of recuperation)에 의해서 이러한 사건이 다시 통합되고 회복(reintegrate)되는 방법과 이유에 대해서도 경고한다.(278/321)

여기서 드 만은 작품의 가치를 부정적인 인식에서 찾는다. 텍스트에서 서술되는 사건은 텍스트 밖의 역사적 상황이나 텍스트 내의 미학적 상황에 대해서 필연적이거나 인과론적인 관련을 갖지 않는다. 따라서 텍스트의 의미를 역사에서 추구하려는 시도는 올바른 태도가 아니게 된다. 한편으로 역사나 상황과 독립한 예술의 자율성을 인정하는 듯했던 드 만은 그러한 자율성에서 위안을 찾으려는 미학적 시도를 경계해야 한다고 경고하는 것이다. 우연한 연속적인 사건들도 상징이나 비유의 차원에서 이해되면 미적 필연성의 기표들로서 간주될 수 있다. 그런데 드 만은 셸리의 목소리를 빌려서 그러한 미학적 성향을 포기하라고 권고하는 것이다. 미학이란 이데올로기적 작용의 효과에 불과하기 때문이다.[8]

이처럼 역사적이거나 미학적인 텍스트 이해를 경계하면서 새로운 비평의 방법으로 드 만은 꼼꼼한 책읽기에 바탕을 둔 '수사적 책읽기(rhetorical reading)'를 제안한다. 꼼꼼한 책읽기란 텍스트에서 "이해에 종속되기를 거부하고 이해에 저항하는 듯이 보이는 텍스트의 부위를 꼼꼼하고 신중하게 검토"(242/279)하는 것으로서, 가장 저항적인 텍스트의 요소가 '수사적 비유(rhetorical figures)'라는 점에 착안한 드 만은 수사성에 유의하는 꼼꼼한 책읽기를 수사적 책읽기로 명명하였다. 드 만에 따르면 대부분 독자들은 일관된 이해의 목표에 다다르기

---

8) *Paul de Man: Deconstruction and the Critique of Aesthetic Ideology*(New York: Routledge, 1988)에서 크리스토퍼 노리스(Christopher Norris)는 드 만의 가치와 의미를 미학적 이데올로기의 비판에서 찾았다.

위해서 이해에 거스르는 요소들, 특히 수사적 요소들을 교묘하게 생략하거나 우회하고 회피하면서 텍스트를 읽는다. 텍스트를 전체적으로 파악하려는 욕심에서 독자들은 무심결에 "통제된 의미의 목적론에 맹목적으로"(242/280) 빠져드는 것이다. 따라서 드 만에 있어서 해체비평은 단일한 총체성을 확보하는 과정에서 억압되거나 무시된 언술의 단편과 조각들을 드러내는 작업이 된다. 《삶의 승리》에 대한 그의 분석이 이것을 훌륭하게 예증한다. 《손상된 셸리》라는 글의 제목 자체가 암시하듯이 드 만은 미학적·역사적 층위에서 독자들이 총체적인 셸리의 이해에 도달했다고 장담하지 못하도록 텍스트를 철저하게 파편화(disfigure)시킨다. 자구적 언어와 비유적 언어로 교차 직조되어 있기 때문에 원칙적으로 이해될 수 없는 텍스트가 이해된다면 그것은 이데올로기가 간섭하거나 형이상학이 관여한 결과로 판단이 된다.

II

해체비평은 문학 텍스트를 통해서 진리와 지식에 다가서거나 텍스트가 현실의 반영이라는 듯이 거기서 당시의 역사를 추론하려는 시도와 기획을 이데올로기나 형이상학의 이름으로 심문하고 추궁하면서 좌절시킨다. 문학이 철학이나 역사로 환원되지 않도록 삼엄한 경계의 시선을 늦추지 않는 것이다. 그러나 이러한 태도가 문학의 자율성을 존중하는 입장의 반영이 아님은 물론이다. 오히려 자율성의 범주를 하나의 이데올로기로 취급하는 해체비평은 '일반 텍스트'나 '상호 텍스트성'이라는 새로운 입지에 입각해서 철학의 중심으로부터 문학의 침투로를 찾아내고, 문학의 심장에서 철학의 머리를 찾아내려고 한다. 과거에 문학과 철학이 제도적인 담장을 가운데 두고서 어느 정도의 독자적인 자율성을 향유하고 있었다면, 해체하기에 바쁜 이론가와 비평가의 손길이 그러한 담장 자체를 허물어 버렸다. 이제 철학과 문학 사이에는 경계석이 없이 차연이 있을 따름이다. 이러한 경계의 소멸은 문학에게 행복과 불행을 동시에 가져다 주었다. 문학이 거짓이나 환상적 담론이라는 철학의 비난을 감수하지 않아도 좋기 때문에 행복이라면, 문학의 고유한 영역이 사라졌다는 점에서 불행이다. 여기서 다음과 같은 질문이 제기될 수 있다. 역사나 철학에 대한 해체적 관점을 그대로 수용하면서도 문학의 자율성을 포기하지 않는 문학비평이 과연 가능할 것인가.[9] 이것은 넓은 의미에서 미학의 가능성에 대한 질문이기도 한데, 보러의 《절대적 현존》은 이 질문에 접근할 수 있는 하나의 이정표를 제시한다.

---

9) 《절대적 현존》 이전에 출판된 《돌발성》의 서문에서 보러는 자신의 기획이 푸코 (Michel Foucault)나 데리다와 같은 프랑스 후기구조주의자들의 기획과 일치한다고 주장한다. 그렇지만 그는 이들의 이론을 논의하지 않는데, 이유를 다음과 같이 설명한다. "푸코나 데리다의 주된 관점은 독일 초기낭만주의(셸링), 니체, 현상학(후설)의 미학적 기획을 되풀이한 것이다. 그 근원이 독일에 있기 때문에 프랑스 이론이라는 우회로를 거치는 것이 불필요하다." 그러나 필자의 소견에 푸코나 데리다의 관점은 미학적이 아니다. 본론에서 다시 언급하겠지만 보러는 미학적 현상과 문학적(혹은 담론적) 현상을 구별하지 않음으로써 독일 미학과 프랑스 후기구조주의의 차이도 간과한 듯이 보인다. Karl Heinz Bohrer, *Plötzlichkeit: Zum Augenblick des ästhetischen Scheins* (Frankgurt am Main: Suhrkamp, 1979). 필자가 참조한 Ruth Crowley의 영역판 *Suddenness: On the Moment of Aesthetic Appearance*(New York: Columbia University Press, 1994), ix. 참고로 데리다의 해체론에 영향을 받았던 Lacoue-Labarthe와 Jean-Luc Nancy도 독일 낭만주의에 대해 보러와 흡사한 관점에서 접근하였다. 문학이 절대성을 속성으로 가진다고 생각했던 낭만주의자들은 문학은 자율적인 자기 생산(auto-poiesie)으로 정의되어야 한다고 주장했다. 따라서 《문학적 절대》의 저자에 따르면 '문학적 절대'라는 관념은 독일 낭만주의에 기원을 두고 있다. *L'Absolu littéraire: Théorie de la littérature du romantisme allemand*(Seuil, 1978), 21을 참조하기 바람. 하지만 《절대적 현존》이나 《돌발성》에서 보러는 《문학적 절대》에 대해 아무런 언급을 하지 않았다.

6개의 장으로 이루어진 《절대적 현존》에서 보러는 독일 초기낭만주의 텍스트에 나타난 문학적 현존의 문제를 다루고 있는데, 자신의 이론을 제시하기에 앞서 그는 구체적인 작품들에 나타난 현존의 장소를 추적하는 작업에 5개의 장을 할애하고, 마지막 장 〈시간과 상상력—— 문학의 절대적 현존〉에서 이론적으로 논지를 전개한다. 이러한 과정에서 문학적 현존의 설명에 필요한 개념들이 다음과 같은 순서로 소개된다. 역사와 문학의 관계로부터 시작해서 순간성 · 전율미학 · 장엄함 · 미학과 철학에 대한 문제로 나아가 마침내는 절대적 현존에 대한 이론적 접근으로 논의를 마감하는 것이다. 이 자리에서 필자는 보러의 저서 내용을 전반적으로 소개할 수도 없거니와, 설혹 가능하더라도 그러고 싶은 생각은 없다. 현존의 관념을 비판하는 해체비평의 움직임에 거스르면서 보러의 저서가 어느 정도 문학의 자율성이나 현존성을 확보하는 데 성공하는지에 이 글의 초점이 모아지기 때문이다.

해체비평가들과 마찬가지로 보러도 정치나 역사로 수렴될 수 없는 문학적 담론의 특성을 강조한다. 특히 이러한 입장은 〈독일 낭만주의와 프랑스 혁명〉이라는 제목이 달린 1장에서 두드러진다. 잘 알려져 있듯이 프랑스 혁명에 대해서 반동적이었다는 이유로 독일 낭만주의자들은 비난의 대상이 되곤 했다. 보러에 따르면 이런 비난은 문학적 담론을 정치적 담론과 혼동하거나 문학 작품의 내용에 지나치게 치중하는 데서 오는 잘못된 결과이다. 무엇보다 문학은 정치적인 이데올로기에 종사하거나 종속되지 않는 문학의 자율성을 지닌다. 따라서 낭만주의자들이 혁명적이었는지 아니면 반동적이었는지의 여부를 판단하기 위해서는 현실 참여와 관련해서가 아니라, 이들이 과연 문학 내에서 혁명을 실천하고 있었는지의 여부와 관련해서 논의되어야 한다. 문학은 현실의 표현이나 모방이 아니다. 혁명을 표현하는 문학은 프로파간다로 전락하고 말 것이다. 보러에 의하면 문학은 '혁명의 표현'이 아니라 '혁명적 표현'(24)이다. 외부에서 발발한 혁명을 그림자처럼 반영하는 것이 아니라 문학은 그것 자체가 하나의 혁명이며, 이러한 혁명은 비유나 문체와 같이 문학적 표현 층위에서 발생한다. 따라서 혁명과 낭만 시인의 관계를 살펴보기 위해서는 혁명적 '사건 자체로서의 낭만주의적 문체'에 유의하지 않으면 안 된다. 프랑스 혁명이 구체제로부터의 급진적이고 과격한 단절이라면, 그러한 혁명의 강도에 필적하는 급격한 단절과 충격이 문학의 스타일에서도 일어난다. 구체제의 텍스트에 자주 등장하던 "빛과 태양이라는 은유가 물러나고 그 자리에 뇌우, 충격적인 폭발"(28)이 대신 들어서며, 전운이 감돌듯이 '전복적인 상상력'과 '파괴적 열정'(34)이 텍스트의 분위기를 지배한다. 그러면서 단절의 충격이 일어나는 순간, '그순간 갑작스럽게'(30)와 같은 표현과 더불어 '지금'의 직접성과 현전성이 한없이 증폭되고 강조된다. 슐레겔은 그러한 현재 자체에 도취해 있었다. 외부의 혁명과 더불어 미학의 영역에도 혁명적인 변화가 발생하면서 미의 미학이 '전율의 장엄성'의 미학으로 바뀌는 것이다. 이 전율의 미학에서는 외부적인 전율이 서술되는 것이 아니라 언어 자체가 전율을 생산한다. 다시 말해 "전율은 언어 바깥에 존재하는 것이 아니다." (133) 이렇듯 언어가 혁명이 발생하는 생생한 현장이라면 우리는 "언어의 자기 준거성" "혁신적으로 작동하는 새로운 문체의 자기 준거성"(37)을 인정해야 할 것이다.

갑작스럽게 과거의 전통과 단절되는 충격적인 순간의 경험, 현대 문학에서 에피파니로 출현하는 이 전율의 미학은 심리적이거나 역사적인 개념으로 설명되지 않는다. 외부에서 주어진 자극에 대한 반응이 아니라 자기 준거적 언어에 의해 야기되는 미학적 경험이기 때문이다. '전율의 미학'이나 '전율의 수사학'(133)으로 명명되는 까닭도 거기에 있다. 전율은 윤리학적이거나 철학적인 개념으로 환원되지 않을 뿐만 아니라, 아예 이해와 설명이 불가능하다. 그것은 순수한 의미에서 예측 불가능한 사건성과 현상성을 가지고 있을 따름으로, 이해와 개념화의 시도에 완강하게 저항하기 때문에 더욱 충격적이다. 전율의 미학과 에피파니는 형이상학이나 이데올로기의 그물망에 결코 포획되지 않는 절대적인 자율성을 가진 셈이다. 보러는 이 절대적 자율성을 침해하려는 철학적·이론적 시도를 철저하게 거부한다. "미학 이론은 일반적인 문화 이론이나 혹은 삶에 도움을 주는 보충물이 아니라, 오로지 엄격하게 심미적인 것의 현상성에만 머물러야 한다."(207) 에피파니의 이론가들을 소개하는 〈예술철학인가, 미학 이론인가〉라는 장에서, 그는 에피파니를 체계적으로 규정하려는 모든 시도는 미학의 고유성을 부정하는 결과에 이른다고 진단하면서 그러한 시도 자체를 비판한다. 가령 아도르노는 형이상학적 동일성의 사유에 대항하는 저항 개념으로서 전율의 에피파니를 강조하고, 그러한 에피파니에 근거해서 자신의 독특한 미학 이론을 정립하였지만, 그것은 자칫하면 미학 외적인 지시 관계로 미학을 전용할 위험에 노출되어 있다. 마찬가지로 하이데거도 미학을 존재론으로 수렴하기에 이르렀으며, 형이상학적 지시 관계를 끝내 거부했던 리오타르조차 마침내는 "문명 비판적이고 철학적인 지시 관계"(210)로 미학을 끌어내리고 말았다. 보러에 의하면 "예술 작품은 풀려야만 하는 '수수께끼'가 풀리지 않을 경우에만 에피파니로 남는다."(176) 설명될 수 없는 일탈이나 중단·우연성에 뿌리를 두고 있는 에피파니는 개념적으로 설명되는 순간에 에피파니가 아닌 다른 지시 대상으로 변질되는 것이다.

문학의 자율성과 현존성의 요청으로 철학적이며 문명비판적이고 윤리적인 모든 문학 외적인 지시 관계가 철저하게 거부되어야 한다면, 문학적 현존의 가치와 의미는 과연 무엇일까? 더욱이 《절대적 현존》의 대부분이 문학 텍스트에 나타난 전율의 미학의 현장 답사에 할애되기 때문에 이러한 의문의 목소리는 더욱 커지게 마련이다. 지시 관계를 거부하는 대가로 보존되는 문학의 자율성과 현존성은 공허하지 않을까? 이러한 반문을 염두에 둔 듯이 저서의 후반부에서 보러는 에피파니의 현상적 특징이라 할 수 있는 돌발성과 우발성, 황홀한 순간, 일탈성, 주체의 해체 등이 내장한 의미 가능성에 주목하면서 다음과 같이 자신의 관점을 가치론적으로 제시한다.

첫째, 인물들이 하나의 무한한 정신적 범위를 형성하고 있기는 하지만, 그렇다고 해서 분명히 명명될 수 있는 정체성을 갖고 있는 것은 아니다. 둘째, 구속력 있는 규범의 세계가 후퇴한다는 점이다. 셋째, 고유한 시간적 명상의 테마와 견주어 볼 때 사회비판적 모티프는 단지 표면적이라는 점이다. 넷째, 내면적인 시간 의식은 행복한 삶의 순간 현상을 지각하지만 기념비적인 시간 차원에 속하는 '이념'이나 '미래'에 대해서는 전혀 관심을 갖지 않는다는 점이다.(245)

아도르노의 미학 이론에 접한 독자라면 짐작할 수 있듯이 보러도 '부정성'에서 문학의 가치를 발견한다. 에피파니의 충격적인 '지금'의 순간에 시인은 과거에서 현재, 미래로 흐르는 연속적인 시간의 레일에서 일탈하는데, 이러한 단절의 순간에 시인은 지금까지 자신을 구속했던 기존의 문화적·사회적·제도적인 장치로부터 벗어나 자유롭게 된다. 개인의 주체성과 사유·사회·관습을 구성하고 규정하는 이데올로기적 코드의 거미줄에서 시인은 벗어나는 것이다. 이것은 시인이 주체의 껍질을 벗고 탈각하는 해방의 순간이다. 그러나 벤야민이나 아도르노·하이데거가 가르쳐 주었듯이 이러한 해방이 기원이나 본질, 존재의 심층으로의 해방을 의미하지는 않는다. 오히려 이것은 '무'를 향한 해방, 니체적인 의미에서 '환상(Schein)' 속으로의 해방이며 여행이다. 의미와 가치를 삼키는 무의 심연을 시인은 엿보게 되는 것이다. 보러가──형이상학적 오해의 소지가 있는 쇼펜하우어의 용어──'명상(Contemplation)'으로 명명하는 이러한 순간은 유(有)의 언어나 개념으로 옮겨지거나 통합되지 않는다. 그러한 이유에서 보러는 자신의 이론적 입장을 '예술의 현상학'(214)으로 불러야 마땅하다고 주장한다. 가치나 의미의 관여를 배제하면서 에피파니 현상은 묘사하듯이 서술될 수밖에 없으며, 따라서 문화비판적이거나 이념적인 해석은 의미를 삼키는 무의 심연을 의미의 세계로 옮겨 놓는 인위적이며 폭력적인 작업이라는 것이다.

그러나 보러의 '예술의 현상학'은 한 가지 문제점을 지닌다. 낭만 시인의 혁명성에 관한 1장에서 살펴보았듯이 보러는 자기 준거적인 문학의 자율성의 토대에서 에피파니 현상을 해명하는데, 그럼에도 그는 미학적 자율성과 문학적 자율성의 차이나 경계를 설정하지 않는다. 보러가 구분하지 않았던 미학적 자율성과 문학적 자율성은 서로 뒤섞일 수 없는 이질성의 영역을 지닌다. 전자가 자연 대상과 예술 작품을 한꺼번에 아우르는 감각적이고 지각적인 현상이라면, 후자는 어디까지나 문학(텍스트)에 의해 매개된 간접적인 현상이다. 예를 들어 에피파니의 속성인 '황홀한 시간의 경험'은 '황홀한 시간의 순수 문학'(249)이 아니다. 쇼펜하우어가 지적했듯이[10] 평범한 사람들도 숭고한 자연 대상 앞에서 도취된 황홀한 시간을 경험할 수 있다. 그렇지만 그러한 경험이 에피파니의 문학이 되지는 않는다. 더구나 보러의 주장에 따르면 문학의 에피파니는 그러한 경험의 모사나 기록이 아니다. 문학적 서술이 에피파니를 생산하며, 자연의 공간이 아니라 문학의 공간에서 에피파니가 생성한다. 물론 문학 작품과 자연 대상에서 느끼는 에피파니의 내용이 동일할 수 있다. 이것은 수동적인 에피파니의 경험, 독자나 관객이 숭고한 대상을 접하면서 경험하는 에피파니가 그러하다. 그러나 처음부터 보러의 예술적 현상학에서 독자나 독서의 문제는 진지하게 취급되지 않는다. 그는 시인이 에피파니를 경험하는 현상(미학적 자율성)이나 작품에서 에피파니가 발생하는 현장(문학적 자율성)에 초점을 맞추어 논의를 전개하는데, 엄밀하게 말해서 이 두 개의 영역은 동일하게 취급될 수 없다. 그렇다면 보러의 주장에 대해 다음과 같은 반론이 제기될 수 있다. 문학적 에피파니의 현상이 미학적 에피파니의 관점과 언어를 빌려서 설명되는 것이 아닌가 하고, 그렇게 되면 문학적 자율성은 상실될 수밖에 없지 않느냐고. 이 점을 설명하기 위해 우리는 보러가 즐겨 인용하는 버지니아 울프의 텍스트 한 구절을 떠올려 볼 수 있다. "나 자신을 느끼는 것이 아니라 바로 감각의 지각을 느낀다. 나는 단지 도취에 젖는 황홀한 감정의 그릇일 뿐이다."(241) 이 짤막한 인용문에 울프가 경험했던 (유년 시절의 인상을 기억하는 과정에서) 에피파니가 함축되어 있는데(가령 고조된 순간이나 주체의 상실과 같은), 여기서 우리는 이것이 경험의 미메시스적 기록이라는 점을 간과해서는 안 된다. 보러의 용어를 빌리면 이것은 에피파니의 서술이지 에피파니적 서술이 아니며, 자기 준거적 언어에 의해 야기되는 미학적 경험의 결과가 아니라 작가의

---

10) 쇼펜하우어, 《의지와 표상으로서의 세계》(을유문화사, 1994), 곽복록 옮김의 35장을 참조하기 바람.

심미적 상태의 서술이다. 보러가 문학의 자율성을 옹호하기 위해 거부했던 미메시스적 예술론으로 다시 퇴행하는 순간이다. 그가 문학의 문 밖으로 추방했던 미메시스가 미학적 자율성이라는 뒷문으로 다시 초대되는 것이다.

어쩌면 필자가 미학적 자율성과 문학적 자율성의 영역을 무리하게 구분하려 한다는 인상을 줄지도 모른다. 그러나 이러한 구분은 보러가 제안하는 '예술의 현상학'이 보다 일관적이고 체계적인 방향으로 나아가기 위해 거쳐야 하는 필수적인 과정이다. 《절대적 현존》의 결론 부분에서 보러 스스로도 "문학과 예술의 절대적인 혹은 명상적인 현존을 주장하는 일은 매우 어렵다"(273)라고 말하면서 자신의 "작업은 궁극적으로 문제점을 지닌 채 유보될 수밖에 없다"(275)라고 고백하지 않았던가. 그럼에도 보러는 자신의 작업이 유보될 수밖에 없는 이유를 구체적으로 제시하지 않는다. 어쩌면 보러는 다양한 문학 텍스트에서 에피파니의 발생 사례를 추적하면서 예술 현상학의 가능성을 타진할 뿐, 체계적인 이론화 작업을 아직 꾀하지 않았는지 모른다. 그래서 자신도 전폭적으로 수용할 수 없는 쇼펜하우어의 형이상학적 명상 개념을 도입해서 전율의 미학을 설명하는 근거로 삼았는지 모른다. 이러한 저간의 사정을 충분히 고려하더라도, 필자의 소견에 그의 작업이 유보될 수밖에 없었던 이유 중 하나는 미학적 자율성과 문학적 자율성에 대한 불충분한 성찰에서 비롯한다. 더욱이 작품을 생산하는 작가와 소비하는 독자의 차이가 감안되지 않았던 것도 한 실패의 요인이 된다. 만약 보러가 자기 준거적 언어의 현존성을 강조하는 대신 충격적 의식의 현존성 패러다임에 입각해서 문학적이거나 미학적 현상을 설명하려 했다면, 논의 자체의 성격상 위와 같은 구분의 문제는 아예 제기되지도 않는다. 자연 대상에서 비롯되건 아니면 예술 작품에서 비롯되건, 작가의 입장이건 아니면 독자의 입장이건 에피파니적 황홀한 순간은 의식이나 지각의 층위에서는 동일할 수 있으며, 이러한 경험은 메를로 퐁티가 제안한 '지각의 현상학'을 통해서 기술될 수 있다. 그러나 보러가 예술의 현상학을 통해 설명하려는 에피파니는 의식이나 지각에 주어지는 전율의 결과물이 아니라 자기 준거적 언어에 의해 생산되는 '생산적인 심미적 범주'(45)이다. 그것은 '문학적 언술의 언어적 자율성에 대한 증거'(162)이면서 동시에 '예술 자체의 조건'(8)으로서 가치를 지니는 것으로 진단된다. 미학적 현존성으로 환원될 수 없는 언어적 현존성의 영역이 분명히 존재하는 셈이다. 그럼에도 보러는 두 영역의 차이에 대해서는 관심의 눈길을 돌리지 않는다. 어쩌면 그러한 무관심의 일부는 그가 미학자들의 이론에 기대면서 문학의 자율성 논지를 밀고 나가는 데서 오는 피할 수 없는 결과인지도 모른다. 그러나 보다 중요한 이유가 또 하나 있다. 그것은 자연 대상의 존재론적 위상과 달리 언어 현상인 문학 텍스트는 의미론인 차원에서 존재한다는 사실, 다시 말해 이해와 해석의 결과로 문학 텍스트는 비로소 존재하게 된다는 사실을 이론적으로 규명하지 않는 데서 야기되는 결과이다. 그리고 바로 이 점에서 보러의 예술 현상학은 해체비평과 대척점에 서게 된다.

보러에게 문학적 자율성이란 문학 텍스트나 문학 언어의 자율성이 아니라 상상력이나 문학 경험의 자율성을 의미한다. 이 점에서 그의 미학은 여전히 의식의 층위에 머물러 있다. 비록 미학을 의식으로 환원시키려는 종래의 철학적 성향을 극도로 경계하고 공동화될 정도로 의식 내용을 철저하게 배제하기는 하지만, 그럼에도 여전히 논의의 바탕은 의식의 터전에서 이루어진다. 따라서 그가 힘주어 강조하는 언어의 자기 준거성이라는 것도 따지고 보면 의식의 자기 준거성을 둘러 설명하는 표현에 불과하다. 그것은 외부 대상을 담아내는 거울로서의 외향적 의식이 아니라 의식이 스스로를 응시하는 내향적 자의식의 일종으로, 에피파니의 경험이란 자아가 일상적인 상태로부터 급격히 일탈하면서 초래되는 '극도로 강렬한 자아의 의식 상태'[11]로서 이해될 수 있다. 더구나 〈문학적 가치 판단에 있어서 '예견'〉이라는 논문에서 보려는 이러한 에피파니에는 언어의 매개나 개입이 전제되지 않는다고 주장하였다. 그렇다면 언어의 자기 준거성이라는 명제는 에피파니의 충분 조건이지만 필요 조건은 아니게 된다.

독일의 전통적 미학을 계승한 보러가 의식철학의 바탕에서 형이상학적 의식 내용을 거부하는 문예미학을 전개한다면, 드 만의 해체비평은 언어학의 바탕에서 형이상학적 언어관을 부정하는 방향을 지향한다. 현존의 형이상학적 전통을 철저하게 배척한다는 점에서 일치하는 두 이론가가 실제로 수행하는 작업은 매우 상이하다. 의식에 일어나는 미학적 충격 현상으로부터 문학의 자율성을 탐색하는 보러에게 텍스트의 의미나 의미 작용, 해석의 문제는 중요한 사안으로 떠오르지 않는다. 그러나 보러가 소홀하게 취급한 이 영역에서 드 만의 해체 작업이 시작된다. 그는 "발화의 의미가 화자의 의식에 현존하고 있다"(94/105)는 의미의 형이상학을 해체하려는 것이다. 그러한 형이상학적 요청을 철회하기 위해서 드 만은 텍스트의 읽기 과정에 주목하는데, 책읽기 과정에 텍스트의 다가적 의미를 이음새 없이 하나로 매끈하게 봉합하는 형이상학적 총체성, 이데올로기적 욕망이 은밀하게 스며들기 때문이다. 따라서 문학적 현존은 이러한 총체성의 욕망

---

11) 《돌발성》, 215쪽. 특히 이 책의 두번째 장인 〈문학적 가치 판단에 있어서 '예견'〉은 역자에 의해 번역되어 《절대적 현존》의 마지막 장으로 추가되었다.

이 읽기 과정에 스며들어 화학 작용을 일으킨 결과에 불과하다. 형이상학으로 수렴되지 않는 문학 고유의 영역을 지키기 위해서 문학의 현존성의 테제가 거부되어야 하는 것이다. 그의 관점이 언어의 모델에 입각해 있다는 점을 염두에 두면 이것은 지극히 당연해 보인다. 의미의 현존성이 형이상학적 주장의 핵심에 놓이기 때문이다. 문학이나 철학이 모두 언어에 의존한다는 점에서 이 둘의 영역은 칼로 자른 듯이 분명하게 구분되지도 않는다. 철학적 언어와 대립되는 것으로서 드 만이 문학적 언어의 자율성을 주장할 수도 없는 이유도 여기에 있다. 더불어 텍스트 외적인 요소와 내적인 요소의 경계를 확연하게 가를 수 없다는 사실도 이에 한몫을 더한다. 그러나 낭만적인 전율의 미학이나 '환상의 환상'으로서 미학의 자율성을 강조했던 니체에서 출발했던 보러에게는 드 만이 직면해야 했던 문학적 자율성의 장애물들이 일찌감치 제거되어 있다. 미학의 자율성을 새삼스레 주장해야 하는 이론적인 이유가 부재하는 셈이다. 다만 자율성을 침해하려는 철학적이거나 사회학적인 시도를 끊임없이 경계하면 될 뿐, 자율성의 명제를 위한 이론적인 작업을 수행하지 않아도 된다. 사실상 이러한 경계의 필요성도 특별히 독일적인 토양에 입각해 있다.[12] 문학 텍스트의 자율성을 존중하는 신비평적 전통이 강한 미국에서는 그러한 경계의 필요성마저 제기되지 않았다. 철학적이거나 역사적·이론적인 접근에 대한 저항감이 신비평에 깊숙이 내재해 있었던 것이다. 그렇다면 보러의 현상학이 독일적인 상황에서 벗어나 보다 강한 이론적 호소력을 갖기 위해서는, 필자가 앞서 지적했듯이 지나치게 미학 이론에 바탕

---

12) 이에 대해서는 《절대적 현존》에 보록으로 추가된 역자의 훌륭한 해설 〈철학적·사회적 현대성에서 '심미적 현대성'으로〉(307-324쪽)를 참조하기 바람.

한 관점에서 벗어나 문학 텍스트에 특유한 의미나 해석, 다시 말해 책 읽기의 문제에도 관심을 돌려야 할 것이라고 생각된다. 그리고 미학 적 현존과 문학적 현존의 차이도 어느 정도 규명되어야 할 것이다. 해석되지 않아도 존재하는 자연 대상과 달리 문학 텍스트는 해석의 과정을 거침으로써 비로소 존재한다. 문학이 미학으로 환원될 수 없는 이유는 미적 대상과 달리 문학 텍스트는 의미의 차원에서만 존재한다는 사실에 입각해 있다.[13]

III

고대 그리스 시대 이후로 문학의 자율성 및 타율성의 문제가 항시 문학에 대한 담론을 지배해 왔다. 담론이란 언제나 위계 질서를 형성 하게 마련인데, 당시의 지배 담론의 내적 논리에 따라서 문학의 가치 와 의미가 결정되게 마련이었다. 이러한 문학의 자리매김 과정에서 떠오른 중대한 사안은 문학의 힘과 의미의 문제였다. 이것은 특히 자주 인용되는 플라톤의 다음과 같은 구절에 잘 반영되어 있다. "시는 격정을 억제하는 것이 아니라 격정을 자극하고 거칠게 만든다. 인간 이 행복과 미덕을 향유하기 위해서는 격정을 통제해야 하는데도 불구하고 시는 반대로 격정이 인간을 지배하도록 한다." 한때 시인 지망생

---

13) 이러한 문학의 존재론적 위상을 바르트는 '저서'와 '텍스트'로 구분해서 설명했다. 그의 유명한 글 〈저서에서 텍스트로 De l'oeuvre au texte〉의 표현을 빌리면 "저서는 손에 잡히지만 텍스트는 언어에 잡혀 있다. 텍스트는 오로지 담론의 움직임 속에서만 존재한다."(71) 이 글은 Roland Barthes, *Le Bruissement de la langue*(Seuil, 1984)에 실려 있다. 더불어 드 만의 *Blindness and Insight*(Minneapolis: University of Minnesota Press, 1983)에 실린 〈Form and Intent in the American New Criticism〉도 참조하기 바람.

이었던 플라톤은 문학의 힘을 잘 알고 있었다. 오르페우스가 감동적인 피리 소리로 둔중한 바위마저 춤을 추며 눈물을 흘리게 만들었듯이 문학은 인간에게 엄청난 힘과 영향력을 행사한다. 그것은 통제되지 않은 에너지처럼 파괴적인 방향으로 혹은 건설적인 방향으로 분출될 수 있다. 이상 국가를 설계하는 철학자로서 플라톤은 부인할 수 없는 이 엄청난 문학적 힘의 의미와 가치를 물어야 했다. 물론 그는 일원적인 철학적 진리의 기준에서 해답을 찾았다. 힘은 진리와 의미에 종속되어야 한다는 것이었다. 그래서 진리와 의미의 통제에서 벗어난 문학은 거짓이나 환상의 지위로 격하되었다.

문학에서 힘과 의미의 관계는 특히 수사학의 발달 과정에서도 두드러진다. 다시 플라톤의 견해를 빌려 설명하면 진리에 순치되지 않은 무법한 수사학은 "로고스의 힘으로 작은 것을 크게 보이도록, 또 큰 것을 작게 보이도록 만든다."(《파이드로스》, 267a-b) 말하자면 실재와 언어가 일치해야 함에도 불구하고 그릇된 수사학은 실재의 세계로부터 벗어나도록 언어를 조작함으로써 특정한 목적을 위해 언어의 힘을 극대화시킨다. 언어의 질서에 따라서 A는 a라고 명명해야 하는데, 수사학자는 이 의미의 질서를 위반하면서 A를 b라고 부르는 것이다. 이렇게 수사학자는 실재의 세계와 언어의 세계를 단절시키고 불화와 반목을 조장하며 균열의 골을 깊이 새겨 놓는다. 그리고 그 대가로 엄청난 힘을 확보한다. 비록 플라톤은 매우 못마땅한 눈길로 바라보았지만, 보러의 관점에서 보면 바로 이 세계로부터의 일탈과 단절이 행복하게도 문학의 고유한 영역을 마련해 준다.

플라톤 이후로 수사학은 의미 질서로부터의 일탈이라는 관점에서 논의되었는데, 공교롭게도 키케로 이후로 수사학에 대한 논의는 힘의 관점에서 미의 관점으로 옮아가게 된다.[14] 플라톤이 경계했던 고대 수사학이 힘과 행동, 자극의 추진력이라는 위험한 요소를 간직하고 있었다면, 신수사학은 이제 위험한 이빨과 발톱을 잃고 의미의 기둥에 장식 문양을 새기는 정도의 순치된 아름다움의 미학으로 바뀌게 된다. 니체의 용어를 빌리면 디오니소스적 수사학이 사라진 자리에 대신 아폴론적인 수사학이 들어서게 된 것이다. 이 새로운 수사학은 의미의 일탈로서 비유(figure)의 분석과 연구에 집중되는데, 이때 일탈은 위협적인 힘을 동반하지 않으며 실재와 언어의 질서를 교란시키지도 않는다. 일탈의 자리가 비유로서 명명되면서 일탈에 내장된 힘이 제거되기 때문이다. 이것은 자구적 언어와 비유적 언어 사용의 구별에서 단적으로 드러난다. 그러한 구별 자체에 이미 비유적 언어가 자구적 언어로 풀이되거나 전용될 수 있는 가능성이 시사되어 있기 때문이다. 따라서 비유란 자구적 언어에 종속적이거나 부차적인 위치로 전락하고 만다. 그리고 베이컨이나 로크의 텍스트에서 볼 수 있듯이[15] 이러한 구별이 철학의 내적인 필요에 따라서 만들어졌다는 사실을 염두에 두면 자구적 언어와 비유적 언어의 차이는 철학과 문학의 차이로서, 문학이 철학에 종속되는 근거가 된다.

수사학의 역사에 비춰 볼 때, 보러의 수사학이 힘의 수사학이라면 드 만의 수사학은 비유의 수사학이라 할 수 있다. 보러에게 문학적 현존이란 플라톤이 철학의 기준으로 다스리려 했으나 통제하지 못했던 저 완고한 수사적 힘의 영역으로, 그의 문학관은 문학이 철학적 개

---

14) Tzvetan Todorov의 〈수사학의 영광과 불행 The Splendor and Misery of Rhetoric〉을 참조하기 바람. 이 글은 Catherine Porter가 영역한 *Theories of the Symbol*(New York: Cornell University Press, 1982)의 2장을 차지한다.

15) 드 만의 〈은유의 인식론 The Epistemology of Metaphor〉을 참조하기 바람. 이 글은 Andrzej Warminski가 편집한 Paul de Man, *Aesthetic Ideology*(Minneapolis: University of Minnesota Press, 1996)에 실려 있다.

념으로 완전히 포섭되기 이전, 소크라테스 이전의 디오니소스적인 고대 그리스 비극에 뿌리를 두고 있다. 반면 드 만이 해체비평의 주요 전략으로 활용하는 수사학은 철학과 문학의 차이가 제도화된 이후로 지배적 담론인 철학에 밀려서 담론의 한 귀퉁이에 자리잡게 되었던 비유의 수사학이다. 그래서 드 만은 비유의 지렛대로 이런 철학적 위계 질서를 해체하려는 것이다. 비유적 언어를 자구적 언어로 환원시키려 했던 철학적 전통에 거슬러서 그는 이러한 환원에 저항하거나 아니면 자구적 언어의 중심에서 비유의 흔적을 드러냄으로써 해체 작업을 수행한다. 드 만의 수사학이 독해 불가능성이나 의미 결정 불가능성으로 표현될 수밖에 없는 이유가 여기에 있다.

문학비평사의 맥락에서 보면, 보러의 비평은 작품이 독자에게 가하는 충격 효과를 중시하는 인상비평의 전통과 궤도를 같이한다. 작품에 대한 해석보다는 감상을 강조하는 인상비평은 방법론적으로도 분석적이 아니라 직관적이다. 여기서 인상이나 직관, 충격의 현존성은 의심할 여지가 없다. 가령 니체는 "우리는 자신의 근육으로 소리를 들으며, 심지어 근육으로 책을 읽는다"[16]라고 주장하지 않았던가. 반면 언어 이론에 입각해서 책읽기 이론을 전개하는 드 만의 비평은 해석과 분석의 방향을 취한다. 그래서 독서에서 얻어지는 충격이나 직관적 깨달음의 경험도 거듭되는 분석의 과정에서 무력해져 버린다. 문학적 감동에 사로잡힌 경우에도 뒤돌아서 그 감동의 정체를 묻는 일련의 분석 과정을 거치면서 감동은 흐물흐물 자취를 감추게 마련이다. 책장을 넘기는 손끝에서 문학적 현존은 부재로 바뀌는 것이다.

---

16) Walter Kaufmann과 R. J. Hollingdale이 편집하고 영역한 Nietzsche, *The Will to Power*(New York: Vintage Books, 1968), 809항.

상반된 관점에서 문학을 바라보는 드 만과 보러의 비평을 접하면서 이들의 반목을 한꺼번에 포괄하는 비평, 수사의 힘을 거부하지 않으면서도 의미론적 일탈과 방황을 설명할 수 있는 수사학 이론이 과연 가능한가 하는 의문이 생길 수 있다. 현존과 부재, 힘과 의미, 감상과 해석, 직관과 분석, 그 어느 한쪽도 쉽사리 거부될 수 없는 문학적 요청이기 때문이다. 언어에는 인지적 기능과 의사소통의 기능뿐 아니라 수행적인 힘도 동시에 내장되어 있다. 일찍이 19세기에 영국의 낭만주의 시인이며 사상가인 콜리지가 상상력 이론으로, 20세기에 들어서는 리처즈가 의사소통 이론과 가치평가 이론으로, 그리고 신비평가들은 텍스트 이론으로 언어와 수사의 두 가지 힘을 접목시키려는 시도를 보여 주었다. 아무튼 드 만의 독해 불가능의 수사학이 전율의 수사학에 의해 보완되어야 한다면 문학의 자율성 명제는 언어와 의미에 관한 이론적 점검의 바탕 위에서 실현되어야 할 것이다. 보러에게 문학의 현존성은 문학 텍스트의 자율성이 아니라 자기 준거적인 상상력의 자율성으로부터 유래한다. 기본적으로 그의 시각은 문학비평적이라기보다 미학적인 것이다. 보러에게 남은 과제가 있다면 그것은 미학적 자율성이 텍스트화되는 과정, 에피파니의 경험이 언어화되는 과정을 면밀하게 추적하고 설명하는 작업이 될 것이다.

3

두 개의 죽음: 박남수의 후기 시[1]

초기와 중기 박남수의 시가 새의 이미지를 중심으로 형성되었다는 점에는 아무런 이의가 없을 것이다. 한편으로 새는 무한한 공간을 휘젓고 날아다니는 생명과 자유의 상징이지만, 또 다른 한편으로는 문명화된 사회에서 소멸하는 존재의 비애를 대변하고 있다. 무한을 향해 창공을 나는 자유의 새가 포수의 총에 사살되면 한줌 살덩이로 차가운 대지에 떨어져 내리는 것이다. 필자가 살펴보게 될 후기의 시에서 부각되는 현상이 이 새의 죽음이다. 그런데 이때 새의 죽음을 향한 시인의 태도는 초기나 중기와는 궤를 달리한다. 초기의 시에서 새는 포수의 총에 사살되지만, 후기의 시에서 새는 죽음을 숙명으로서 맞이한다. 죽음의 원인이 새와는 무관하게 그것의 외부에 있는 문명인 까닭에 문명의 잔인한 손길이 거두어지면 새는 영원히 존재할 수 있다는 함의가 초기의 시적 배경이었던 반면에, 후기 시에서 새의 죽음은 본질적이며 존재론적이다. 문명이 아니라 자연, 우연이 아니라 필연이 새의 죽음을 부르는 것이다. 새의 중심에는 이미 죽음의 검은 구멍이 뚫려 있으며, 새의 몸에 자생하면서 점점 거대해지는 죽음의 입속으로 새는 마침내 삼켜질 수밖에 없다. 창공을 나는 새는 영원한 생

---

1) 이 글은 재주가 뛰어난 대학원 학생이 썼던 원고에 첨삭을 가한 것이다.

명이나 자유가 아니라 죽음과 무의 품안에 뛰어드는 것이다. 그리고 블랙홀처럼 죽음은 새를 삼켜 버린다. 라캉의 용어를 빌리면 죽음은 상징계의 구멍이다.

〈오랜 기도〉라는 시와 더불어서 논의의 실마리를 풀어 나가기로 하자.[2] 오랜 기도라는 시의 제목은 새로 형상화된 신──보다 구체적으로는 남북의 통일──을 향한 시인의 기원과 희망을 담고 있다. "내가 어둠으로 띄운 새들은/하늘에 암장되었는가"로 시작하는 시의 첫 대목은 허무주의적이며 절망적인 몸짓을 배경에 깔고 있는 듯이 보인다. 이미 생명을 잃은 새가 어둠의 무덤에 묻혀 있다는 우려가 시인의 장탄식을 이끌어 내는 것이다. 하지만 다음과 같은 종결부에서 볼 수 있듯이, 그러한 우려는 순간적인 기우에 지나지 않는다.

하늘이여,
무수한 사람이 띄운 새들이
이제는 귀소(歸巢)하도록 빛을 밝히라.

죽음의 불안에 사로잡혀 있던 시인은 이내 마음의 평정을 되찾고, 고개를 들어 부리에 빛을 몰고 귀소할 새를 기다리기 시작한다. 그가 새를 기다리는 이유는 분명하다. 시인에게 현실은 '어머니'의 부재와 결핍으로 요약되는, 이른바 존재의 당위성이 저 멀리 물러난, 그래서 어머니의 사랑으로 다시 채워져야 할 텅 빈 공간이다. '20년 동안' 어머니를 그리워하지만 시인은 아직 '어머니의 생사조차 모르는' 것

---

2) 이 시는 《사슴의 관》에 실려 있지만, 그것이 전제하고 있는 기본적인 세계관은 과거의 시집에 보다 가깝다.

이다. 어머니가 부재하는 삶은 진정한 삶이 아니다. 물론 어머니의 의미는 단순한 생물학적 어머니로 한정되지 않는다. 어머니는 일종의 '초월적 기표'로서 존재와 의미 · 가치의 중심이며, 상징계적 질서의 버팀목이다. 그래서 어머니를 향해 날려보낸 새는 결코 죽을 수가 없다. 죽어서도 안 된다. 새의 죽음은 시인 개인의 절망은 물론이고 상징계 전체의 몰락이며, 우주의 파탄을 몰고 오는 파국적 사건이기 때문이다. 새는 결코 죽을 수 없다는 확신, 암장된 듯이 보이지만 다시 귀소할 것이라는 확신은 박남수 시인이 계속해서 시를 쓸 수 있는 미학적 존재론적 근거로서 작용하고 있다. 유명한 시 〈밤〉이 그것을 증언한다.

포수는 한 덩이 납으로
그 순수를 겨냥하지만,
매양 쏘는 것은
피에 젖은 한 마리 상한 새에 지나지 않는다.

물론 포수의 총에 사살된 새는 죽어서 땅에 떨어진다. 그럼에도 새는 절대로 죽지 않는다. 시인의 미학적 · 존재론적 변증법이 다음과 같이 진행되기 때문이다. 죽는 새는 진짜 새가 아니라 '한 마리 상한 새'이며, 한 마리 상한 새는 진짜 새가 아니라 가짜 새, 새의 복제, 새의 그림자에 지나지 않는다. 포수의 총에 맞지는 않았지만 병이 들었거나 노쇠해서 죽어가는 새의 경우에도 마찬가지이다. 죽어서 자연의 품에 안기는 것은 '새'가 아니라 '죽음'에 불과하다. 새는 이미 생과 사의 논리를 멀찌감치 초월해서 영원한 현존의 영역에 닿아 있는 것이다. 때문에 포수는 계속해서 새를 사냥할 수가 있다. 총으로 진짜 새를 사살한다면 포수는 '한 덩이 납으로' 모든 존재의 근거를 일시에 박탈하는 끔찍한 재앙을 초래할 것이다. 하지만 정작 그가 하는 일이란 '한 마리 상한 새'를 사냥하는 일에 불과하기 때문에 계속해서 그는 사냥꾼으로 남을 수가 있다. 아무리 총으로 사냥을 해도 진짜 새는 죽지 않는 것이다. 어머니를 그리워하는 시인의 존재도 포수와 크게 다르지 않다. 20년 동안이나 헤어져서 어머니와 서신 한 장 주고받지 못했으며 어머니의 생사조차 알지 못하는 기막힌 현실에 몸을 담고 있지만, 그럼에도 시인은 어머니에 대한 희망과 믿음을 저버리지 않는다. 새가 절대로 죽지 않듯이 시인의 어머니도 절대로 죽지 않기 때문이다. 그래서 포수가 새를 사냥하듯이 시인은 계속해서 어머니를 그리워하는 시를 쓸 수가 있다. 새와 어머니는 포수와 시인이 살아가는 상징계적 세계의 질서를 위협하지 않는다. 그것을 보충하고 보완해 주는 것이다.

그러나 《사슴의 관》 이후에 쓰여진 시들에서 새는 절대적 현존이라는 특권적 자리를 더 이상 차지하고 있지 않다. 죽어도 죽지 않는, 피닉스처럼 죽어서 더욱 살아나는 새의 영원불멸성, 말하자면 '사슴의 관'은 이미 오래전에 제거되어 버렸다. 이제 새는 상징화된 새가 아니라 날짐승의 하나로서의 새, 자연의 일부로서 생성소멸하는 자연의 순환에 맞물려 있다. 중기에 이르는 시에서 새의 생명이었던 절대성은 이제 죽음의 몫이 된다. 새는 절대적 현존의 하늘로 솟아오르는 것이 아니라 원근화법에서 소실점처럼 부재의 허공으로 그만 소멸해 버린다. 여기서 중요한 것은 개체로서 새의 소멸이나 죽음이 아니라 상징적 기능의 상실, 중심의 상실이다. 중기까지의 시에서 새가 상징계의 구멍을 메워 주는 역할, 그럼으로써 시인이 빠질 수도 있는 절망을 희망으로 전환시키는 변증법적 역할을 담보해 주었다면, 후기의 시에서 새는 오히려 그러한 상징계의 구멍을 악어의 입처럼 더욱 크게 벌려 놓는 악어새에 가까워진다. 새는 시커먼 죽음의 이빨 사이에 끼여 있는 것이다. 이제 새를 보면 존재의 결핍이 메워지고 위안을 얻는 대신 존재의 혼란과 허무, 존재의 근거 없음의 무자비한 태양이 눈을 멀게 만들어 버린다. 과거에 부리에 빛을 물고 왔던 새는 이제 상징계적 네트워크를 찢어발김으로써, 그렇지 않으면 행복할 수도 있었을 시인을 신경증환자로, 심한 경우에 정신분열증환자로 만들어 버린다. 시인은 상징계의 찢어진 틈 사이 실재계로 내던져지는 것이다. 이때 어머니는 절대적 현존과 사랑으로서의 상징적 어머니가 아니라 시인에게 핏덩어리의 생명을 부여한 창조적 자궁이면서 동시에 그것을 거두는 파괴의 자궁이 된다. 어머니는 시인에게 삶의 의미도, 죽음의 필연성도 가르쳐 주지 않는다. 비록 어머니가 시의 소재에 등장하지는 않지만, 삶의 모든 고뇌와 방황을 잠재워 줄 것으로 기대했던 〈오랜 기도〉의 어머니가 〈겨자씨만한 육신을〉에서는 삶의 불합리성과 죽음의 징조로서 후경에 깔려 있다.

　겨자씨만한 육신(肉身)을
　육척(六尺)으로 키운 이십 년을
　겨자씨만한 소견(所見)을
　우주(宇宙)의 크기로 불린 오십 년을
　되돌아보며, 지팡이로
　겨우 스스로를 부지(扶持)하는 칠십 년을
　이 거짓의 크기에 눌리어
　꺼져 버린 풍선(風船)처럼
　저 긴장이 빠진 공허(空虛)를, 무덤에

덮으면 종말(終末)은 원초(原初)로 돌아가는

겨자씨만한 육신(肉身)을.

오해의 위험을 무릅쓰고 단순화시키면 실재계에서 태반의 태아는 겨자씨보다 적은 수정란을 겨자씨만한 살덩이로, 그리고 태아로 키워 놓는다. 이 실재계에서 태아는 상징적인 우주가 아니라 생물학적이며 동물적인 우주, 탄생과 출생의 신비가 의미화되지 않은 혼란의 우주이다. 왜 세상에 태어나는지, 왜 영생하는 것이 아니라 죽어야 하는지, 왜 남자 혹은 여자로 성별화되는지와 같은 일련의 질문들에 대해서는 아무런 대답이 주어지지 않는다. 그럼에도 상상계를 거치고 상징계의 일원으로 편입된 아이는 어느새 '육척'의 장신으로 성장하고, 그는 상징적인 의미에서 하나의 우주를 이룬다. 물론 이 상징적 우주는 틈이 없이 완결된 절대적 현존이 아니라 어느 순간에 풍선처럼 꺼져 버릴 수 있는 거짓의 우주이다. 그러나 앞서 지적했듯이 초기의 시에서 그러한 상징계의 구멍은 크게 문제가 되지 않았다. 어머니나 새와 같은 상징의 상징, 초월적 기표가 빈 틈을 메워 주기 때문이다. 하지만 〈겨자씨만한 육신을〉에서는 상징계의 구멍이 문제의 핵으로 부상한다. 어머니는 상징이 아니라 실재의 파편, 겨자씨가 묻어 있던 구멍으로서 자궁, '공허'이며 '무덤'이다. 어머니의 구멍에서 빠져나와 상징계로 던져졌던 시인은 죽음의 지점에서 다시 어머니의 자궁 무덤으로 회귀하는 것이다. '종말이 원초로 돌아간다는' 인식은 존재의 원점으로서 구멍으로 환원, 우주가 겨자씨의 규모로 축소되는 환원의 인식이다. 여기서 탄생과 마찬가지로 죽음은 아무런 의미가 없다. 탄생과 죽음은 상징계적 질서에서 벗어나 있기 때문에 의미와 가치의 영역에 할당된 자리가 없다. 그것은 다만 눈 먼 사실일 따름이다. 〈밤〉에서 시인은 그런 맹목적인 사실을 직접 대면한 적이 없었다. '한 마리 상한 새'는 한 마리 상한 새가 아니라 진정한 새의 변종이나 그림자로, 상징적으로 재해석되었기 때문이다. 어머니도 영원한 모성이라는 상징적 어머니로 이상화되었을 뿐, 생성과 파괴의 매트릭스로서의 어머니로는 인식되지 않았기 때문이다. 그러나 〈겨자씨만한 육신을〉의 맥락에서 상한 새는 두 개의 의미 요소, 즉 '상하다'는 의미 요소와 '새'라는 의미 요소의 결합이 아니라 불가분의 실재로서 상한 새, 상징화가 불가능한 사건으로서의 상한 새이다. 이제 포수는 진짜 새를 총으로 쏘아 죽이는 것이다. 포수가, 아니 시인이 어떻게 이 끔찍한 사실을 대면할 수가 있는가? 자신의 총에 진짜 새가 사살된다면 포수는 이제 더 이상 포수일 수가 없게 된다. 마찬가지로 초월적 기표로서 새가 실종되어 버린다면 시인은 더 이상 시를 쓸 수가 없게 될 것이다. 어떻게 이 끔찍한 진리를 시인이 바라볼 수가 있단 말인가?

그러나 죽음은 끔찍하지 않다. 상징계적 의미의 네트워크를 파열시키는 죽음은 상징계적 관점에서만 끔찍하다. 선과 악, 삶과 죽음, 주체와 타자의 이항 대립적 구별을 넘어서면 죽음은 다만 하나의 사건에 불과할 따름이다. 이제 시인은 의미의 시선이 닿지 않은 어둠 속처럼 꽝꽝한 사건을 서술해야 하는 것이다. 〈숨가쁜 언덕을 넘어〉에서 시인은 '가을의 어구'에서 그를 기다리고 있는 죽음을 '밝은 얼굴'로, 자신을 '막대 끝에 떨고 있는' '송장 냄새처럼 붉은 잠자리'로 표상한다. 넓은 대로에 하나의 점으로 찍힌 시체의 사진처럼 죽음은 다만 풍경의 일부를 차지할 따름이다. 의미화를 거부하기 때문에 죽음은 하나의 이미지·풍경·사건으로서만 표상될 수 있는 것이다. 눈을 크게 뜨고서 죽음과 풍경을 바라보는 시인의 시선에는 아무런 메시지도 담기지 않는다.

죽음의 알몸이 여물어
송장 냄새처럼 붉은 잠자리가
막대 끝에서 떨고 있다.

　막대는 잠자리의 존재를 뒷받침해 주지도 않으며, 그것의 영혼을
거두어 주지도 않는다. 막대는 막대이고, 잠자리는 다만 잠자리에 불
과하다. 〈고독〉이라는 시를 살펴보기로 하자.

인간의 발자국 소리가 끊어진
통금 시간(通禁時間)의 이승 쪽에는
사만 년(四萬年) 전(前)의 고독이 깔린다.
모딜리아니의 그림 속의 사나이처럼
가는 모가지 위에
여윈 얼굴을 얹고
어디라 없이 흐린 시력(視力)은
이승 쪽의 관심을 잃어가고 있다.
문명(文明)의 묘지(墓地)에 갇혀
긴 밤의 시간(時間)을, 어쩌나
사람의 이야기가 끊어진 시간에
어쩌나, 이 뜬 눈을.

　눈을 감고서 죽음을 바라볼 수 있다면 얼마나 좋을까? 사람의 이야
기가 끊어진 이야기를 들어야 하는 귀가 없다면 얼마나 좋을까? 시력
이 흐려지기는 했지만 시인은 크게 뜬 눈으로 보이지 않는 보임을 보
아야만 한다. 들리지 않는 이야기의 들림을 열린 귀로 들어야만 한다.

아무것도 보이지 않고 들리지 않는 '긴 밤의 시간'임에도 시인의 귀와 눈은 여전히 열려 있다. 들리는 것은 침묵의 소음이며, 보이는 것은 어둠의 알갱이, 의미의 없음이 들리고 보이는 것이다. 이래서 죽음을 응시하는 시인에게 초월적 기표는 소음으로 바뀌고, 역사는 다만 눈 먼 사건이 된다. 그는 세계가 의미로 정돈되기 이전, 4만 년 전 의미의 공백 지대, 고독한 공간으로 내던져지는 것이다. 여기서는 있음과 없음, 정과 반의 이분법적 논리, 상징계적 네트워크에서 이분화된 의미의 질서가 더 이상 유효하지 않다. 아직 의미로 직조되지 않은──문명의 묘지에 갇히지 않은──실재계적 공간이라 해야 마땅할 것이다. 여기가 시인이 열린 눈으로 바라보아야 하는 죽음의 영역으로, 그것은 삶과 대립되고 대칭되는 것으로서의 죽음이 아니라 그러한 이분법적 대립의 구도에서 풀려난 죽음이다. 삶의 대립으로 이해되는 죽음은 상징계적 질서에 자리가 할당되고 의미화된 죽음일 것이다. 물론 그럼에도 시인의 언어는 여전히 상징계에 뿌리를 내리고 있다. 그는 삶의 언어로 죽음을, 포수의 언어로 새를 노래해야 하는 역설적 상황에 처해 있는 것이다. 삶의 발길이 멈춰 버린 통행 금지 시간에 시인은 이야기가 끊어진 이야기를 들어야 하는 것이다.

하지만 이야기가 끊어진 이야기의 사건, 삶과 죽음의 대립을 넘어선 죽음의 사건을 어떻게 시인이 표현할 수가 있단 말인가? "죽음의 알몸이 여물어/송장 냄새처럼 붉은 잠자리가/막대 끝에서 떨고 있다"라고 서술하는 시인에게 죽음과 잠자리라는 개별적 사건의 우발적 결합은 시인의 통제에서 벗어난 듯이 보인다. 사건의 서술은 시를 쓰려는 시인의 의지가 아니라 눈 먼 우연의 손끝에 달려 있는 것이다. 그래서 시인은 기약도 없이 신의 메시지를 하염없이 기다려야 하는 구약의 예언자처럼 다만 수동적으로 그러한 우연의 도래를 기다려야 한다. 죽음도 삶도 아니며, 현존도 부재도 아닌 '이야기'를 시인은 상징계의 창고에서 불러온 언어로 서술할 수가 없는 것이다. 만약 서술이 된다면 그것은 우연의 입김에 의해서여야 한다. 우연의 도래, 우연의 기다림──기다리고 기다리다가 그러한 기다림의 자세로 굳어져 시인은 망부석이 될지도 모른다. 시인은 시를 쓸 수가 없는 것이다. 삶을 노래하는 다른 시인들처럼 나는 시를 쓰고 싶다라고 말할 수가 없다. 쓰는 것은 시인의 손이 아니라 우연의 손에 달려 있기 때문이다. 그러나 시인은 기약도 없는 우연에 한없이 손을 내맡기고 있을 수 없는지 모른다. 다른 시인들과 마찬가지로 그도 시를 쓰고 싶은 충동에 부대끼고 있기 때문이다. 이때 시인은 죽음을 삶의 죽음의 이원적 대립의 피안이 아니라 차안으로 재배치함으로써 그러한 수동적 기다림의 자세에서 벗어나 능동적으로 시를 쓸 수 있는 계기를 마련할 수가 있다. 실재계에 빠져 있던 발을 빼내어 다시 상징계에 들여 놓음으로써 언어를 다시 구사하게 되는 것이다. 〈소등〉〈밀밭의 신비〉〈잘 익은 막걸리는〉〈절규〉와 같은 시가 그러한 경우에 속하는데, 가령 〈소등〉도 〈고독〉과 마찬가지로 죽음이 주도 동기가 되어 있지만, 시인이 죽음을 바라보는 태도에는 차이가 있음을 알 수가 있다. '가지 끝에서 석양에 타고 있던' '새'는

석양의 피를 뿜으며 떨어져 내렸다.
그순간, 놀은 하늘로
붉게 번져 오르기 시작하였다.

이 시는 사건의 시가 아니라 상징계적 의미의 시이며, 순수 서술이 아니라 담론에 치우쳐 있다. 죽음이라는 동기가 변증법적인 의미의 맥

락에 붙잡혀 있는 것이다. 〈오랜 기도〉와 마찬가지로 여기서 죽음은
절대적인 죽음이 아니라 승화된 죽음으로서 제시된다. 이러한 승화의
이미지가 공간적으로 형상화되어 있음은 누구나 쉽게 짐작할 수 있을
것이다. 떨어져 내리는 새는 심연 속으로 추락하는 것이 아니라 노을
을 하늘로 끌어올리기 위해서 하강/비상한다. 진정한 새가 하늘에 노
을을 피워 올린다면 떨어져 내리는 것은 가짜 새, 다만 새의 몸에 불
과한 셈이다. 여기서 새의 죽음은 실재로서 새의 죽음이라는 하나의
사건이 아니라 의미 생성의 계기로 작용한다. 시인은 죽음을 그대로
바라보는 대신에 상징적 의미에서 위안을 구하고 있는 것이다. 〈소등〉
에서도 마찬가지이다. '꿈꾸는 시간을 위해' '불을 켜는 시간을 위해
불을 끄'는 시인에게 소등은 곧 점등(點燈)이다. 불을 끄고 기다리면
꿈이 찾아오고, 꿈이 떠나면 눈부신 아침이 찾아온다는 확신이 있기
때문에 시인은 안심하고서 불을 끌 수가 있다. 시차의 매개를 거쳐서
이어지는 소등과 점등의 변증법적 연속성에 대한 확신, 죽음을 통해
서 이루어지는 삶의 승화와 비약에 대한 확신, 새의 피는 헛되지 않고
서 서편 하늘로 노을로 피어오른다는 확신——이러한 확신 위에서 시
인은 죽음의 사건을 의미화한다. '어쩌나, 이 뜬 눈'으로 끊어진 이야
기의 소음을 들어야 하는 시인도 때로는 이러한 상징적인 죽음의 의
미를 통해서 진짜 죽음의 사건성을 비켜 가기도 하는 것이다.

4
시의 존재론:
황지우의 〈95 청량리―서울대〉

시인은 역설적인 존재이다. 적어도 시를 쓰는 순간에, 시를 쓰기 위해서 소재와 언어를 가다듬으며 뜸을 들이는 동안에 시인은 역설적으로 존재한다. 그렇지 않으면 그는 시인이기를 포기해야 할 것이다. 시는 현실이 아니라 허구라는 것, 시는 자연스런 감정의 표현이 아니라 억압이며 왜곡이라는 것, 달리 말해 시는 존재하지 않으면서 존재해야 한다는 것――여기에 시인의 존재론적 역설이 있다. 꽉 물려 있어야 할 존재와 언어, 마음과 몸, 본질과 현상의 사이에 단층이 생긴 것이다. 온전한 존재이기를 바란다면 시인은 깃털 펜을 내려놓고서 '이마가 훤한' 시인들의 무리에게 작별을 고하고 일상으로 돌아가야 할 것이다. 그러면 그는 한편으로 몸과 마음이, 다른 한편으로 존재와 언어가 찰칵 소리를 내면서 맞물리는 탄성의 소리와 더불어서 존재론적 일치를 향유할 수도 있을 것이다.

시인은 단도직입적으로 말하지 않는다. 삽을 삽이라고, 낫을 놓고 기역자라고 말하지 않는다. 그의 존재론적 세계에 일어난 지각변동이 삽을 낫으로, 낫을 호미나 쟁기로 뒤틀어 놓은 까닭이다. 그래서 삽은 삽이 아니며 낫은 낫이 아니게 된다. 삽(기표)과 삽(기의) 사이에는 쉽게 건널 수 없는 의미론적 사막과 바다가 있다. 사막과 바다를 건너지 않으면 삽과 삽은 영원히 만날 수 없는 남남이 되어 버린다. 물론 시인이 언제나 그런 것은 아니다. 낫으로 풀을 베거나 삽으로 땅을 파는 이른바 생활 현장에 있는 시인들, 자연을 직접 손으로 일구는 시인들은 삽을 삽이라고 단도직입적으로 말한다. 손으로 움켜잡으면 당연히 삽은 삽이다. 하지만 그가 펜으로 삽을 움켜잡으면 그것은 삽이기를 중단하고 전혀 다른 무엇이 되어 버린다. (〈저문 강에 삽을 씻고〉에서 정희성은 삽으로 슬픔을 퍼다 버린다고 말하였다.) 시인은 삽이 삽이 아니라는 사실을 잊지 말아야 하는 것이다.

시는 현실이 아니기 때문에 존재론적인 소외가 시의 본질적인 숙명이 된다. 존재와 존재의 방식이 일치하지 않는 것이다. 끓어오르는 분노로 정신을 잃을 만큼 격앙되어 있어도 시인이 그러한 감정에 휩싸여 있는 한 분노의 시를 쓰지 못한다. 물론 그는 한바탕 욕설을 퍼붓거나 상대의 멱살을 잡고 뺨을 갈길 수가 있다. 하지만 그것은 시가 아니다. 분노의 욕설과 행동은 분노의 시가 아니다. 분노가 시가 되기 위해서는 먼저 시인의 비등하던 감정이 차분하게 가라앉아야 하며, 삽을 슬픔으로 바꿔 부르듯이 분노를 분노가 아닌 다른 이름으로 불러 줄 수 있어야 한다. 프란츠 파농은 《검은 피부, 하얀 가면》——백인의 압제에 대한 검은 분노의 저술이라 할 수 있는——을 쓰기 위해 먼저 분노를 삭이는 3년의 여유 시간을 가져야만 했다. 새빨간 분노의 불길에 사로잡혀 있으면 시의 씨앗은 그만 타버린다. 파농이 흑인의 절망과 분노를 모국어가 아니라 프랑스어로 말해야 했듯이 타오르는 검은 분노를 말하기 위해서 시인은 먼저 하얀 가면을 쓰지 않으면 안 된다. 소월은 "하소연하며 한숨을 지으며/세상을 괴로워하는 사람들이여…! 맘에 있는 말이라고 다 할까 보냐"(〈맘에 있는 말이라고 다 할까 보냐〉)라고 말하면서 세상을 탄식하였지만, 사실 그것은 시인의 글쓰기에 더욱 알맞게 적용되는 말이다. '맘에 있는 말을 다할' 수는 있다. 하지만 거기에 단서가 붙어야 한다. 탈춤을 추듯이 가면을 쓰고 서 말해야 하는 것이다.

그러나 때로 시인은 가면을 벗고서 맨얼굴로, 삽에서 낫으로 빛나 가는 은유가 아니라 삽을 삽이라고 단도직입적으로 호명하고 싶은 비시적(非詩的)이거나 반시적(反詩的)인 충동에 젖는다. 때로 시인은 숙명처럼 걸머져야 하는 존재론적·의미론적 단층을 더 이상 견디지 못하는 것이다. 곪아서 터지고 피 흘리며 현실의 한 단면을 언어의 연고를 바르고 쓰다듬으며 하나의 완결된 형식으로 승화시키는 대신에 오히려 굳은 딱지마저 떼어냄으로써 더욱더 피를 흘리게 만들고 싶어 하는 것이다. 〈맘에 있는 말이라고 다 할까 보냐〉에서 소월은 '말을 나쁘지 않도록 좋이 꾸밈'을 권면하였지만, 어느 순간 시인은 그러한 미적인 유혹을 뿌리치고서 그것을 '닳아진 이 세상의 버릇'으로 치부하고서는 시적인 자살을 일부러 꾀하기도 한다. 현실로부터 벗어나 '이마가 흰한' 시인 부락의 높은 언덕에서 현실을 내려다보기를 거부하고서 검은 맨얼굴 그대로 현실 속으로 뛰어드는 것이다. 이때 시는 시이기를 포기하고서 현실의 일부가 되어 버린다. 현실에서 벗어남으로써 미적인 완결을 꾀하는 대신에 차라리 현실의 한 파편이며 상처가 되기를 바라는 것이다. 이제 그에게 사막과 바다의 저 멀리에서 현실에 '대해' 노래하는 태도는 지나치게 도피적이며 은둔적이라는 혐의에서 자유로울 수가 없다. 중요한 것은 현실에 '대해서'가 아니라 현실 '을' 말하며, 농부가 삽으로 땅을 일구듯이 언어로 세상을 가꾸고 변혁시키는 것이다. 특권을 포기한 시인의 언어는 상아탑의 초연함과 승화가 아니라 삽이며 쟁기, 아니 화염병이며 폭탄이어야 한다.

시가 아니라 현실의 한 조각——이 자리에서 필자는 《새들도 세상

을 뜨는구나》에 실린 황지우의 몇몇 시에 대해서 말하려고 한다. 먼저
〈심인〉의 전문을 인용하기로 한다.

'김종수' 80년 5월 이후 가출
소식 두절 11월 3일 입대 영장 나왔음
귀가 요 아는 분 연락 바람 누나
829-1551

'이광필' 광필아 모든 것을 묻지 않겠다
돌아와서 이야기하자
어머니가 위독하시다

'조순혜' 21세 아버지가
기다리니 집으로 속히 돌아와라
내가 잘못했다

나는 쭈그리고 앉아
똥을 눈다

〈심인〉이 좋은 시인가 아닌가 하는 질문은 이 시의 존재론적 당위
성과는 전혀 무관한 질문이다. 이마가 훤한 시인 부락의 특권을 자진
해서 포기한 시인에게 시의 미학적 접근은, 전시(戰時)임에도 태평성
대를 운운하는 시대착오적 질문에 가깝다. 문제는 시가 아니라 현실
이다. 〈심인〉에서는 무자비한 현실이 날강도떼처럼 시의 담장과 대문
과 창문을 부수고 들어와 시인의 안방까지 점령해 버렸다. 아니 시인

자신이 먼저 날강도떼들이 자기의 집을 안방처럼 사용하도록 담장과 대문을 철거해 버렸다고 말해야 옳다. 시인은 현실로부터 자신을 보호해 줄 심리적이며 심미적인 거리를 갖고 있지 않다. 시의 안과 바깥의 경계, 서재의 창문의 안과 바깥의 경계가 무너져 버린 것이다. 뒤샹이 화장실의 변기를 미술전시장에 〈샘〉(1917)이라는 제목으로 전시해 놓았듯이 누구도 거들떠보지 않을 일간 신문 하단의 심인 광고가 시의 프레임 안에 점잖게 자리를 차지하고 있다. 시인은 시를 쓰지 않는다. 아니 시를 쓸 필요가 없다. 현실의 한 파편인 신문 조각을 가위로 오려서 백지 위에 풀로 붙여 놓는 것으로 충분하다. 설혹 김종수·이광필·조순혜와 같은 이름들이 신문에 실린 그대로의 실명이 아니더라도 상관없다. 멀리 물러나 있어야 할 현실이 시인의 서재까지 쳐들어와 시인을 현실의 웅덩이에 빠트려 버린 것이다. 시인은 자신이 처한 현실의 일부를 시로 갈고 가다듬을 여유를 가지고 있지 않다. 더구나 시가 쓰여지는 시점에서 현재 그는 서재에 있지도, 아름다운 풍경을 앞에 두고서 의자에 앉아 있지도 않다. 그는 화장실에서 '쭈그리고 앉아 똥을 누고' 있는 것이다. 화장실에 가지고 간 신문의 주요 기사를 다 읽고서 신문 하단의 구인 광고까지 읽고 있다면, 아마도 그는 변비를 앓고 있는지 모른다. 먹고 삼킨 현실의 단편들이 식도를 타고 내려가 위장에서 소화되고 피와 살로 승화된 다음 남은 찌꺼기가 항문으로 시원하게 빠져나오면, 그는 현실의 중압에서 가뿐하게 해방될 수 있는지 모른다. 하지만 밖으로 빠져나감으로써 몸 안의 평정을 보장해 줘야 할 분비물이 여전히 그의 내부에 머물러 있다. 몸의 안에 들어와 있는 몸의 바깥(세상)이 변비이다. 시인은 세상을 소화하지 못하는 것이다. 김종수와 이광필·조순혜의 심인 광고가 시인이 목에 걸려서 소화되지 않는 것이다. 변비를 앓는 시인은 변비를 앓지 않는 시인처럼 '말을 나쁘지 않도록 좋이 꾸미'는 시를 쓸 수가 없다.

변비를 앓는 시인은 '하소연하며 한숨을 지으며/세상을 괴로워하는 사람들'이다. 현실이 얹혀서 소화가 되지 않는 것이다. 남의 일임에도 김종수와 이광필과 조순혜의 일이 자신의 일처럼 가슴에 얹혀서 소화가 되질 않는다. 여기서 다시 한 번 변비를 앓는 시인의 증후에 주목하기로 하자. 변비를 앓는 시인은 "똥이 무서워서 피하나, 더러워서 피하지"라고 자신을 위안하면서 똥을 피해갈 수도 없으며, "똥 묻은 개가 겨 묻은 개를 나무란다"라며 자신은 똥이 묻지 않은 듯이 행동할 수가 없다. 시인 자신이 바로 똥이기 때문이다. 밖으로 빠져나가지 않고서 안에 머물러 있는 똥, 쾌변 후에 비누로 빡빡 문질러 깨끗하게 손을 씻고서 똥과는 영원히 작별을 고하는 순수한 시인이 되기에 〈심인〉의 시인은 자신의 내부에 너무 많은 똥을 간직하고 있다. 그래서 시인은 서정시의 한 구절을 쓰듯이 자연스럽게 "어느 날, 혼자, 몰래 588에서 동정을 떨고 약 먹다"(〈활엽수림에서〉)라고, "친구 누나의 벌어진 가랑이를 보자 나는 자지가 꼴렸다. 그래서 나는……" 라고 쓸 수가 있다. 여기서 과연 이러한 구절이 시인의 자서전적 진술인지 아닌지에 대한 물음은 아무런 의미가 없다. 심인 광고를 삭히지 못해서 변비를 앓는 시인은 자신의 안과 밖, 나와 남, 시와 세상의 엄격한 구별을 원칙적으로 거부하기 때문이다. 오히려 그는 그러한 구별을 지으려는 자신의 태도에 대해서 노여워하기까지 한다. 김수영처럼 "우선 그놈의 사진을 떼어서 밑씻개로 하자"라고 말을 할 수도 없다. '그 지긋지긋한 놈의 사진을 떼어서/조용히 개굴창에 넣고/썩어진 어제와 결별하'(〈그놈의 사진을 떼어서 밑씻개로 하자〉)기 위해서는 분노의 대상이 자신의 밖에 있어야만 한다. 하지만 황지우는 '어제와 결별'할 수 있는 그러한 특권을 가지고 있지 않다.

'어제와 결별'의 불가능성은 시의 주도 동기를 이룰 정도로 시인의 의식의 큰 몫을 차지하고 있다. 한편으로 시인은 '쭈그리고 앉아' 심인 광고를 읽는 대신에 빨리 변을 마치고서 어두운 현실의 편린들을 빨리 잊어버려야 할 것이다. 그러나 시인은 잊기를 거부한다. 그는 원칙적으로 망각을 용서하지 못한다. '빨간 모자, 파란 제복, 한남운수 소속, 너의 이름, 김명희'를 소재로 쓰여진 〈95 청량리—서울대〉의 한 구절을 인용하기로 한다.

> 승강구 2단에 서서
> 졸고 있는 너를 평면도로 보면
> 아버지 실직 후 병들어 누움,
> 어머니 파출부 나감,
> 남동생 중3, 신문팔이
> 생계(生計)는 고단하고 고단하다
> 뻔하다
> 빈곤은 충격도 없다
> 그것은 네가 게으르기 때문이다?
> 너의 아버지의 무능 때문이다?
> 너의 어머니의 출신 성분이 좋지 않아서이다?
> 네가 재능도 없고 지능이 없어서이지 악착 같고 통박만 잘 돌려봐?
> 그렇다고 네가 몸매가 좋나 얼굴이 섹시하나?
> TIME지(誌)에 실린 전형적인 한국인처럼, 몽고인처럼
> 코는 납작 광대뼈 우뚝 어깨는 딱 벌어져 궁둥이는 펑퍼져 키는 작달
> 아, 너는 욕먹은 한국 사람으로 서서
> 졸고 있다

일하고 있다

그런 너의 평면도 앞에서

끝내는 나의 무안함도, 무색함도, 너에 대한 정치 · 경제 · 사회 · 문화적 모독이며

나의 유사-형제애도, 너에 대한 정치 · 경제 · 사회 · 문화적 속죄는 못 된다.

그걸 나는 너무 잘 안다

그걸 나는 금방 잊는다

〈활엽수림에서〉의 한 구절에서 시인은 1972년 대학에 입학한 후 청량리 일대에서 자취를 했다고 말한 적이 있다. 그는 청량리에서 버스를 타고서 서울대로 등교하였는데, 한국의 문화적 지형도에서 청량리와 서울대의 차이는 땅과 하늘의 차이처럼 절대적이다. 비록 588이 있는 청량리에 자취를 하기는 하지만 서울대생은 출세의 사다리를 타고서 하늘에 오를 수도 있다. 구질구질한 청량리의 현실을 벗어던지고 깨끗하게 '어제와 결별'을 할 수 있는 것이다. 그러한 시인이 등교하는 버스 안에서 차장인 김명희, '코는 납작 광대뼈 우뚝 어깨는 딱 벌어져 궁둥이는 펑퍼져 키는 작달'한 차장을 바라보고 있다. 그에게는 모든 것이 한꺼번에 보인다. 버스 차장밖에 될 수 없었던 그녀의 빈곤한 가정 환경과 무학력 · 무능력을 손금 읽듯이 훤히 꿰뚫어 보는 것이다. 여기서 중요한 것은 그녀를 바라보는 시인의 시선이다. 그녀의 추한 외모가 그의 심미안에 거슬리기도 하지만, 아무튼 그는 그녀가 상징하는 암담한 현실에 자신이 속해 있지 않다는 사실을 너무나 잘 알고 있다. 서울대생이라는 하늘의 높이에서 버스 차장을 내려다볼 수 있는 것이다. "나는 왜 이러는지 세상을 자꾸만 내려다보

려고만 한다." 이때 연민의 정과 동정심은 현실을 내려다보는 시인이 취할 수 있는 가장 손쉬운 반응이 된다. 거지에게 동전 한두 푼을 던지고서 거지의 현실을 잊어버리듯이 연민과 동정은 시인이 그녀의 현실과 거리를 유지할 수 있는 감상적 제스처('나는 왜 그러는지 세상이 자꾸만/짠하고')가 되는 것이다. 눈물을 흘린 대가로 악어는 아무런 죄의식 없이 먹이를 삼킬 수가 있다. 서울대가 악어라면 감상은 악어의 눈물이다. 여기서 시인은 '세상을 자꾸만 내려다보려는' 자신의 감상적 태도가 전제하고 있는 끔찍한 진실과 대면하게 된다. 시인은 먹이를 앞에 두고 있는 악어를 닮아가고 있으며, 그의 시는 악어의 눈물과 별반 다르지 않은 것이다.

시가 악어의 눈물일지 모른다는 진실에 직면하면서 시인은 시로부터 등을 돌린다. 그에게 시인의 존재론적 역설이란 눈물을 흘리면서 게걸스럽게 먹이를 삼키는 악어의 역설적 행위이며, 스스로 똥임에도 불구하고 끊임없이 손을 씻음으로써 '어제와 결별' 하려는 미학적 강박 세척증에 다름 아니다. 버스 차장을 미학적으로 바라보는 순간, 즉 그의 시선이 순간적으로 '코는 납작 광대뼈 우뚝 어깨는 딱 벌어져 궁둥이는 펑퍼져 키는 작달' 하다는 사실을 직관하는 순간 시인은 특권적 위치에 서서 김명희를 대상으로서 내려다보게 된다. 시적 주체와 현실 대상의 거리——이 거리가 멀면 멀수록 시인은 더욱 완벽하게 현실로 열린 문을 걸어 잠그고서 예술의 초월적 위안에 몸을 맡길 수가 있다. 하지만 〈심인〉과 〈95 청량리—서울대〉의 시인은 그러한 초월적 주체가 되기를 철저히 거부한다. 그는 김종수·이광필·조순혜·김명희와 어깨를 나란히 하는 현실의 일부이기를, 그러한 현실을 소화하지 못해서 변비를 앓는 반승화(反昇華)의 시인이기를 지향하는 것이다. 그렇다면 어떻게 그가 시인일 수가 있는가? 어떻게 시를 쓸 수가 있는가? 무엇보다 시는 '말을 나쁘지 않도록 좋이 꾸미'는 미학의 바탕, 존재와 표현의 단층 지대에서 생성되지 않는가. 손에 쥔 한 조각 현실의 의미를 수평적으로 그러한 현실 속에서가 아니라, 수직적으로 아스라한 초월의 영역에서 발견하지 않는가. 말하자면 시인은 삽이라는 언어가 진짜 삽이 아니라는 사실을 너무나 잘 알고 있으며, 시를 쓰기 위해서 언어의 존재론적 균열을 너무나 당연하게 수용해야 하지 않는가. 두말할나위없이 "바퀴벌레는 바퀴가 없다. 수레를 끌지 않는다."(황지우, 〈바퀴벌레에는 바퀴가 없다〉) 삽에 대해서 시를 쓰는 시인이 직접 삽질을 하지 않아도 되듯이 언어를 가지고 작업을 하는 시인은 바퀴벌레에 바퀴가 없으며 수레를 끌지 않는다는 사실에 대해서 염려하거나 절망하지 않아도 된다. 현실은 시의 일부가 아닌 것이다. 하지만 황지우 시인은 현실이 시의 일부가 아니라는 당연한 사실을 당연하게 받아들이지 않는다. "바퀴벌레는 바퀴가 없다. 수레를 끌지 않는다. 쌍!" 중요한 것은 그의 욕설이다. 여기에 그의 반시학적 시학의 존재론적 당위가 있다. 그는 시의 전통이 크게 벌려 놓았던 존재와 표현의 균열을 봉합하려는 것이다. 콜라주를 방불케 하는 기법으로 신문 광고의 일부에 시의 자리를 할당하며 김종수와 이광필의 "쌍!" 하는 욕설을 빌려 오는 까닭도 그러한 존재론적 배려에서 비롯한다. 시인은 바퀴벌레에 바퀴를 달아 줘야 한다.

　황지우의 시를 읽노라면 시인이 역설적인 존재라는 진단이 부르주아적 이데올로기이며 형식주의의 거품이라는 생각이 든다. 시가 시인의 손(현실)을 떠나는 순간 초월적 하늘로 솟아올라서 별이 되는 것이 아니라, 호미와 쟁기처럼 시인이 손에 쥐고서 살아야 하는 무기이며 연장인지 모른다. 시는 하얀 가면이 아니라 그냥 맨얼굴, 검은 피부인지 모른다. 또 시인은 시에 대해서뿐 아니라 자기의 삶에 대해서도 책임을 져야 하는지 모른다. 청결강박증 환자 빌라도처럼 손을 씻고서 독야청청하려는 대신에 현실의 진흙을 뒹굴면서 역사의 지형을 바꾸는 이전투구의 자세, 수세식 화장실의 미학이 아니라 재래식 화장실의 미학이 필요한지 모른다. "봉준(琫準)이가 운다, 무식하게 무식하게/ 일자무식하게."(황동규의 〈삼남에 내리는 눈〉에서) 시인은 유식의 하얀 가면을 벗어던지고서 '봉준이'처럼 '일자무식하게' 우는 법을——또 다른 시인에게서가 아니라 버스 차장 김명희에게서——배워야 하는지 모른다.[1] 유식이란 악어의 눈물이기 때문이다.

---

1) 노파심에서 덧붙이는 말이지만 '봉준이가 운다 무식하게'로 시작하는 황동규의 시는 물론 전혀 무식하지 않다.

5

문학과 현실: 손창섭의 《혈서》

　손창섭 소설은 "음산하고 어두운 분위기로 시작되어 역시 어두운 분위기로 끝나는 경우가 많다." 그의 작품 전체를 지배하는 이런 음산한 분위기를 반영이라도 하듯 등장 인물들도 병적인 인간들, 심리적으로 육체적으로 망가진 인간들투성이이다. 한마디로 그의 소설은 전형적인 '병자의 소설'이거나 불구자의 소설이다. 특히 지식인의 자의식과 관련해서 더욱 그러하다. 대학생이나 교사와 같은 지식인들이 많이 등장하는 그의 작품에는 궁핍한 시대를 살아가는 지식인들의 자화상이 자조적 혹은 자학적으로 묘사되어 있다. 지식인들은 현실의 자그마한 타격에도 쉽사리 망가지는, 그것도 패배를 너무나 쉽게 자인하는 철저히 수동적이고 소극적인 모습으로 한결같이 등장한다. 거대한 망치를 휘두르는 현실 앞에서 지식인의 자의식은 너무나 왜소하게 위축되는 것이다. 때문에 이러한 지식인의 자화상을 손창섭의 작품 속에서 더듬는 작업은 지적 자의식의 거울에 예민하게 확대 투영된 병적 증상의 목록을 작성하는 작업으로 끝나기 쉽다.

　과연 현실이 의식을 일방적으로 규정하는 것일까? 이 질문은 《혈서》의 독해의 출발점이 된다. 흥미롭게도 이 작품에서 현실은 의식과 직접적으로 대면하는 대신 〈혈서〉라는 시를 통해서 중재된다. 문학 텍스트를 중심에 두고, 한편에는 암담한 현실이 또 다른 한편에 의식이 양극으로 대립되는 구도에서 《혈서》의 서술이 진행되는데, 〈혈서〉는 현실의 위협에 노출된 병적인 의식을 보호하는 방파제의 역할을 한다. 현실의 중압에 말문이 막혀 버린 지식인의 혀를 풀어 놓는 구조적인 장치로서 〈혈서〉가 자리잡고 있는 것이다. 때문에 《혈서》에서 궁핍한 시대를 살아가는 지식인의 문제는 궁핍한 시대에 과연 문학이란 무엇인가 하는 질문으로 환원될 수가 있다.

우선 논의의 가닥을 잡아 나가기 위해 《혈서》의 내용을 간단히 소개하기로 한다. 이 작품에는 5명의 인물이 등장하는데, 지방에서 모필과 먹 장사를 하는 김노인을 제외하면 모두 대학생인 규홍의 자취집에 식객으로 얹혀 살고 있다. 달수도 역시 대학생이기는 하지만 고학으로 매우 어렵게 공부하는 처지이다. 고학생이 아니라 거지라고 놀리면서 달수와 언쟁을 벌이기 좋아하는 준석은 전쟁통에 한쪽 다리를 잃은 불구자로, 험한 세상의 속내를 잘 알고 있는 듯이 행동한다. 작품의 발단은 '오늘도 취직을' 못하고 돌아오는 달수를 향해 "날마다 벌벌 떨면서 공연히 취직을 구해 싸다니지 말고 어서 군문에 자원 입대하라"고 내쏘는 준석과의 대화에서 비롯된다. 여기서 시작된 이들의 대화는 시인 지망생인 규홍이 쓴 시 〈혈서〉에 대한 논쟁으로 발전한다. 여자도 아닌 남자가 '문학을 한다는 것부터가 비위에 거슬리는' 준석은 이것을 '미친 소리 같은 시'라고 주장한다. 비록 이들의 대화나 논쟁에는 참여하지 않지만 규홍의 집에는 간질병 환자이면서 김노인의 딸인 창애도 함께 살고 있는데, 김노인이 보낸 편지가 계기가 되어 이들의 논쟁은 규홍과 창애가 결혼하는 문제로 비약한다. 준석은 시의 한 구절처럼 '모가지를 뎅겅 잘라서 혈서를 쓸 수 있는 사람'만이 창애와 같은 '지랄쟁이하구 결혼할 수 있다'고 주장한다. 정작 당사자인 규홍과 창애는 이런 언쟁에는 아무런 관심이 없다. 그런데 어느 날부터인가 창애의 몸에 변화가 생기기 시작한다. 이러한 창애의 변화에서 달수는 '이미 오래전부터 준석이 창애에게 손을' 대왔다고 확신한다. 그리고 또다시 규홍과 창애의 결혼 문제가 논점으로 떠올랐을 때 절대로 그럴 수는 없다면서 임신한 창애의 배를 가리킨다. 궁지에 몰린 준석은 달수를 '국적'이니 '병역기피자'라고 몰아대면서 혈서를 쓰라고 강요하고는, 그의 손가락을 도마 위에 올려 놓고 식칼로 절단해 버린다. 문학 텍스트가 현실의 혈서로 바뀐 것이다. 손가락이 잘린 달수는 기절하고, 당황한 준석은 '지팡이로 언 땅을 울리며 어둠 속으로' 사라진다.

위와 같이 요약되는 플롯에서 눈여겨 볼 것은 달수와 준석 사이에 오고가는 논쟁을 통해 드러나는 현실 인식의 차이로, 적나라한 현실에 눈을 맞추는 준석과 달리 달수의 시선은 미래를 향해 다가서 있다. 이러한 현실 지향적 시선과 미래 지향적 시선의 차이는 단지 텍스트의 해석에 머무르지 않고 행동의 변화, 현실의 변화까지 수반한다. 문학 텍스트에는 수행적인 힘이 내장되어 있는 것이다. 결론을 앞질러 말하면 텍스트의 수사적 언어 층위가 무시되면서 감탄문으로서의 문학은 명령문으로, 펜은 칼로 바뀐다. 문학을 문학으로 읽지 않는 준석이 시를 정치적인 강령으로 바꿔 놓는 것이다. 문학은 더 이상 문학이기를 중단하는 순간 살아서 현실을 움직이는 강력한 힘이 된다. 문학의 문학성을 무시하는 현실론자들의 손에 쥐어질 때 문학 텍스트는 가장 날카로운 칼이 되는 것이다.

준석의 현실 논리는 〈혈서〉에 대한 독해에서 두드러지게 나타난다. 우선 시의 전문을 인용하기로 하는데, 참고로 이 시가 훌륭한 시인지 아닌지에 대한 물음은 필자의 논지와는 무관하다는 것을 미리 밝혀

둔다. "혈서 쓰듯/혈서라도 쓰듯/순간을 살고 싶다……(1연 생략)……모가지를/이 모가지를/댕겅 잘라//내용 없는/혈서를 쓸까!" 이 시에 대해 준석이 보이는 반응은 다음과 같다. "모가지를 잘라서 혈서를 써? 모가지를 잘라서 말야, 이 모가지를 잘라서 말야. 그러면 어떻게 되는 거야. 내 원 별 자식을 다 보겠어. 규홍이 같은 건 일선에 나가서 콩알맛을 좀 봐야 돼. 감정 콩알이 가슴패기를 뚫구 나가두 모가지를 잘라서 혈서를 써? 대관절 그게 시야, 그게."

준석은 시적 발언을 사실적 발언으로, 감탄사로 끝나는 시의 종결부(혈서를 쓸까!)가 명령문이거나 청유형 어미라도 된다는 듯이 받아들인다. 그는 '혈서를 쓸까'로 끝나는 자기 독백적인 감탄형 의문문을 '혈서를 쓰자'나 '혈서를 쓴다'라는 주장으로 오인하는 것이다. '쓸까'라는 결어는 '쓰자'나 '쓴다'라는 단정적이거나 서술적인 진술로 확정되어 있지 않다. 그럼에도 준석은 다양한 의미의 층위를 단 하나의 협소한 사실적 언명으로 환원시키고 싶어한다. 이것은 '혈서라도 쓰듯/순간을 살고 싶다'라는 구절과 관련해서 더욱 뚜렷해진다. '혈서라도 쓰듯'이라는 대목은 '살고 싶다'라는 구절을 수식하고 강조한다. 의미의 강세가 혈서가 아니라 '살고 싶다'에 주어지기 때문에, 혈서라도 쓰는 심정으로 강렬하고 뜨거운 삶을 살고 싶다는 시인의 강한 결의가 담겨 있다. 시인의 시선은 죽음이 아니라 삶에 초점이 맞춰 있는 것이다. 그럼에도 준석은 삶과 죽음의 관계를 정반대로 역전시켜 놓는다. 이와 같이 목적과 수단이 전도된 가운데 삶의 요청은 차가운 죽음의 명령으로 변질되는 것이다.

준석의 오독은 언어의 비유적 성격에 대한 오해와 뗄 수 없는 관계에 있다. 삶의 요청을 죽음의 요청으로 읽은 그의 독법은 매체(vehicle: 혈서 쓰듯)를 주의(tenor: 순간을 살고 싶다)로서 잘못 읽은 결과이다.

'듯'의 사용을 통해 비유의 성격이 의심의 여지없이 표면에 드러나 있음에도 그는 그것을 비유로서 읽어내지 않는다. 감추어진 비유나 확대된 비유의 경우에는 더 말할 여지가 없다. 〈혈서〉 전문도 하나의 확대된 비유로서 읽힐 수 있다. '혈서 쓰듯'이라는 구절이 직유라면, '모가지를 뎅겅 잘라'로 시작되는 마지막 연은 하나의 커다란 은유로서 간주될 수 있는 것이다.

문학의 속성이 비유적 언어의 사용에 있다는 점을 감안하면, 비유적 언어의 거부는 곧 문학의 거부가 된다. 비유적 언어를 구사하는 "규홍이 같은 건 일선에 나가서 콩알맛을 좀 봐야" 한다고 주장하는 준석의 논리에 따르면 어디까지나 총알은 총알이며 모가지는 모가지이다. 모가지를 잘라서 혈서를 쓴다고 농하는 시인은 가장 기본적인 현실의 ABC도 모르는 사람이기 때문에 전쟁터에 나가서 고생을 해봐야 한다는 것이다. 언제 죽을지 모르는 전쟁터에서 그런 헛소리는 하지 않을 것이라는 내심의 장담이 그의 주장의 바탕에 깔려 있는 것이다. 말하자면 준석은 비유적 언어의 사용을 금지하면서 단순명료한 의사소통(A는 A이다)의 모델을 옹호한다. 이러한 언어관은 그의 현실관과도 부합하는데, 어휘의 사전적 정의처럼 모든 것들이 정해진 질서의 네트워크에서 자신의 위치를 정확히 지키고 있어야 한다. 또 그러한 질서로부터 일탈하려는 시도는 철저하게 금지되어야 한다. 그래서 그는 사전적인 언어 사용법에서 일탈한 규홍의 시를 용서할 수 없듯이 가난한 처지에서 벗어나려는 달수를 용서하지 못한다. 그에게 〈혈서〉가 '미친 소리 같은 시'라면 달수는 '형편없는 천치'에 다름 아니다.

준석이 완고하게 고집하는 자구적 언어는 경직된 언어, 미래의 창이 닫힌 현재형의 언어로, 그러한 언어의 의미는 과거의 세력에 의해서 규정되고 제한된다. 그것은 준석이 달수의 반론에 대해 언제나 최종적으로 내세우는 권위가 과거의 전쟁 경험이라는 사실에서 분명해진다. 토론의 막바지에 이르면 그는 '일선에 나가서 콩알맛'을 봐야 한다는 결론을 언제나 달수에게 강제하는데, 그에게 현실이란 전쟁 경험, 그것도 자신의 다리를 잃을 수밖에 없었던 전쟁의 상처에 다름 아니다. 달수가 입대해야 한다고 강조하는 그는 은근히 규홍과 준석도 자신과 마찬가지로 불구가 되기를 바라고 있다. 온전한 신체에 전쟁의 메스를 들이대고 싶어하는 것이다. 그것은 문학 텍스트에 대해서도 마찬가지이다. 비유적 언어와 자구적 언어로 교차 직조된 텍스트의 몸에서 비유적 언어의 부위를 폭력적으로 도려냄으로써 절름발이 텍스트로 만들고 싶어하는 것이다.

비유적인 언어 사용을 거부하는 준석의 독해는 곧 폭력으로 전환된다. 준홍이 '모가지를 뎅겅 잘라서 혈서'를 써야 한다고 주장했던 준석은 마침내 달수의 손가락을 절단하는 것이다. 문학 텍스트에서 비유적 언어를 도려내고자 했던 그는, 아니 문학 자체의 존재 이유를 부정하고자 했던 그는 오히려 역설적으로, 문학의 힘을 맹목적으로 수행하는 집행자가 된다. 그는 문학 텍스트의 열린 의미를 폭력적으로 닫아 놓으면서 스스로 그러한 폭력의 노예가 되는데, 이러한 폭력이 문학 텍스트에 수행적인 힘을 부여하는 것이다. 흥미롭게도 손가락이 잘린 달수는 그러한 수행적 힘의 수혜자가 된다. 준석에게 병역기피자라는 비난을 감수하면서도 대학을 마치기 위해 입대를 연기해야 했던 그는 검지가 절단됨으로써 병역의 의무로부터 벗어나는 것이다.

규홍이 간질병자인 창애와 결혼해야 한다는 준석의 논리는 문학의 비유적 성격에 비추어 보면 일면 정당성을 지닌 듯 보이기도 하지만, 어디까지나 자기 모순적이며 자기 기만적인 함정에 빠져 있다. 준석은 "결국 모가지를 뎅겅 잘라서 혈서를 쓸 수 있는 사람은 말야, 지랄쟁이하고 결혼할 수 있다는 것야"라는 논리를 펼친다. 모가지를 잘라서 혈서를 쓰지 않듯이 지랄쟁이하고도 결혼하지 않는 정상적인 논리가 규홍에게는 적용되지 않는 듯이 보인다. 시적인 세계에서는 지랄쟁이도 지랄쟁이가 아닐 수 있으며, 명예나 부도 명예나 부가 아닐 수 있다. 그것은 모든 것이 판에 박힌 듯이 고정되고 경직된 세계가 아니라 유연한 열린 세계, 따라서 규홍이 지랄쟁이하고도 결혼할 수 있는 세계이다. 현실의 산술에 따르면 이익은 이익이며 손실은 손실이다. 또 4로 나뉘면 1은 1/4이 된다. 1을 가진 사람이 그의 재산을 세 사람과 공유해야 한다면 그의 몫은 1/4로 줄어들게 마련이다. 이것은 준석으로서는 도저히 납득할 수 없는 절대적인 손실이 될 것이다. 하지만 규홍의 열린 세계에서는 손실이 손실이 아닐 수 있다. 그래서 규홍은 혼자 쓰기에도 빠듯한 생활비를 준석과 달수·창애와 기꺼이 공유하는 것이다. "누구를 찾아가 보아도, 다리 하나 없는 자기를 규홍이만큼 너그럽고 무탈하게 대해 주는 사람은 없었기 때문이다. 밤낮 방에서만 뒹굴며 아무리 오래 얻어먹고 지내도 규홍은 얼굴 한번 찡그리는 일이 없었다." 달리 말해서 규홍은 '미친 소리 같은 시'나 쓰고 있는 비현실적인 인물이기 때문에 준석에게 얼굴 한번 찡그리지 않는다. 여기에 하나의 역설이 있다. 준석은 '다리 하나 없는 자기'를 '너그럽고 무탈하게 대해 주는' 규홍의 행동이 '개수작'이며 '미친' 짓에 불과하다고 비난하는 셈이다. 준석에 의해 대변되는 현실의 논리, 즉 모가지는 모가지이고 지랄쟁이는 지랄쟁이라는 너무나 당연한 논리의 배경에는 자기 기만과 자기 모순이 자리잡고 있는 것이다.

준석의 자기 모순과 자기 기만은 결핍의 증상이면서 동시에 그 기능이라 할 수 있다. 의식의 지평에 미래가 부재하는 그의 현실은 결핍의 경험으로서 과거에 의해서 철저히 규정되고 제한되어 있다. 열린 가능성의 창이 차단된 내면 세계——사실 그는 밤낮 이불을 뒤집어 쓰고 방 안에서만 지내는데——안에서 모든 것들의 의미와 가치는 이미 결정되어 있다. 그는 과거 경험에 의해서 응고되고 화석화된 인간의 전형인 것이다. 그리고 그의 독해도 그런 메두사적인 시선을 고스란히 반영하고 있다. 그의 시선에 노출되는 순간 미결정의 하늘을 날던 문학은 사살된 새처럼 날갯짓을 잃고서 차가운 땅바닥에 떨어지는 것이다.

현실이란 무엇인가 하는 질문은 어쩌면 무의미한 것인지 모른다. 세계에 주어진 자연적·사회적 질서의 총합으로 정의되어도 질문 자체의 애매모호성은 사라지지 않는다. 너무나 추상적이고 막연하기 때문에 현실 인식의 심지를 돋워 주지 않는다. 《혈서》와 같이 사건의 진행이나 구성이 단순한 텍스트에 비친 현실의 모습도 마찬가지이다. 비록 텍스트에 소상하게 서술되어 나타나지는 않았지만 세 명의 주요 등장 인물의 시선에 들어온 현실의 풍경도 다양하다. 6·25 직후의 암담한 시대 상황을 배경으로 깔고 있지만, 그것으로 현실의 진면목이 간단하게 요약되지는 않는다. 사회의 모든 구성원에게 현실은 하나의 일관되고 통일된 전체로 다가오는 대신 그들이 처한 개별적인 상황에 따라서 천 가지 만 가지 분기된 파편으로 다가오며, 따라서 천 가지 만 가지의 상이한 현실들이 한꺼번에 공존한다. 다리 한쪽이 절단된 준석의 현실은 부유한 대학생 규홍은 물론 고학생인 달수의 현실과 다르며, 아예 현실을 향한 창을 닫아 버린 창애의 현실과도 상이하다. 본질적인 의미에서의 진짜 현실이란 존재하지 않으며, 다만 다양한 해석만이 있는지 모른다. 그렇다면 어느 누구의 현실도 다른 사람의 현실보다 더욱 '현실적'이라고 말할 수 없을 것이다.

그럼에도 텍스트에서 "이 멍텅구리가 세상을 어떻게 보는 거야"라고 달수를 향해 쏘아붙이는 준석만이 현실이 무엇인지 잘 알고 있다는 투로 행동한다. 그리고 이른바 현실론자인 준석에게 문학이라는 것도 '여자들이나 할 일'이며, '대장부가 관여'하기에는 너무나 비현실적인 활동으로 여겨진다. 그러나 마치 현실의 담보자라도 된다는 듯한 준석의 자기 확신이 철저한 현실 인식에 뿌리를 두고 있는 것이 아니다. 그것은 한쪽 다리가 절단된 체험과 아무런 희망의 빛도 보이지 않는 캄캄한 미래의 예기, 다시 말해 결핍의 경험과 결핍의 예상이라는 이중 결핍에 근거를 두고 있다. 그럼에도 그는 이 특수한 하나의 경험을 현실 일반의 모습으로 제유화시켜 놓고는 현실의 다른 모습에는 아예 시선조차 돌리지 않는다. 과거 경험 속에 화석화된 인물인 준석에게 현재의 모든 의미는 이미 과거에 의해 결정되어 있다. 이와 같이 의미와 가치의 바둑판을 빼곡히 채우고 있는 죽음의 질서, 결정성의 논리가 이른바 준석의 현실을 구성한다. 그러한 결정성의 사제로서 그는 미결정된 미래의 소리, 엄격한 질서의 바둑판에 새로운 수를 놓으려는 모든 시도를 철저히 배척하고 거부한다. 문학의 독해와 관련해서 이렇게 화석화된 현실 논리는 사물과 기호가 일 대 일로 상응하는 자구적 언어를 옹호하고, 이 안정된 상응의 질서를 헤집거나 교란하는 비유적 언어에 대한 전면적인 저항감과 배척으로 나타난다.

그런데도 마치 현실의 담보자처럼 행동하는 준석은 규홍의 식객에 불과할 뿐 아니라, 비현실적이라는 이름으로 문학을 배척하는 이른바 현실적 담론도 규홍의 문학적 공간에서 이루어진다. 현실 옹호의 담론이 비현실적인 문학의 품안에 감싸여 있는 것이다. 〈혈서〉는 준석에게 '미친 소리 같은 시'에 불과하다. 그런데 역설적으로 규홍이 현실적인 인물이 아니기 때문에 그는 준석이나 달수에게 기꺼이 집과 음식을 제공한다. 준석의 논리에 따르면 나의 집은 나의 집이며 너의 집이 아니고, 식객은 식객이지 주인이 아니다. 그러나 시인인 규홍은 그러한 현실 논리의 목소리에 따라서 행동하거나 사유하지 않는다. 그래서 나의 집인데도 나의 집이 아니라는 듯이, 주인이면서도 주인이 아니라는 듯이 행동함으로써 경제적인 기득권마저 기꺼이 포기한다. 아이러니한 사실은 비유적 언어를 '미친 소리'라고 매도하는 준석이 그러한 비유적 언어의 최대 수혜자라는 점이다. 그럼에도 그는 수혜자가 아닌 듯이, 또 식객이면서도 주인처럼 행동한다. 비유를 거부하면서도 실상 그는 비유적으로 행동하는 것이다. 이 점에서 그의 현실 논리는 무엇보다 자기 모순에 빠져 있다. 그는 자신의 경험의 좁은 거울에 비친 현실 한 조각이 현실 전체라고 제유적으로 미리 규정해 놓고는, 그것의 근거를 살펴보려는 시도조차 하지 않는다. 그래서 그의 현실 인식은 맹목적이 된다. 그의 현실은 경직된 질서를 맹목적으로 옹호하는 폭력적 세력이다.

현실론자가 과거로서 현실을 정의한다면 문학은 미래의 비전으로부터 현실의 의미를 집어낸다. 현재 시제로 진행되는 달수와 준석의 논쟁처럼 주어진 바로 지금 이 순간에서 모든 담론이 생성한다면 현실론자는 과거에서 담론의 실을, 문학은 미래에서 담론의 실을 뽑아낸다. 한꺼번에 전체적으로 주어지지 않는 현실은 다만 과거나 미래의 이름으로 다양하게 해석될 따름이다. 과거 지향적이건 아니면 미래 지향적이건 그 어떤 해석도 현실의 담보자로서 자처할 수가 없음은 물론이다. 그럼에도 과거를 향해 돌아앉은 준석과 같은 인물들은 자신이 유일한 현실의 대변자인 듯이 행동하면서 비현실적이라는 이유로 문학을 비난한다. 무엇보다도 그는 현실의 질서를 교란시키는 비유적 언어 사용을 견뎌내지 못한다. 현실에 대한 두 가지의 해석과 관련해서 자구적 언어 사용이 과거형의 담론 양식이라면, 비유적 언어는 미래형의 담론 양식이다. 현실론자가 옹호하는 죽음처럼 엄격하고 완고하게 구획된 의미의 자구적 자판을 문학은 비유적으로 읽어냄으로써 고정된 자판을 끊임없이 새롭게 배열할 수 있는 위치로 올려 놓는다. 그럼으로써 죽은 의미의 굳은 살을 살아 있는 부드러운 살로 바꾸어 놓는 것이다. 기득권을 수호하려는 현실론자들, 과거 질서의 영속화와 화석화를 꾀하는 현실론자들은 비현실적이라는 이유로 이러한 생성과 변화의 비유적 움직임을 정지하고 단죄하거나 그것을 자구적으로 풀이함으로써, 다시 말해 문학을 현실의 질서로 환원시킴으로써 현실의 질서 속에 문학을 포섭하고 감금하려 시도한다. 그러나 시인의 손에서 벗어나 문학을 거세하려는 현실론자의 손에 쥐어지면서 문학은 오히려 더욱 막강한 현실적인 힘과 영향력을 발휘한다.

6

추녀의 욕망: 천운영의 《바늘》

세상의 이야기의 창고는 너무나 많은 선남선녀의 사랑 이야기로 흘러 넘친다. 특히 동화의 세계에서 여자 주인공은 한결같이 아름답다. 신데렐라(Cinderella)의 이름처럼 검댕투성이의 허름한 옷을 입고 있어도 그녀의 아름다움은 변치 않는 빛을 발한다. 어둠과 진창에 던져져 있어도 보석은 여전히 빛을 발하는 것이다. 그래서 남자들은 한눈에 이 빛에 눈이 멀어 버린다. 생때같은 젊음이 시퍼런 칼날에 무수히 쓰러져야 했던, 자식을 잃은 여인의 통곡이 천지를 진동시켰던 트로이 전쟁도 헬렌의 아름다움에서 비롯된 것이었다. 동풍이 비를 몰아오듯이 여자의 아름다움은 피와 죽음, 쇠 냄새와 화약 냄새를 몰고 오는 것이다. 못생긴 남자도 미녀를 얻기 위한 전쟁터에 뛰어들어 목숨을 걸 수가 있다. 훤칠한 키에 준수한 외모의 남자라면 금상첨화이겠지만, 사랑과 욕망의 이야기가 쓰여지기 위해서 남자 주인공이 반드시 미남일 필요는 없다. 총과 칼, 권력과 재물에서도 단박에 눈을 멀게 만들 정도의 남성적 광채가 흘러나오는 것이다. 《노트르담의 꼽추》의 남자 주인공, 혐오스러운 얼굴의 귀머거리 꼽추인 반인(伴人)의 카지모도(Quasimodo에는 반인이라는 의미가 있다)도 에스메랄다(Esmeralda)를 헌신적으로 사랑할 수가 있다. 남자이기만 하다면, 심지어 반인도 미녀를 욕망하며 탐할 수가 있다. 하지만 그 반대의 명제는 성립하지 않는다. 추녀는 미남을 욕망하거나 탐할 수가 없다. 그것은 애당초 불가능한 이야기이다. 두 번 바라보기 싫을 정도로 박색의 추녀가 미남을 남편으로 맞이하는 이야기는 세상에 존재하지 않는다. 기껏해야 그녀는 마녀나 사악한 노파, 성깔 사나운 노처녀, 시기와 질투로 일그러진 친구의 자격으로 등장해서 여주인공의 아름다움이 더욱 찬란하게 빛을 발하도록 들러리 역할을 할 따름이다. 우리는 욕망의 주체로서 추녀를 상상할 수가 없다.

천운영의 《바늘》은 우리가 일찍이 상상할 수 없었던 추녀의 욕망, 혹은 욕망하는 추녀에 관한 이야기이다. 카지모도와 같은 추남이 에스메랄다를 욕망할 수 있었다면, 마찬가지로 천하박색인 추녀도 당당하게 욕망의 주체로 발돋움할 수 있다는 것이다. 하지만 어떻게 추녀가 욕망을 할 수 있단 말인가? 처음부터 이것은 불가능한 시도처럼 보인다. 앞서 언급했던 남성중심적인 문화의 문법에서 추녀라는 색인어와 욕망이라는 색인어의 결합은 허용되지 않는다. 문법——소설가가 글을 쓰도록 만들어 주는 언어의 규칙——은 남녀 대칭적이 아니다. 카지모도와 같이 미녀의 사랑을 꿈꿀 수 없을 정도로 결핍되고 망가진 남자에게도, 원칙적으로는 여전히 희망의 불빛이 꺼지지 않는다. 목숨을 두려워하지 않는다면 총과 칼로 무장함으로써 치명적인 존재의 결여를 상쇄할 수 있다. 단 한번 미녀의 입맞춤을 얻기 위해서 온 세계를 상대로 결투를 신청할 수 있으며, 구멍난 상처에 탈지면을 밀어넣듯이 정복한 세계로 존재의 결핍을 보완할 수도 있다. 그의 결핍은 절대적인 결핍이 아니라 상대적인 결핍, 어느 환희의 순간에 온전한 전체로 복원될 수 있는 잠정적인 결핍이다. 반면 추녀의 결핍은 절대적인 듯이 보인다. 엄격한 신분제의 사회에서처럼 추녀로 태어나는 순간에 이미 영원한 추녀의 운명이 형벌처럼 그녀를 기다리고 있는 것이다. 그녀의 결핍을 채워 줄 수 있는 칼과 창이 부재하기 때문이다. 이것은 한 여자의 사랑을 얻기 위해 벌이는 두 남자의 혈투를 상상해 보는 것으로 충분하다. 결투에 임하는 순간에 구애자의 외모는더 이상 문제가 되지 않는다. 칼부림과 총싸움이 두 남자의 운명을 결정짓는 것이다. 이때 당사자인 여자는 무엇을 하는가? 다만 가슴을 조이면서 기다릴 따름이다. 그녀가 미녀라면 이미 완성된 완벽한 존재이기 때문에 더 이상 아무것도 가감할 것이 없다. 추녀의 경우에도 마찬가지이다. 이미 완벽한 결핍이기 때문에 곱하거나 나누더라도 여전한결핍으로 남는다. 말하자면 여자는 칼과 총——남성의 성기——을갖고 있지 않는 것이다. 여자의 몫으로 주어진 것이 있다면 바느질용바늘일 뿐이다. 그렇다면 추녀는 어떻게 자신의 결핍을 보충할 수가있다는 말인가?——천운영의《바늘》은 이 질문과의 싸움이다.

II

《바늘》의 일인칭 주인공이면서 서술자인 나는 문신을 새기는 여자이다. 원하는 대로 일이 잘 풀리지 않거나 무력감에 젖어든 남자들은몸에 문신을 새기면 삶의 에너지가 충전될 것이라는 기대감에서 화자를 찾는다. 현실의 결핍을 문신으로 보충하고 싶어하는 것이다. 가령노름꾼은 오광을 몸에 새기면 도박에 행운이 따를 것이라는 바람에서, 유약한 남자는 무기를 몸에 새기면 보다 강인해질 것이라는 바람에서 그녀를 찾는다. 화자와 마찬가지로 문신을 원하는 남자들은 카지모도처럼 존재의 중심이 결여된 반인이다. 화자는 지독하게 못생긴여자이다. 여자이지만 아름다움이 결핍된 여자, 남자들의 욕망을 자극하지 못하는 여자로, 그녀 자신의 묘사에 따르면 "툭 튀어나온 광대뼈와 꼽추를 연상케 할 정도로 둥그렇게 붙은 목과 등의 살덩이, 눈살을 찌푸리게 하는 목소리, 뭉뚝한 발가락……"이 혐오감을 불러 일으킨다. 그래서 문신 고객들과 마찬가지로 그녀도 자신의 결핍을 보충하고 싶어하는데, 그렇다고 그녀가 화장이나 성형수술에 의존하는 것은 아니다. 무엇보다도 그녀는 힘, 세상을 쥐고 흔드는 잔인하면서도 강력한 힘을 원한다. 그녀가 전쟁기념관을 즐겨 찾는 이유도 거기에 있다. 제도와 인습·덕목에 속박되지 않고 거침없이 힘이 발산되는 유일한 공간이 전쟁터이기 때문이다. 전쟁기념관에서 근무하는 801호 남자의 고백은 화자의 고백이기도 하다. "나는 전쟁이 좋아. 전쟁은 강하거든. 강함은 힘에서 나와. 세상에서 가장 아름다운 건 힘이야." 화자는 아름다운 외모보다는 힘을 소망하는 것이다. 하지만 전쟁기념관의 온갖 무기와 병기들도 그녀의 상상력을 충분히 만족시켜 주지 못한다. 기념관에서는 "전쟁에 반드시 있어야 할 피와 살상은 어디서도 보이지 않는다." 바로 이 대목에서 독자들은 화자가 그토록 힘, 피와 살상을 갈망하는 이유에 대해서 질문을 던지고 싶어지는데, 여기에서 현파 스님을 둘러싼 또 하나의 이야기가 화자의 이야기와 중첩이 된다. 독자는 "유리관 속에 전시된 무기들을 하나씩 꺼내어 스님을 향해 공격하고" "좀더 강하면서 잔인한, 증거가 남지 않는" 방법으로 스님을 살해하는 상상에 빠지는 화자의 모습을 목격하게 된다. 또 하나의 이야기란 독자로 하여금 무성한 추측을 불러일으키게 하지만 텍스트 자체는 아무런 분명한 해석의 단서를 던지지 않는, 화자의 어머니 김형자와 현파 스님의 이야기로, 과거에 간질을 앓던 딸을 치료하기 위해서 화자의 어머니는 현파 스님이 주지로 있던 미륵암을 찾았었는데, 딸의 간질이 치유된 후에도 어머니는 스님을 가까이 모시기 위해 한복집을 정리하고는 탈속해 버렸다. 그런데 화자의 서

술이 전개되는 현재의 시점에서, 그녀는 갑자기 집으로 찾아온 문형
사를 통해 어머니가 스님을 살해했다는 소식을 접한다. 왜 어머니가
스님을 살해하려 했는지 동기에 대해서 텍스트는 굳게 입을 다물고
열지 않는다. 그럼에도 화자는 어머니의 스님 살해를 너무나 당연한
사건으로 받아들일 뿐 아니라, 앞서 인용된 대목에서 짐작할 수 있듯
이 만일 기회가 주어졌다면 화자 스스로 나서서 스님을 죽였을 것이
라는 심증을 독자에게 심어 준다. 화자는 어머니와 동일시하는 것이
다. 아무튼 텍스트의 말미에 이르러서 화자 자신이 전쟁기념관에서
꿈꾸었던 "좀더 강하면서 잔인한, 증거가 남지 않는, 엄마가 할 수 있
는 그런 [살인] 방법"의 정체를 깨닫게 된다. 평생을 바느질하면서 살
았던 어머니는 바늘로 스님을 살해하였던 것이다. "바늘을 잘게 잘라
매일 마시는 녹즙에 넣어 봐. 가늘고 뾰족한 바늘 조각은 내장을 휘돌
아 다니면서 치명적인 상처들을 만들지. 혈관을 따라 심장에 이르면
맥박을 잠재우며 죽음을 부르는데, 아무런 외상도 없어." 스님을 살
해한 후 자살을 택했던 어머니가 남긴 유품을 정리하던 가운데 '엄마
가 가장 아끼던 일제 바늘쌈'에 있던 바늘들의 끝이 한결같이 잘려
있었다는 사실을 발견하면서 화자는 불현듯 어머니의 말이 떠올랐던
것이다. 이때 순간적으로 화자는 깨달음을 얻는다. 그리고는 가장 강
한 무기를 몸에 지니기를 원하는 801호 남자의 몸에 새끼손가락만한
바늘 하나를 그려 준다. "이제 그는 세상에서 가장 강한 무기를 가슴
에 품고 있다. 가장 얇으면서 가장 강하고 부드러운 바늘."

III

왜 화자의 어머니는 현파 스님을 살해하였을까? 딸의 간질병을 치

유해 준 고마운 스님을 살해할 만한 아무런 동기나 이유가 없어 보인 다. 단편 추리소설로 읽힐 수도 있는 《바늘》에서 동기의 부재는 텍스트의 끊어진 취약한 연결고리처럼 보일 수도 있다. 하지만 일인칭으로 사건을 서술하는 화자의 목소리를 따라가노라면, 화자가 어머니에 대해서 그러했듯이 독자도 스님 살해라는 아주 낯선 사건을 어느새 아주 당연한 것으로, 미리 예정되어 있었던 사건이 당연한 수순에 따라서 자연스럽게 발생한 사건으로 받아들이게 되어 버린다. 텍스트의 표면에서는 분명 끊어져 있었던 연결고리가 독해의 과정에서 독자도 자신도 모르는 사이에 이미 접합되어 있었던 것이다. 한편으로 스님은 살해되어야 할 이유가 전혀 없다. 그런데 다른 한편으로 스님은 당연히 살해되어야 하는 듯이 보인다. 여기에서 우리가 주목해야 하는 것은 화자의 목소리, 텍스트의 표면을 지지하는 현실의 논리가 아니라 텍스트의 심층에 숨어 있는 욕망의 논리(혹은 꿈의 논리)이다. 더불어 화자가 천하박색의 추녀라는 것, 《바늘》의 작가가 욕망의 주체로서 추녀의 목소리를 들려 주려 한다는 것을 잊지 말아야 할 것이다.

《바늘》의 화자가 추녀라는 사실은 결정적인 중요성을 갖는다. 추녀는 남자의 욕망을 자극하지 않는다. 클레오파트라의 코가 조금만 낮았더라도 세계의 역사는 달라졌을 것이라고 진단했던 파스칼의 말은 정당하다. 추녀였다면 헬렌을 사이에 두고서 그리스와 트로이가 10년에 걸친 전쟁을 벌이지도 않았을 것이다. 아름다움을 찾아 칼집에서 칼을 빼었던 남자들도 추녀 앞에 서게 되면 다시 칼집에 칼을 집어넣는다. ("내가 문신을 시작한 이래 내게 성적인 행위를 요구하는 일은 아직까지 한번도 없었다.") 하지만 미녀 스스로가 나서서 전쟁을 일으키는 것은 아니다. 상징적으로 군림하기는 하지만 통치하지는 않는 장기판의 왕처럼, 전쟁의 동기와 원인이기는 하지만 전쟁터의 현장에 당사자가 참가하지는 않는다. 전쟁이 끝나야 승자의 머리에 월계관을 씌워 주기 위해 긴 잠에서 깨어날 따름이다. 그런데《바늘》의 화자는 어떠한가? 그녀가 원하는 것은 상징적 군림이 아니라 피비린내나는 전쟁터이고, 전쟁의 원인이 아니라 전쟁의 생생한 과정이며, 왕관이나 옥쇄가 아니라 번득이는 창과 칼이다. 한마디로 그녀는 칼의 숭배자이다. "날렵하고 섬세한 칼날, 그 끝에 정교하게 새겨진 호랑이 문양, 아름답고 영예로운 칼. 나는 그 아름다움에 무릎 꿇고 쉿내나는 칼날을 개처럼 핥는 꿈을 꾸었다. 혓바닥을 저릿저릿 자극하는 것은 비릿한 강철 냄새 같기도 했고 향 냄새나 화약 냄새 같기도 했다." 이 대목이 칼의 은유를 계기로 삼아서 지극히 도발적으로 성적 행위를 묘사하고 있다는 점에는 아무런 의심이 여지가 없을 것이다. 칼처럼 우뚝 솟은 남근을 쓰다듬고 애무하고 핥으면서 정액의 비릿한 냄새에 탐닉하는 화자의 모습이 그려지는 것이다. 하지만 중요한 것은 그러한 성행위의 암시보다는 화자가 칼을 대하는 태도의 적극성과 공격성에 있다. 화자는 정물처럼 가만히 앉아 있으면서도 바라보이고 숭배되면서 남성의 욕망을 들끓게 만드는 미녀가 아니다. 화자는 여성보다는 차라리 적극적인 남성에 훨씬 가깝다. 중세 궁정 연애소설에서 과감한 남자가 소극적인 여자에게 애원하며 구애하는 듯한 태도로 화자는 칼을 대하고 있는 것이다. 말하자면 그녀가 추녀라는 사실이 화자를 욕망의 대상이 아니라——남성적인——욕망의 주체의 위치에 올려 놓는다. 이것은 히스테리 환자를 치료하는 정신분석가의 임상실을 방불케 하는 문신 작업실의 상황에서 더욱 분명해진다. 어머니의 품에 안긴 유아처럼 남자들은 그녀의 손에 완전히 자신의 몸을 내맡겨 놓고서 문신을 당하게 되는데, 그러한 남자들은 화자에게 겁탈당하는 처녀로 보일 지경이다. 801호 남자에게 그녀는 다음과 같이 말한다. "이건 처녀막처럼 다시 봉합할 수 없어. 죽을 때까지 네 몸에 붙어 있을 텐데 그래도 하겠어?" 그녀는 칼을 휘두르듯이 바늘로 남자의 몸을 공격하면서 첫 이슬을 맺히게 만들고("살에 꽂는 첫 땀. 나는 이순간을 가장 사랑한다. 숨을 죽이고 살갗에 첫 땀을 뜨면 순간적으로 그 틈에 피가 맺힌다. 우리는 그것을 첫 이슬이라고 부른다"), "문신을 끝낼 때마다 격렬한 섹스를 하고 난 듯한 피로를 느낀다." 적어도 화자가 바늘을 들고 문신을 새기는 상황에서 남자와 여자의 성 역할은 180도로 전복되어 있다. 칼이 만약 남성의 상징이라면, 문신 작업실에서 칼자루를 쥐고 있는 것은 거세당하지 않은 화자이다.

　한편 문신을 원하는 남자들은 모두가 거세된 남자들이다. "자신의 성기에 사무라이의 검을 그려 달라고 하는 사람"이 그러하듯이 손에 칼이 쥐어져 있지 않으면 남자는 공허한 존재, 칼이라는 초월적 기의를 찾아 헤매는 불완전한 기호가 된다. 해부학적으로 남자라는 사실이 남자의 존재론적 충일성을 보장해 주지 않는 것이다. 칼(남자의 성기)은 보다 날카롭고 단단하게 담금질되고 버려져야 하기 때문에 세상에는 보다 강한 창과 칼·병기를 찾아 헤매는 남자들의 무리로 가득 차게 되는데, 《바늘》의 화자에게 결정적인 사실은 이러한 칼의 결핍이——칼처럼 늠름하거나 의젓하지도 않은, 말하자면 추한——바늘을 통해서만 보충될 수 있다는 것이다. 남자들이 클레오파트라를 차지하기 위해 휘두르는 시퍼런 칼의 배경에는 추녀의 바늘이 버티고 있는 셈이다. 텍스트에서 칼이 담금질되고 버려지는 화자의 작업실의 한 장면을 인용하기로 한다. "남자의 성기는 내가 바늘을 댄 순간부터 조금씩 단단해지기 시작해 밑그림이 끝날 즈음이면 주체할 수 없을 정도로 성이 나기 마련이다." 화자의 손이 닿으면서 거세되어 있었던, 말하자면 발기불능의 남자의 성기가 우뚝 일어서서 시퍼렇게 달아오르는 것이다. 화자를 찾아오기 전에 남자의 성기는 날이 무뎌져서 아무리 힘차게 휘둘러도 베이지 않는 유명무실의 칼, 남근이라기에는 너무나 어수룩하고 유약한 페니스에 불과하였다. 이런 칼을 가지고서는 세상을 차지하기 위한 전쟁에 나설 수도, 성배를 찾아 떠나는 원정대에 합류할 수도 없다. 거친 돌을 정으로 쪼아서 작품으로 형상화시키는 조각가처럼 화자는 몽당연필처럼 뭉뚝하였던, 유명무실의 칼을 유명유실의 칼로 만들어 줘야 하는 것이다. 그래서 여자와 남자의 몸(성기)의 관계는 조각가인 피그말리온과 갈라테이아의 관계와 가까워진다. 화자의 성적인 희열도 그러한 관계에서 도래한다. 화자는 남자의 몸보다는 남자의 몸에 문신을 새기는 활동에서 성적인 희열을 느끼는 것이다. "살에 꽂는 첫 땀. 나는 이순간을 가장 사랑한다." 여기에서 재료를 가공하는 조각가로서 화자의 쾌감이 창조적이며 공격적이라는 사실이 다시 한 번 강조되어야 할 것이다.

그래서 화자의 성욕은 시각적이기보다는 구순기적이 된다. 그녀의 리비도는 대상을 그림처럼 바라보며 감상하는 시각적 충동이 아니라 대상을 이로 씹어 삼켜 소화하는 구순기적 충동에 따라 움직인다. 리비도가 식욕을 통해서 발산이 되는 것이다. 그녀는 '양념하지 않은 고기를' 즐기며, 날고기에서 배어 나오는 핏물을 보기만 해도 벌써 입속에 침이 가득 고이기 시작한다. "빨리 집에 들어가 커다란 들통에 고기를 삶아 입안 가득 육질의 맛을 느끼고 싶었다. 이 사이로 새어나올 뜨뜻한 육즙이 벌써부터 입안에 가득 고이는 것 같다." 그러면서 "들짐승처럼 입가에 피를 묻힌 채 허겁지겁 먹을 것을 해치우고 포만감을 느끼고 싶어"한다. 화자에게 식욕과 성욕이 서로 구분할 수 없을 정도로 일체를 이루고 있는 것이다. 그래서 화자는 801호의 남자를 음식처럼 떠올리며("문득 쌀밥처럼 하얗고 말끔한 남자의 얼굴이 떠올랐다"), "그의 손은 막 삶아낸 고기 지방처럼 따뜻하고 보드랍다"고 느낀다. 801호의 남자는 그녀가 문신을 해야 하는 재료이면서 동시에 요리를 해야 하는 고깃덩어리이기도 한 셈이다.

화자의 어머니는 왜 스님을 살해하였을까? 이 질문은 화자의 구순 기적 성욕의 지평에, 또 왜 화자가 새끼고양이를 살해하였는가 하는 질문의 연장선에 놓인다. '스님의 죽음을 생각하다가 [자신이 죽었던] 미륵암에서의 새끼고양이를 기억' 하는 화자에게 스님의 죽음과 고양이의 죽음은 뗄 수 없는 관계에 있다. 한편에 화자의 어머니와 스님이 있다면 다른 한편에는 화자와 고양이가 있는데, 우리는 고양이라는 우회로를 통해서 스님의 죽음의 정체를 짐작해 볼 수 있을 것이다. 미륵암을 배회하던 고양이들은 아름다웠다. "그 자그마하고 부드러운 몸 속에는 온갖 아름다움이 용수철처럼 휘어져 숨어 있는 것 같았다." 아름답기는 스님도 마찬가지였다. 그의 죽음 소식을 처음 접했던 화자에게 불쑥 떠올랐던 느낌은 그토록 아름다운 스님에게 죽음이 너무나 어울리지 않는다는 것이었다. 그런데 그런 아름다운 스님을 화자의 어머니가 살해하였던 것이다. 아름다운 외관 이외에 화자로 하여금 새끼고양이 살해하게 만든 동기가 있다면, 그것은 스님이 던져 준 고깃덩어리를 "눈빛을 번득이며 육질의 맛을 느끼고 있는 고양이들을 [그녀가] 시기에 찬 눈으로 쳐다보았다"는 사실일 것이다. 구순기적인 화자의 눈에는 고기를 탐식하고 있는 고양이들이 성적 쾌감에 탐닉하고 있는, 교미하고 있는 고양이로 비친다. 더구나 화자가 살해했던 고양이는 바로 그 고양이가 '막 낳아 놓은 새끼고양이' 였던 것이다. 당연히 화자에게 주어져야 할 고깃덩어리, 그럼으로써 그녀의 결핍을 보충해 주어야 했던 욕망의 대상이 고양이의 차지가 되어 버렸기 때문에 그녀는 시기에 찬 적의의 눈길을 던졌던 것이다. 여기서

'눈빛을 번득이며' 고깃덩어리를 물고 있는 '온갖 아름다움이 용수철처럼 휘어져 숨어 있는' 고양이, 더구나 새끼까지 거느린 고양이는 거세되지 않은 존재의 완전성을 담보하고 있는 듯이 보인다. 이것은 스님에 대해서도 마찬가지이다. 화자는 육류 코너에서 보았던 먹음직스러운 '둥그런 모양의 고깃덩어리'에서 '스님의 삭발한 머리'를 연상하는데, "말끔하게 정리된 스님의 머리통은 곧 솟아오를 태양과 같았으며, 그 위엄이 넘쳐 어찌 보면 동물적인 냄새가 나기도 했다." 여기서 스님의 머리통이 발기한 성기의 귀두를 연상시킨다는 것은 새삼 설명이 필요하지 않을 것이다. 스님의 몸이 고대의 거석처럼 위협적일 정도로 거대하고 위엄 있는 하나의 성기라면 머리통은 그것의 귀두에 해당한다. 화자는 이 머리통에서 '뒤틀린 성욕'을 느끼는 것이다. 문신을 새기기 위해 화자를 찾는 사람들이 거세되고 위축된 남자들이라면, 그래서 화자의 손을 빌려 성기에 칼을 새김으로써 일시적이나마 존재의 충일성을 되찾아야 하는 반인들이라면, 미륵암의 스님은 화자의 도움을 필요로 하지 않는 이미 충일한 존재이다. 적어도 화자의 눈에는 그렇게 보인다. 그래서 화자는 스님에게 스며들 수 있는 존재의 균열——거세된 구멍——을 찾지 못하는 것이다. "동그랗고 때로 단단해 보이는 스님의 머리통에 마오리족의 혈흔 문신을 새기면 어떨까 하는 생각"이 들기도 하지만, 내부로 완결되고 완성된 원형의 단단한 머리통은 그러한 문신의 범접을 허용치 않는다. 그것은 바늘로 꿰맬 필요 없이 스스로 완성되어 있으면서 고깃덩어리를 입에 문 아름다운 고양이처럼 자족적이다. 때문에 '고운 여자의 손이 스님의 머리통을 부여잡고 정사하는 장면'을 상상하기도 하는 그녀의 성욕은 단층처럼 뒤틀리게 된다. 고양이가 화자를 필요로 하지 않듯이 스님도 그녀와 그녀 어머니의 존재를 필요로 하지 않는다. 완결된 존재의 자족성이 모녀의 욕망을 뒤틀리게 만들었던 것이다.

아름다움이란 무엇인가? 적어도 화자의 미학적 역학의 관점에서 아름다움이란 거세되지 않는 존재의 완결성을 가리킨다. 한자의 '자연(自然)'이나 구약의 신과 마찬가지로 고대 그리스어에서 존재의 어원은 '스스로 있음,' 균열되지 않은 존재의 온전함, 더 이상 보충이나 보완이 필요 없는 자족성이었다. 그것의 내부는 이미 충일하기 때문에 외부의 간섭이나 범접을 허용치 않는다. 아름다움은 성별이나 성차, 외모가 아니라 존재론적 충일함이다. 반면에 추함이란 틈새와 균열로 얼룩지고 금이 가 있으며 훼손된 존재의 결여, 존재의 상처라 할 수 있다. 거세당한 남자들은 모두 추한 남자들이다. '꼽추를 연상' 케 하는 여자도 추한 여자이다. 추는 문신이 필요한, 외부의 보충으로 내부의 균열을 메워야 하는 불완전한 존재, 빈 백지이거나 잘못 쓰여져서 수정되어야 하는 글이다. 화자가 "당신처럼 아름답게 생긴 사람들은 문신을 하지 않아"라고 말했던 801호 남자도 알고 보았더니, 문신이 필요한 허약하고 거세된 추한 남자였다. 추는 도움과 간섭·보완을 요구하는 것이다. 미가 그냥 스스로 자족적으로 존재한다면, 추는 자신의 결여를 메우기 위해 끊임없이 불안정하게 동요하고 움직이고 쓰고 지우며 지우고 다시 쓴다. 미가 이미 완성된 텍스트라면 추는 아직 불완전한 텍스트로, 전자가 영원한 현재라면 후자는——어쩌면 결코 현재화되지 않을——미래 완료형이다. 추의 존재의 당위성은 현재 진행형의 행동과 미래 시제로부터 온다. 아직, 아직은 존재하지 않는 것이다. 화자는 누구인가? 화자와 어머니와 화자는 존재의 빈 구멍을 메워 주는, 존재의 터진 상처를 바느질해서 꿰매 주는 사람들이다. "엄마가 바늘을 가지고 옷감에 수를 놓았다면 나는 인간의 언약한 육체에 수를 놓겠다." 인간의 언약한 육체, 존재의 거세가 화자와 그녀의 어머니가 존재할 수 있는 근거로 작용하는 것이다. 따라서 거세되지 않은 존재의 온전성은 모녀의 존재 근거 자체를 위협하는 불온한 요소, 아직 구원받지 못한 사람들에게 불시에 다가온 세계 종말의 나팔 소리이다. 한편으로 아름다움은 경탄과 찬탄, 성적인 도발을 유도하지만 다른 한편으로 화자의 간질 발작처럼 그것은 곧 주체를 마비시키고 혀를 굳게 만들어 버린다. 아름다움은 한순간에 굳어서 영원한 현재형의 화석이 되어도 좋은 것이다. 세계의 황홀한 아름다움에 전율해서 몸이 굳었던 파우스트는 세상이 멈추라고, 현재가 영원한 현재가 되라고 외쳤었다. 하지만 그러한 현재의 긍정은 메피스토텔레스와 내기에서의 패배를 의미하였다. 자신의 현재를 부정하면서 역설적으로 존재하는 추는 현재가 긍정되는 순간 저주의 지옥으로 떨어질 운명에 처하기 때문에, 그것은 미래 완료의 당위성으로만 존재의 자격을 얻는다. 추는 존재보다는 행동의 영역에 더욱 가까우며, 아름다움이 정적인 얼굴로 존재한다면 추는 동적인 손으로 존재한다. 아름다움은 이미 주어진 것이 아니라 손끝으로 창조되는 것이다. ("그러나 어느 누구도 내 바늘 끝에서 나오는 문신을 보고 추함과 연결시키는 사람은 없다.")

마지막으로 《바늘》의 화자가 끊임없이 동경했던 칼이 존재의 온전성으로서 남근이었다는 사실에 시선을 돌릴 필요가 있다. 어머니가 바늘로 스님을 살해했다는 것을 깨닫기 전까지 화자는 바늘을 키우고 늘이고 다듬어서 칼로 만들고 싶은 충동에 부대끼곤 했었다. 자신의 존재론적 균열을 견디지 못했던 그녀는 거세되지 않은 존재의 아름다움——바늘과 달리 칼에는 구멍이 없다——에 현혹되어 있었다. 하지만 곧 그녀는 자신이 바로 그러한 균열을 통해서, 즉 바늘의 구멍을 통해서만 존재하며 욕망할 수 있었다는 깨달음을 얻는다. 구멍이 없는 칼로는 바느질을 할 수도, 문신을 새길 수도 없다. 말하자면 구멍을 통해서——혹은 구멍을 채워서 스스로 칼이 되기를 꿈꾸면서——그녀는 욕망의 주체로 발돋움할 수 있었던 것이다. 이 자리에서 우리는 그녀의 구순기적인 성욕을 다시 한 번 상기해야 할 것이다. 그것은 욕망의 대상을 씹어서 삼키는 적극적이면서 공격적인 성욕, 블랙홀처럼 대상을 빨아 삼키는 성욕으로, 스스로 시각적인 욕망의 대상의 자리에 수동적으로 서 있기를 철저히 거부한다. 김소월의 〈초혼〉처럼 결핍은 충일을 부르는 존재의 율동이며 맥박이다. 화자는 그러한 깨달음을 다음과 같이 표현한다. "바늘은 어찌 보면 작은 틈새 같았다. 어린 여자아이의 성기 같은 얇은 틈새, 그 틈으로 우주가 빨려 들어갈 것 같다." 바늘 구멍이 스님을 빨아들였던 것이다.

7

순수의 죄악: 토니 모리슨의 《타르 인형》

I

인간은 세상에 속한 존재, 세속적(世俗的)인 존재, 속물(俗物)이다. 장난감처럼 지구를 가볍게 들어올렸다던 아틀라스도 여전히 두 손을 통해서 세상에 속해 있었다. 물을 정제하고 증류하듯이 아무리 심오한 학문과 종교로 존재를 순화시키고 심화시키더라도 우리는 여전히 세상을 초월하지 못한다. 철학과 문학·예술이 장담하는 초월성의 약속도 세속성의 한 표현 형식이다. 물에 사는 생물이 물고기이듯이 인간은 속물이다.

그렇지만 속물이라는 사실을 인정하기는 결코 쉽지가 않다. 아틀라스처럼 천하장사가 아닌지라 우리는 부지런히 세상을 들어올릴 아르키메데스의 지렛대를 찾아서 헤맨다. 하다 못해 이상처럼 날개야 돋아라 소망하거나 치르치르(Tyltyl)와 미치르(Mytyl)처럼 파랑새를 찾아서 산과 들판을 헤맨다. 그러다 어느 날 세속의 때에 전 자신의 모습이 언뜻 거울에 비칠라치면, 워즈워스 시의 한 구절처럼 "세상은 우리에게 너무하다. 세파를 헤치며 살아가느라 정신과 힘을 소모하고서 이제 걸레로 땅바닥에 쓰려져 있구나"라며 탄식한다.

우리는 왜 세상을 초월하고 싶은 것일까? 세상으로부터 우리의 존재를 회수한 다음에 초월성의 높은 고지에서 신처럼 세상을 굽어 보고 싶은 것일까? 한마디로 대답하기에는 너무나 벅찬 이러한 질문은 그러나, 한 가지 분명한 전제에서 출발한다. 질문을 던지는 순간에 이미 나는 존재와 세상의 본질을 멀리서 관조하는 초월적 입장으로 물러나 있다. 세상에 속해 있는 내가 마치 그렇지 않은 듯이 자문하는 가정법의 형식 속에, 말하자면 질문의 주체인 내가 질문의 대상인 나와 일치하지 않는 존재론적 불일치가 전제되어 있는 것이다. 연못에 물고기가 있듯이 세상의 일부로 세상에 속해 있지만, 그러한 질문 형식은 마치 내가 한가한 신처럼 세상 전체를 자그마한 대상으로 놓고서 물끄러미 관조하는 초월적인 입장을 보장해 주는 것이다. 여기에서 의식과 몸의 이원론이 파생하고, 의식중심주의가 탄생한다. 비록 몸은 세상에서 소모되고 살이 닳아가지만, 정신은 그런 '너무한' 세상에서 멀찌감치 벗어나 있는 듯이 보인다. 여기에 파스칼의 존재론적 역설이 있다. 세상에 속해서 물리적인 법칙의 지배를 받는 나의 몸은 칼에 베이면 피가 흐르고 총탄에 맞아도 시체로 땅바닥에 쓰러지지만, 나의 정신은 그러한 사실을 도저히 인정할 수가 없다. 정신의 왕국의 작은 식읍에 불과한, 더구나 사유의 맷돌에 갈리면 순식간에 먼지처럼 부스러지는 세상이 어떻게 감히 나를 제거할 수 있단 말인가.

초월적 주체로서 나는 이 세상의 작은 일부라는 사실을 수긍할 수가 없다. 선왕으로부터 물려받은 마케도니아의 영토가 협소해서 세계 정복의 길에 나섰던 알렉산더의 이야기는 남의 이야기가 아니다. 세상의 일부로 귀속되기에는 내가 너무나 아까운 것이다. 이처럼 초월적 욕망에 붙들린 주체는 과대망상적이며 나르시시즘적인 주체가 된다. 세상과 우주의 정복이 불가능하다면 그런 가당치 않은 세상을 뒤로 하고 수미산의 고지에서 지고한 경멸자의 시선으로 세상을 내려다 볼 수가 있다. 세상이 이전투구판이라면 두말할나위가 없다. 창랑의 물이 흐리면 갓끈을 씻기에도 갓이 아깝다. 세상의 온갖 먼지——먼지가 없는 세상은 상상할 수 없다——를 뒤집어쓰기에 내가 너무 고상하며 순수한 것이다. 그래서 초월적 주체는 이상을 위해서 세상과의 타협을 거부하는 순수주의자와 이상주의자가 된다. 물론 순수주의자가 언제나 옷에 묻은 먼지를 털고서 일선에서 물러서는 것은 아니다. 현실이 기대의 수준에 턱없이 미치지 못하면, 순수와 이상이 훼손되지 않도록 백이숙제처럼 수양산으로 은둔한다. 무서워서가 아니라 더러워서 똥 묻은 개를 피하는 것이다. 그래서 한편으로 순수주의자의 존재 자체는 개가 똥이 묻었다는 사실을 만천하에 선포하는——인간은 속물이 아니라는——웅변적 메시지가 되기도 한다. 또 수양산에서 세상을 조망하는 이들의 시선은 속인들의 의식을 찌르는 가시가 되기도 한다.

하지만 인간이 절대적인 의미에서 속물이거나 초월적 존재가 아님은 물론이다. 인간은 의식이면서 몸이고 정신이면서 물질이며, 세계의 중심이면서 주변부이다. 절대와 순수의 기준이 인간에게 적용될 수 없다. 순수를 지향하는 입장의 문제가 여기에 있다. 순수하기에 우리는 너무나 복잡하게, 복합적으로 세상과 얽히고설켜 있다. 결자해지(結者解之)라는 어구가 있지만 페넬로페(Penelope)와 같이 솜씨 좋은 여자도 만수산 드렁칡처럼 얽히고설킨 존재의 실타래를 깔끔하게 풀어낼 수가 없다. 나를 세상으로부터 떼어 놓을 수가 없는 것이다. 태어날 때부터 그러하다. 내가 내 존재의 자발적 원인이 아닌 나는 어느 한순간도 라이프니츠의 단자와 같이 내면으로 밀폐된 개별적 존재의 현존을 누려본 적이 없다. 모태에 있다가 세상으로 태어나, 얽힌 관계속에서 타자와 부대끼면서 살아가는 것이다. 초월적 존재라는 의식은 물론이고 유아독존적인 환상도 나만의 고유한 것이 아니라 세상의 것이다. 세상에서 사람들과 어깨를 부딪히며 정신없이 살다가 이따금 독수리처럼 혼자 하늘 높이 솟아올라 고독으로 빛나고 싶은 욕망을 비롯해서, 목에 가시가 걸린 듯 내가 너무 속되지 않았는가 하는 자의식의 꾸지람도 역시 나의 고유한 것이 아니라 세상의 것이다. 나는 철저하게 세속적 존재이다.

그렇지만 인간이 세속적 존재라는 존재론적 진리가 나의 세속성의 형태까지 결정해 주지 않는다. 이 점에서 우리는 어류라기보다는 양서류에 가깝다. 비록 자기 기만에 빠지는 꼴이 되겠지만, 원한다면 우리는 세상에 속하지 않은 듯이 생각하고 행동할 수가 있다. 중세의 성주들이 그러했듯이 자아의 성에 성벽과 참호를 두르고서 유아독존적 주체로서 고독하고 오만한 삶을 영위할 수 있으며, 이전투구의 현실의 진흙탕을 밟을라치면 월터 렐리 경이 엘리자베스 여왕에 대해서 그러했듯이 주위의 누군가 겉옷을 벗어 우리의 발 밑에 깔아 줄 수도 있다. 그러면 흙 한 점 묻지 않은 깨끗한 손과 발을 세상에 내보이며 순수와 초월을 자랑할 수 있을 것이다. 참여가 아니라 방관, 관계 맺기가 아니라 단절, 접촉이 아니라 거리를 삶의 지향점으로 삼을 수가 있는 것이다. 손에 오물을 묻히지 않으면 바이러스에 감염되지 않으며, 더러운 꼴을 보지 않으면 세속적인 눈병이 생기지도 않는다.

그러나 필자가 토니 모리슨의 《타르 인형》(1981)을 통해서 말하고 싶은 것은 순수가 특권의 결과라는 사실이다. 온실에 보호되어 있기 때문에 세상 물정을 몰라도 되는 특권, 시종들이 겉옷을 벗어서 진흙길을 덮어 주기 때문에 신발을 더럽히지 않아도 되는 특권이 순수를 가능케 한다. 따라서 미덕이라면 그것은 어디까지나 귀족 계급의 미덕이다. 손을 대지 않고 코를 풀 수 있는 사람은 행복하게도 자신이 분비물을 배출하는 존재라는 사실을 잊을 수 있으며, 불순한 무리를 배경으로 그의 순수함이 더욱 강한 빛을 뿜을 수 있다. 특권적 주체에게 무지는 약이며 미덕이 된다. 불행하게도 신약의 빌라도(Pontius Pilatus)는 그러한 순수의 행운과 혜택을 누리지 못하였다. 순수하기에 이미 너무 많은 것을 알고 있었던 것이다. 예수의 죄를 심판하고서 두 손을 피로 더럽혀야 하는 불순한 일을 누군가 빌라도를 대신해서 해줬어야 옳았다. 그러면 그는 무지의 특권에 군림하면서 순수의 후광으로 얼굴을 빛낼 수 있었을 것이다.

II

《타르 인형》의 주인공인 발레리언(Valerian Street)은 은퇴한 부유한 미국인 사업가로, 카리브해의 한 섬(Isle des Chevaliers)을 매입해 대궐 같은 저택을 지어 놓고, 집사인 시드니(Sidney Childs), 요리사인 온다인(Ondine Childs)을 비롯한 몇몇 하인들을 거느리고서 젊은 미모의 아내 마거릿(Margaret Street)과 더불어 원예와 음악을 벗삼아 유유자적한 생활을 즐기고 있다. 시끄럽고 혼탁한 세계와 동떨어진 슈발리에 섬은 에덴 동산처럼 마냥 평온하고 아름답기만 하다. 아버지로부터 물려받은 재산 덕분에 온실의 백합처럼 순탄한 청장년 시절을 보내고, 늙어서도 순하고 평온한 '저녁 노을의 눈매(evening eyes)'를 하고 있는 노신사 발레리언은 천성이 온유하고 평화를 사랑하는 이상주의자로, 그는 부모를 잃은 천애 고아인 온다인의 조카 제이드(Jade Childs)를 거두어 프랑스에 유학을 보내 주었을 정도로 자비로운 성품의 소유자이기도 하다. 세파에 시달리지 않은 순수한 마음을 여전히 간직하고 있는 것이다. 또 그의 엄청난 부를 생각하면, 사업의 일선에서 물러나 슈발리에 섬에 은퇴해서 한적한 여생을 보내려는 그의 꿈은 겸손하고 소박하게 보이기까지 한다.

거친 세상의 폭풍우에 위협받지 않고 섬의 평화를 유지하고 호수처럼 잔잔한 그의 마음의 평정을 깨트리지 않기 위해서 발레리언은 모든 것이 자신의 통제 아래 있어야 한다고 생각한다. 이 조그마한 섬에서는 그러한 이상이 충분히 가능한 듯이 보인다. 토머스 모어와 루소가 이상적인 국가의 단위로 조그마한 공동체를 권장하였던 이유도, 규모가 커지면서 중앙집권적 통제와 간섭의 손길에서 벗어나 나라가 예측할 수 없는 우연과 사건에 휘말리기 때문이었다. 발레리언이 두려워하는 것도 섬 밖에서 몰아닥칠 그런 예측불허의 우연과 혼란의 가능성이다. 하지만 슈발리에 섬에 있는 한 아무것도 염려할 까닭이 없다. 잘 훈련된 오케스트라 단원들처럼 시드니를 비롯한 서너 명의 식솔과 하인들은 구태여 명령을 내리지 않더라도 그의 의도를 미리 헤아려서 훌륭한 화음을 만들어 내기 때문이었다. 저택은 먼지 한 점 없고, 정원은 깔끔하고 반듯하며, 식사는 맛좋고 위생적이다. 발레리언은 하인들이 공들여 연출하는 이런 질서와 조화, 아름다움을 마음껏 향유하면서 쾌적하고 평온한 삶을 즐길 수 있는 것이다.

물론 조그마한 가정에서도 완벽한 통제와 질서의 유지는 불가능하다. 지혜롭고 현명한 발레리언이 그 점을 모르지 않는다. "세상의 많은 부분들이 우리의 손에서 벗어나 있어. 그런데 가장 단속이 필요한 부분들이 그거야." 열대에 속해 있는 섬 자체가 그러한 통제의 시도를 허용하지 않는 듯이 보인다 "섬에서는 모든 것이 극단적이었다 빛이 너무나 강한 반면에 그늘은 너무나 짙었다. 비가 너무 많이 왔고, 지나치게 녹음이 우거졌다." 황금의 중용으로 다스려지기에 열대의 섬은 너무나 야성적이어서, 조금만 방치해 두어도 정원에는 조만간 잡초가 무성하게 자라고 길은 숲으로 뒤덮이게 마련이다. 하지만 여간해서 그러한 일은 일어나지 않는다. 정원 가꾸기가 취미인 발레리언의 지휘 아래 하인들이 야성적인 자연의 세력을 제거하고 길들임으로써 자연을 문화의 질서로 가꾸어 놓기 때문이다.

그렇다고 평화주의자인 발레리언이 가정적으로 행복한 사람이라고 생각하면 안 된다. 이웃도 없이 적적한 카리브 해의 섬에서 유일한 백인인 아내 마거릿과의 관계는 더할 수 없이 소원(疏遠)하며, 미국에 거주하는 아들 마이클(Michael)은 부모와 아예 인연을 끊고 지낸다. 외롭고 불행한 마거릿은 언제나 불평을 늘어놓지만, 발레리언은 그것이 불합리한 투정이라 생각하고는 이따금 핀잔 섞인 반응을 보이거나 아예 귀를 기울이지 않는다. 섬을 열대의 야성적 생명력에 방치해 둘 수 없듯이, 젊은 아내의 장단에 놀아나게 되면 그의 판단이 흐려지고 어느 순간에 귀중한 평화와 질서가 무너질 수 있다. 그래서 그는 아내를 아직 철없는 어린아이처럼 대한다. 그림을 감상하듯이 너무 가까이 다가서면 제대로 보이지 않기 때문에, 적당한 거리를 두고 뒤로 물러나 전체를 관망하면서 그녀의 잘잘못을 지적하고 훈계해야 하는 것이다. 물론 아내는 그의 친절하고 현명한 충고에 귀를 기울여야만 마땅하다. 문제는 하인이 아닌 마거릿이 그렇게 생각하지 않는다는 데 있다. 이 지점에서 《타르 인형》의 플롯 전개에 결정적인 계기가 되는 사건을 하나 소개하기로 하자.

선(Son Green)이라는 흑인 청년이 섬을 헤매다가 우연히 발레리언의 저택에 잠입하게 되는데, 신분이 노출되지 않도록 마거릿의 침실에 있는 옷장 속에 숨어 지내던 그는 끝내 그녀에게 발각되고 만다. 옷장 문을 연 순간 웅크리고 있는 검은 형체를 보고 질겁한 그녀는 정신 없이 비명을 지른다. 만일의 사태를 대비해서 권총을 손에 쥔 시드니를 앞장 세워 침실에 들어선 발레리언은 어쩔 줄 모르고 당황한 모습으로 서 있는 선과 마주치게 된다. 경계할 필요가 없는 선한 인물이라고 직감한 그는 태연하면서도 호기로운 목소리로 인사를 건네면서 저녁 식탁에 초대한다. 집 안에 숨어 있던 불청객에게도 관대한 주인으로서 환대의 손길을 내미는 것이다. 이때 노발대발하는 마거릿을 비롯해서 경찰을 불러야 한다고 주장하는 시드니와 온다인은 그러한 발레이언의 태도에 심히 못마땅해한다. 하지만 발레리언은 요지부동이다. 오히려 그는 셰익스피어 희곡 《헛소동》처럼, 아무 일도 아닌 일에 질겁하면서 과민반응하는 아내의 히스테리를 즐거워한다. '애련에 물들지 않고 희로에 움직이지 않고…… 두 쪽으로 깨뜨려져도 소리하지 않'(유치환의 〈바위〉)을 정도로 냉정하고 침착한 발레리언은 그런 소동으로부터 초연하다. 선과 같은 불청객이 아무리 힘껏 쥐고서 흔들어도 꺾이거나 휘어지지 않을 정도로 그의 중심이 확고부동한 것이다. 다른 사람들이 나무의 가지이며 잎새라면 그는 단단한 줄기로, 가지와 잎새의 '헛소동'에 휩쓸리지 않으면서 중립적으로 태연하게 관조하며 중심의 미덕을 발휘할 수가 있다. 세상이 그에게는 연극 무대인 셈이다.

그런데 결국은 선의 등장으로 인해서 잔잔하게 유지되던 슈발리에 섬의 평화와 질서가 일시에 무너지게 된다. 선이 발레리언의 저택에 기거하게 되면서 지금까지 그의 눈에 띄지 않았던 긴장과 갈등·반목이 점차 표면화되고 숨겨졌던 과거의 진실이 한꺼번에 전모를 드러내게 된다. 그러면서 왜 마이클이 부모와 거의 의절하다시피 하게 되었는지, 또 왜 발레리언과 마거릿의 관계가 소원할 수밖에 없는지 이유가 분명해진다. 비록 아무런 연락이 없음에도 불구하고 여전히 아들을 사랑하는 발레리언에게 아직까지 풀리지 않는 의문이 하나 있다. 마이클을 생각할 때마다 어린 시절 그의 이상한 행동이 함께 떠오르는 것이다. 그가 집에 돌아오면 거의 언제나 마이클이 싱크대 밑의 캐비닛에 숨어서 웅얼거리며 노래를 부르고 있는 것이었다. "그 어린 것이 콧노래를 부르는데, 얼마나 외롭고 슬픈 노래인지 이루 표현할 수 없어." 당시에 발레리언은 이 일을 무심히 넘겨 버렸지만 기억 속에 끈질기게 남아서 지워지지 않는 것이었다. 온다인은 이유를 알고 있었지만, 주인 마님의 심기를 불편케 하거나 노여움을 살까 두려워 지금까지 입을 다물고 있었다. "마님은 갓난아이를 칼로 베고, 피를 흘리게 만들었어요. 그게 재미있어서 그랬어요. 아이를 고통스런 비명을 지르게 만들고…… 아이의 등을 핀으로 찔렀어요. 담배꽁초로 등을 지지기도 하고, 그래요. 이 두 눈으로 그런 짓을 하는 마님을 똑똑히 보았어요." 당시 마거릿은 19세로, 아직 아이의 어머니 노릇을 하기에는 너무나 어리고 철없는 소녀에 불과했었다. 이야기를 나눌 친구 하나 없이 외롭고 커다란 저택에서 대부분의 시간을 혼자 보내면서 그녀는 자신도 모르게 자식을 학대하는 사디즘적인 기쁨에 빠져들었었다. 그렇다면 싱크대 밑에 숨어서 부르던 마이클의 노래는, 아직 말을 못하던 어린아이가 누군가에게 절실하게 도움을 요청하는 고통의 몸짓이었다.

토니 모리슨은 다음과 같이 말한다.

그는 아내에 대해서 아무것도 몰랐다. 아들이 자라고 말을 하게 되는 모습을 지켜보았지만 정작 아들에 대해서도 아무것도 몰랐다. 그는 마냥 순수했다. 하지만 거기에 뭔가 부정한 것, 구역질나는 것이 있었다. 이제 순수의 죄악이 그를 숨막히게 했다. 구태여 알려고 애쓰지 않앉기 때문에 그는 알지 못했다. 그는 다만 자신이 알고 있는 것으로 만족했다. 더 이상 알게 되는 것은 불편하고 끔찍한 일이었다. 밑 빠진 독에 물 붓는 격이었다……. 아내는 끔찍한 일을 저질렀다. 하지만 그 사실을 몰랐다는 것은 훨씬 더 끔찍한 일이었다. 그는 사실을 몰랐다고 말하면서 자신을 변호할 수도 있을 것이다. 자신도 모르는 사이에 우편배달부가 지나갔다고. 그래서 아마 그는 지금까지 기다리던 메시지를 전달받지 못했을 것이다. 순수성으로 인해서 그는 메시지를 받을 자격조차 상실했던 것이다. 왕은 본능적으로 메시지를 가져온 사신을 처형하게 마련이다. 이 점에서 왕은 옳다. 자격을 갖춘 진정한 사신이라면 자신이 전달하는 메시지에 감염되어 불순해진다. 고결한 왕이라면 그런 불순을 흔쾌히 긍정했어야 했다……. 이상적인 세계를 건설하고, 그러한 이상적인 메시지에 따라서 주민들을 통치하는 일에 마음이 빼앗겨 있었던 발레리언은 아들이 싱크대 밑에서 그에게 보낸 진짜 메시지를 외면해야 했다. 그런데 그가 말할 수 있는 것은 몰랐다는 변명뿐이라니. 그는 순수의 죄를 저지른 것이다. 의도적으로 순수한 사람보다 더 끔찍한 일이 세상에 있을까?

III

끔찍한 아내와 결혼하지 않았더라면 발레리언은 슈발리에 섬에서 음악과 원예를 벗삼아 풍요로우면서 쾌적하고 행복한 여생을 즐길 수 있었을지 모른다. 우리 모두 그러한 유유자적한 삶을 동경하고 있지 않은가. 그는 세상의 때가 묻지 않은, 자연을 사랑하는 낭만적이고 순수한 이상주의자로 보인다. 하지만 문제는 그가 너무나 순수하다는 사실에 있다. 세상의 때를 손에 묻히지 않으면 세상의 의미(마이클의 메시지)가 전달되지 않는다. 한편으로 세상의 혼잡에서 벗어나 거리를 두고서 멀찌감치 바라보면 세상 전체의 의미가 한눈에 들어올 듯이 보인다. 그래서 이마가 높고 눈매가 맑은 고결한 사상가와 예술가들은 혼잡한 시장이 아니라 높은 산에서, 정치와 사업이 아니라 상아탑에 진리를 탐구하였다. 거리의 미덕과 더불어서 진리가 가능해지는 것이다. 하지만 불행하게도 거리는 당연히 있어야 할 가까움을 삭제하고, 우리가 세속적인 존재라는 사실을 망각하게 하며, 가까이 있으면서 접촉과 오염의 위험을 감수해야만 깨달을 수 있는 진리에 등을 돌리도록 만든다. 가령 멀리서 들으면 고통을 호소하는 마이클의 신음소리도 '외롭고 슬픈 노래'로 들린다. 그러한 발레리언의 태도는, 산책을 하던 워즈워스가 들판에서 추수하는 아가씨의 노랫소리에 문득 걸음을 멈추고 귀를 기울였던 〈외로운 추수꾼〉을 방불케 한다. 거리를 두고 바라보면 슬픔과 고통도 아름답게 보인다. 나를 삼킬지도 모르는 슬픔과 고통의 영향권에서 안전 지대로 벗어나 남의 일이라는 듯이 관조할 수 있기 때문이다. 하지만 세상에 삼켜지지 않으면 아무것도 이해하지를 못한다. 토니 모리슨의 표현을 빌리면 메시지에 의해서 감염되고 타락해야만 메시지를 이해할 수가 있다. 만약 그가 응얼거리는 아들에게 달려가 팔에 안고 달래면서 혹시 아픈 데가 없나 아들의 몸을 살펴보고 상처를 발견했다면, 발레리언은 이 끔찍한 발견에 그만 마음의 평정과 균형을 잃고서 아내와의 끊임없는 다툼과 불화의 와중으로 말려들어야 했을 것이며, 그의 순수가 세상에 저당잡히고 망가지며 상처를 입은 나머지 더 이상 맑고 평온한 저녁노을의 눈매도 유지할 수 없게 되었을 것이다. 하지만 그러한 위험을 감수하지 않으면 마이클의 메시지를 읽을 수가 없다.

세속적인 존재로서 우리에게 순수는 불가능하다. 순수하기를 지향한다면 그렇지 않은 세상의 '소음과 분노(Sound and Fury)'를 나의 세계에서 배제하고, 소음과 분노의 소용돌이에 말려들지 말아야 할 것이다. 순수한 사람은 이해와 사욕을 초월한 공평무사한 시선으로 사태를 객관적으로 정확하게 바라볼 수 있는 듯이 보인다. 하지만 객관적인 진리는 존재하지 않는다. 이해와 사욕의 파당에 물들지 않은 객관적이며 초월적인 진리는 없다. 진리는 신이 선포한 영원불변한 로고스가 아니라, 이해와 사욕을 도모하는 모리배들이 기득권을 유지하고 이익을 쟁취하기 위해 휘두르는 강령에 가깝다. 그래서 김수영은 "나는 모리배에게서 언어의 단련을 받는다. 그들은 나의 팔을 지배하고, 나의 밥을 지배하고, 나의 욕심을 지배한다"(〈모리배〉)라고 말했다. 진리는 팔과 밥과 욕심을 초월한 무엇이 아니다. 진리는 언제나 부분적이고 파당적이며, 본질적으로 불순할 수밖에 없다. 파당에 속하지 않으면 절대적인 진리의 전모가 드러나는 것이 아니라 파당에 속함으로써 가능했던 부분적인 진리마저 자취를 감추어 버린다. 절대적인 진리를 추구하는 사람은 불순한 진리에 감염되고 진리에 섞인 거짓의 독에 중독될지 몰라서 두려워 몸을 사리는 사람이다. '진리란 무엇인가?'라는 빌라도의 질문은 올바른 질문이 아니었다. 유일한 하나의 진리라는 명제는 변명에 불과하였다. 그는 수많은 부분적이며 파당적인 진리 가운데 하나를 선택해서 자신의 절대적인 진리로 내세우고, 그것을 수호하기 위해 손을 더럽히고 피를 흘려야 옳았다. 또 그 자체로서 옳거나 그른, 선하거나 악한 행동도 없다. 결정과 행동의 옳고 그름은 그것이 속해 있는 상황과 맥락에서 벗어나 논의될 수 있는 성질이 아니다. 선악도 마찬가지이다. 암나사와 수나사의 관계처럼 어떤 행동이 상황에 꽉 물려서 일치하면 선이고, 그렇지 않으면 악하다. 가령 마거릿과 시드니의 만류에도 불구하고 불청객 선을 환대한 발레리언의 행동은 옳고 관대하게 보인다. 그가 짐작했듯이 선은 선한 인물이었다. 그러나 문제는 선의 과거 행적이나 성품이 아니다. 발레리언은 자신이 마거릿과 시드니, 온다인으로 이루어진 공동체적 상황의 일부임에도 불구하고 혼자서 존재하는 듯이 결정하고 행동하였다. 그리고 그는 그런 결정에 대한 책임을 질 필요가 없었다. 그것은 마거릿과 시드니, 온다인의 몫으로 돌아가기 때문이었다. 이렇듯 그는 어떠한 상황에도 절대로 직접 손을 담그지 않는다. 그는 순수하고 고독한 영광 가운데 홀로 빛나기를 바랐던 것이다. 선에 대한 환대도 타인에 대한 배려가 아니라 자기가 속인의 무리와는 다르다는 사실의 증명이었다. 그래서 시드니의 다음과 같은 말은 터무니없는 비난이 아니다. "그가 아내에게 관심이나 있는 줄 알아? 선이 그의 아내를 놀라게 했다고? 천만의 말씀. 그는 심심풀이로 아내를 선에게 넘겨 주었을 것이야." 세계에서 초월한 주체는 아내가 강간당하더라도 부동의 중심축이 흔들리지 않는 법이다.

우리는 기름과 물처럼 선과 악, 진리와 거짓, 미와 추가 혼재하지 않고서 완벽하게 분리되고 구별되기를 바란다. 그래야만 언제나 진선미의 편에 서서, 훼손되지 않은 순수를 유지하면서 발레리언처럼 평온한 눈매로 세상을 바라볼 수가 있으며, 악하고 추한 사람은 나와 무관한 절대적 타자로서 간단히 무시해 버릴 수가 있다. 하지만 세계에는 선과 악, 진리와 거짓, 미와 추, 순수와 불순, 약과 독이 서로 뗄 수 없이 뒤섞여 있다. 그래서 윤리적인 범주로 보이는 선과 악의 구별도 사회적이며 정치적인 범주가 되며, 내가 거부한 악과 거짓은 남의 몫으로 남겨지게 된다. ("주여, 이 잔을 나에게서 거둬 주소서.") 내가 손에 흙을 묻히지 않으면 다른 누군가가 대신해서 흙을 묻혀야 하며, 내가 나서서 싸우지 않으면 다른 누군가가 대신해서 싸워 주어야만 한다. 나의 안에 있는 악과 추를 남——희생양——에게 투사시킴으로써 나는 결백과 순수를 유지할 수 있는 것이다. 초월이란 대단한 가치가 아니다. 프랑스 혁명 이전에 계급 제도의 사회에서 그러했듯이 나보다 경제적·사회적으로 지위가 낮은 사람들의 등에 올라타면 간단하게 세상을 초월할 수 있다. 주방에서 구정물에 손을 담그지 않았던 사람은 주방을 초월하며, 사리와 이해를 도모하는 모리배의 무리에 속해 보지 않았던 사람은 세상을 쉽사리 초월한다. 정말로 어려운 것은 순수가 아니라 불순이며, 초월이 아니라 세속이다. 권환이라는 시인은 〈윤리〉에서 다음과 같이 이상적인 삶의 태도를 노래하였다. "박꽃같이 아름답게 살련다/흰 눈(雪)같이 깨끗하게 살련다/가을 호수(湖水)같이 맑게 살련다//손톱 발톱 밑에 검은 때 하나없이/갓 탕건에 먼지 훨훨 털어 버리고/축대 뜰에 티끌 살살 쓸어 버리고/살련다 박꽃같이 가을 호수(湖水)같이." 그렇지만 세상에 속한 존재로서 진짜 이상적이며 윤리적인 삶이란 '손톱 발톱 밑에 때'를 묻히면서 이 전투구의 세상 한가운데 뛰어드는 것이다.

8

언어와 계급, 여자:《마이 페어 레이디》

피그말리온과 갈라테이아의 이야기는 전형적인 남성 신화이다. 여성 혐오주의자로서 독신을 고집하였던 피그말리온은 그렇지만 자기 손으로 직접 만든 조각품인 갈라테이아의 아름다움에는 한눈에 반하고 말았다. 그러니 이 키프로스 섬의 조각가가 원래부터 여성을 혐오했다고 할 수는 없다. 다만 세상의 모든 여자들이 그가 바라는 이상적인 미의 기준에 미달하였던 것이다. 현실에 '영원한 여성상'이 부재했기 때문에 뛰어난 조각가였던 피그말리온은 직접 자기 손으로 현실의 결함을 보완하여야 했다. 이미 완벽한 아름다움으로 완성되어 파도에서 솟아오른 비너스처럼 원래부터 아름답게 태어난 여자란 존재하지 않는다. 후천적으로 남자의 손에 의해 아름답고 완벽하게 가공된 여자가 있을 따름이다. 주어진 자연 그대로의 여자가 아니라 남성의 손길로 가다듬어진 여자만이 남자의 욕망을 자극하는 것이다. 남자는 나르시시즘적으로 자기 자신을 욕망하는 셈이 된다. 비록 여자의 몸을 빌려 여자의 자궁에서 태어나기는 했지만 사랑에 있어서 만큼은 자기 자신이 여자의 근원이 되고 싶어하는 남성적 욕망이 피그말리온의 신화에 반영되어 있는 것이다.

피그말리온의 신화가 예술가들의 상상력을 자극하기에 더없이 훌륭한 소재였다. 일찍이 장 필리프 라모는 무용곡을 작곡하였으며, 프랑수아 부세를 비롯해서 제롬·번존스와 같은 화가들은 자신의 작품과 사랑에 빠진 조각가의 모습을 화폭에 옮겨 놓았다. 예술이 거친 재료에 형상과 이념을 부여하는 창조의 활동이라면, 가장 탁월한 예술적 활동의 신비는 피그말리온과 갈라테이아의 관계에서 단적인 표현을 얻는 듯이 보인다. 하나님이 숨결을 불어넣자 거친 흙덩어리에서 따스한 살과 피가 흐르는 아담이 창조되었듯이(미켈란젤로의 〈천지창조〉에서 하나님이 아담을 향해 내민 손을 생각해 보라), 피그말리온이 돌을 애무하며 포옹하자 차가운 대리석(상아)이 꿈틀거리면서 살아 있는 아름다운 여인이 되었던 것이다. 그래서 실러는 〈이상〉이라는 시에서 이상이 현실이 되는 과정을 피그말리온과 갈라테이아를 통해 구체화시킬 수 있었다. 하지만 멀리 화가의 아틀리에나 시인의 서재를 기웃거리지 않아도 좋다. 누군가 사랑에 빠지면 모두 시인이 된다고 말한 적이 있지만, 조지 버나드 쇼의 연극 《피그말리온》(1913)을 영화로 만든 《마이 페어 레이디》(1964)에서 평범한 두 남녀의 만남 자체가 이미 피그말리온적인 상황에 깊숙이 맞물려 있다.

《마이 페어 레이디》의 주인공 히긴스(Higgins)는 여성을 혐오하는 독신주의자이다. 저명한 언어학자이면서 경제적으로도 풍족한 귀족 히긴스에게는 부족한 것이 전혀 없다. 이러한 남자 주인공이 그와는 정반대의 극단에 있는 엘리자 둘리틀(Eliza Doolittle)을 만나면서 영화가 시작이 되는데, 낡고 허름한 옷을 입고 거리를 돌아다니면서 꽃을 팔아 생계를 유지하는 엘리자는 전형적인 하층민이다. 설상가상으로 그녀의 아버지 알프레드(Alfred Doolittle)는 술주정뱅이로, 결혼도 하지 않은 채 한 여자와 동거를 하고 있다. 엘리자의 결핍이 경제적·사회적 결핍으로만 끝나지는 않는다. 바람에 옷깃을 스치듯이 잠깐 그녀의 몇 마디 말을 들었을 따름인데도 히긴스는 그녀에게서 심각한 언어적 결함을 감지한다. 그의 섬세한 귀는 카랑카랑한 거센 쇳소리의 억양, 극심한 런던 사투리, 이중 모음을 변형시켜 발음하는 전형적 하층민의 발성에 알레르기 반응을 일으킨다. '영혼을 가진 인간, 명확한 언어의 천분을 가지고 태어난 인간,' 더구나 '셰익스피어와 밀턴, 성경의 유구한 전통으로 빛나는 영어'를 모국어로 가진 인간이 그처럼 혐오스럽게 말을 해서는 안 된다는 것이다. 그런 사람은 살 자격조차 없다. 인간이라기보다는 동물에 가깝다는 것이다. 여기서 그는 우연히 만난 또 한 명의 언어학자 피커링에게 내기를 제안한다. 만약 자신에게 6개월의 기간이 주어진다면, 사람들이 엘리자를 공작부인으로 착각할 정도로 세련되고 우아하게 만들어 놓을 수가 있다는 것이다.

엘리자와 피커링이 처음 만나는 장면에서 가난이나 신분은 문제되지 않는다. 무도회장에서 막 빠져나오는 상류층 남녀의 화려한 의상과 너무나 뚜렷하게 대조되는 그녀의 허름하고 지저분한 옷도 문제가 되지 않는다. 히긴스에게 중요한 것은 외면이 아니라 내면의 세계, 의식주가 아니라 문화와 언어가 된다. 엘리자는 셰익스피어와 밀턴으로 대변되는 문화의 세계에 아직 편입되지 못한 것이다. 무엇보다 인간은 수사학적인 존재, 말하는 존재로 정의된다. 인간은 무엇인가? 말을 하는 동물이다. 언어의 재능을 제거해 버리면 인간에게는 동물의 몫밖에 남지 않는다. 그렇다면 과연 반대의 명제도 성립할 것인가? 예를 들어 말이 셰익스피어와 밀턴처럼 유려하게 언어를 구사한다면 인간의 자격이 부여될 것인가? 인간임에도 불구하고 엘리자가 동물의 처지로 하향 조정될 수 있다면, 동물도 인간의 신분으로 상향 조정될 수 있는 것일까? 엘리자를 판돈으로 걸고서 피커링에게 내기를 제안하는 히긴스는 그러한 가능성을 충분히 인정하는 듯이 보인다. 마이더스의 손이 닿으면 놋쇠가 황금으로 변했듯이 언어의 담지자로서 히긴스는 그러한 가능성을 현실화시키는 사람이다. 히긴스의 가르침을 받아서 공작부인처럼 우아하게 말을 하게 된다면 엘리자는 더 이상 거리에서 꽃을 파는 여자가 아니라 공작부인의 반열에 들어서게 되는 것이다.

결국 히긴스의 집에서 6개월 동안 피나는 발음 교정 연습을 거친 엘리자는 대사의 파티에서 눈부신 성공을 거둔다. 여왕을 비롯해서 파티에 참석한 귀빈들은 그녀를 공주로 착각하는 것이다. 하지만 사람들이 그녀의 완벽한 언어 구사에만 매료되었다고 생각해서는 안 된다. 언어와 행동은 동떨어진 것이 아니다. 혹은 필기구처럼 언어는 단순히 생각이나 의견을 표현해 주는 도구가 아니다. 뷔퐁의 말처럼 언어는 사람이며 인격이다. 인간처럼 말하는 말은 단지 '말을 하는 말'이 아니라 어느새 '말하는 인간'으로 바뀌는 것이다. 가령 언어 능력을 갖추고 있지만 여전히 말의 형상에서 벗어나지 못한 말은 새로운 사람들을 만날 때마다 소리를 내어서 자신의 인간적 자질을 크게 증언해야 할 것이다. 말하는 '순간'에만 말은 말이 아니라 인간인 셈이다. 하지만 엘리자는 자신이 공작부인임을 증언할 필요가 없다. 귀족적 언어가 그녀의 존재를 귀족으로 성변화(聖變化)시켜 놓은 것이다. 파티장에 들어서는 순간 사람들은 이미 그녀의 유려한 걸음걸이와 자세로부터 공작부인의 현존을 읽는다. 좌우로 늘어선 귀족들을 둘러보던 여왕의 시선은 유독 엘리자에게 가서 멈춘다. 사람들은 그녀의 자태에 놀람과 경이를 감추지 못하는 것이다. 단순한 표현 수단이 아니라 인간 자체가 된 말——언어의 완벽한 승리이다.

그렇다면 언어의 승리가 곧 엘리자의 승리인가? 히긴스의 승리인가? 언뜻 보기에 언어의 승리는 두 사람 공동의 승리로 보인다. 히긴스의 놀라운 손길에 닿으면서 엘리자가 공작부인으로 신분 향상되었다면 내기에서 승리한 히긴스는, 피커링의 말에 따르면 '현존하는 언어학자 가운데 가장 위대한 언어학자'로서 명실상부하게 인정받은 것이다. 하지만 이러한 행복한 결말이 이야기의 전부는 아니다. 대사의 파티를 마치고 집으로 돌아온 히긴스와 피커링은 환호하면서 서로의 승리(비록 명목상 내기를 걸기는 했지만 처음부터 피커링은 엘리자의 일거수일투족을 지켜보면서 히긴스가 승리하도록 도움과 배려, 충고를 아끼지 않았다)를 자축한다. 바로 여기서부터 문제가 생기기 시작한다. 이 두 독신주의 언어학자들이 승리를 축하하는 자리에 정작 승리의 주역이었던 엘리자는 동참하지 않은 것이다. 세 사람이 오늘의 승리를 위해서 기쁨과 고통을 함께하였던 6개월의 계약 기간이 만료된 현재의 시점에서 두 남자의 안중에 엘리자는 없다. 히긴스가 도박가라면 그녀는 세상 사람들을 상대로 내건 그의 판돈에 불과하였으며, 히긴스가 유능한 조각가라면 그녀는 그의 손길을 기다리는 거친 재료에 불과하였다. 완성된 작품은 이제 그의 손을 떠났고, 피조물이 창조자의 성공을 자축하는 자리에 감히 참석할 수가 없다. 물론 엘리자는 그렇게 생각하지 않는다. 그녀가 히긴스의 성공에 공헌한 사실이 당연히 인정되어야 하며, 성공은 두 사람의 몫이 아니라 세 사람의 공동의 몫이어야 하는 것이다. 하지만 자만심이 강한 히긴스의 입장은 완고하다. 그에게 엘리자는 어디까지나 피조물, 망치와 정으로 다듬어진 거친 재료에 불과하다. "네가 내기에서 승리를 거두었다고? 분수를 모르는 건방진 벌레 같으니라고. 이긴 사람은 바로 나야." 히긴스는 엘리자——대사의 파티에서 여왕의 특별한 은총을 받았으며 공주로서 대접을 받았던 엘리자——를 벌레라고 부르는 것이다.

피그말리온과 갈라테이아의 고전적인 모델에 따르면 히긴스는 당연히 엘리자와 사랑에 빠져야 한다. 피그말리온이 모나고 거친 돌을 다

듣어서 가장 아름다운 여인의 대리석상을 조각하는 것으로는 충분하지 않다. 차가운 돌에 생기가 돌고 따스한 피가 흐르기 위해서는 창조자가 피조물과 사랑에 빠져야만 한다. 천재적인 재능이 아니라 사랑이 모든 것을 완성하는 것이다. 만일 갈라테이아가 피그말리온에게 버림받는다면 어떻게 될 것인가. 피그말리온 신화의 현대판이라 할 수 있는 《마이 페어 레이디》는 창조자가 피조물과 사랑에 빠지지 않아야 한다는 전제에서 출발한다. 히긴스가 엘리자를 자택에서 6개월 동안 데리고 있으면서 교육시킬 계획을 내놓았을 때, 피커링이 우려했던 것도 그러한 전제와 무관하지 않다. 엘리자에게 유혹당할 수도 있지 않겠느냐는 것이었다. 히긴스는 자신의 과거의 교육 경력을 언급하면서 피커링의 우려를 일소에 붙인다. 세상에서 가장 아름다운 여자들을 무수히 가르치면서 여자의 매력에는 이미 면역이 되어 있다는 것이다. 그래서 "여자들은 통나무 조각이나 마찬가지이다. 나도 통나무 조각이나 마찬가지이다." 통나무가 통나무와 사랑에 빠질 수가 없는 것이다. 더구나 독신주의자인 히긴스가 여성에 대해서 가지고 있는 편견을 감안하면 그는 절대로 사랑에는 빠지지 않을 인물처럼 보인다. 그에게 여자란 "질투심투성이이며, 잔소리가 심하고, 의심이 많으며, 골치 아픈 존재이다." 그래서 그는 여자보다는 남자를, 사랑이 아니라 우정을 훨씬 선호한다. 동료인 피커링과의 우정을 가장 이상적인 인간 관계로 간주하는 것이다. 만일 엘리자가 자신을 여자로서 대해주지 않는다고 불평한다면 히긴스는 그녀가 남자가 아니라는 사실에 대해서 불평한다. "왜 여자는 남자와 같을 수가 없을까?"

비록 여성혐오주의자라는 달갑지 않은 호칭을 감수해야 할지 모르지만, 참된 언어 교사로서 히긴스가 사랑에 빠지지 않아야만, 말하자면 피교육자와의 적절한 거리를 성공적으로 유지해야만 끝까지 참된 교육자로 남을 수 있는 듯이 보인다. 이 점에서 엘리자의 불만은 불합리해 보인다. 잘못은 히긴스(선생)가 엘리자(학생)를 사랑하지 않는다는 사실이 아니라, 어느새 학생이 선생을 사랑하게 되었다는 사실에 있는 듯이 보인다. 히긴스는 6개월의 계약 기간 안에 그녀를 공작부인처럼 우아하고 세련된 여자로 만들어 주겠다는 자신의 약속을 훌륭하게 수행하였다. 그럼에도 계약 기간이 만료되었음에도 불구하고 히긴스의 곁을 떠나기 싫은 엘리자는 다음과 같이 불만을 토로하는 것이다. "당신은 모든 일이 끝장이 나서 다행으로 생각하는 거죠? 이제 나를 집에서 쫓아낼 수가 있게 되었기 때문에." 그러면서 꽃을 파는 초라한 여자였던 자신을 우아한 공작부인으로 향상시켜 놓은 히긴스에게 감사하기는커녕 마치 그가 죄인이라는 듯이 나무라며 힐난한다.

이 지점에서 우리는 대사의 파티에서 엘리자가 거두었던 눈부신 성공의 장면을 다시 한 번 음미해 볼 필요가 있다. 언어만능주의자인 히긴스의 주장처럼 과연 언어가 그녀를 우아한 공작부인으로 변모시켜 놓았던가. 셰익스피어와 밀턴처럼 유려하고 세련되게 언어를 구사할 수 있는 능력이 가난한 여자를 공작부인의 반열에 올려 놓는 것일까. 《마이 페어 레이디》의 관객들은 아니라고 고개를 저을 것이다. 대사의 파티에 참석했던 귀족과 귀부인들도 아니라고 고개를 저을 것이다. 파티 장소에 엘리자가 문을 열고 들어서는 순간에, 파티의 참석자를 비롯해서 관객들은 그녀(오드리 헵번)의 아름다움과 우아한 자태에 감탄한 나머지 숨을 죽인다. 더구나 허름한 옷차림에 검댕이 묻은 얼굴로 거리에서 꽃을 팔던 여자로 엘리자를 기억하고 있는 관객에게 화려한 의상에 반짝이는 보석으로 치장하고서 대사의 파티에 등장한 엘리자의 모습은 경이롭기만 하다. 여기서 언어는 아무런 역할도 수행하지 않는다. 값비싼 의상과 보석으로 인해 더욱 돋보이는 엘리자의 아름다움이 언어가 행해야 할 마술의 효과를 일순간에 달성해 버리는 것이다. 언어 교사 히긴스가 자랑하는 셰익스피어의 언어는 그러한 아름다움의 그림자나 들러리에 불과하다. 언어가 아니라 아름다움이──말이 아니라 말을 하는 사람이──공작부인이라는 사실을 증명한 것이다. 그녀의 아름다움이 발하는 매력에 그만 넋을 잃었던 사람들이 나중에 인사의 말을 건네면서 증명된 품위 있는 말투와 어법은 다만 소극적 기능밖에 가지지 못하였다. 그것은 엘리자가 공작부인이 아니라는 사실을 폭로하지 않았을 따름이다. 아름다움이 긍정적이라면 말은 부정적으로, 전자가 '있음'을 증명한다면 후자의 역할은 '없음'을 증명하는 것으로 탕진되어 버린다.

그러나 아름다움이 엘리자에게 귀부인으로의 변신을 충분히 보장해 주는 것은 아니다. 그것은 필요 조건이기는 하지만 충분 조건은 아니다. 파티에서 성공을 거두기 위해 엘리자는 무엇보다도 먼저 귀부인처럼 화사하게 치장하지 않으면 안 되었다. 오랜 시간 화장하고 머리를 다듬고, 히긴스가 마련한 화려한 의상과 보석으로 장식하고, 귀족들의 마차를 타고 피커링의 정중한 에스코트를 받으면서 파티장에 들어서야 했다. 그녀는 사교계와 상류층의 관례·예법을 따라야 했던 것이다. 그러한 경제적·사회적인 후원 없이는 클레오파트라의 아름다움도 그만 빛이 바래고 만다. 꽃을 파는 여자 차림으로 나타났다면 엘리자는 아예 파티장에 발도 들여 놓지 못했을 것이다. 그렇다면 언어 교사 히긴스가 그토록 자부하는 영어는 무엇인가? 히긴스는 다음과 같이 말한다. "우리 영국 사람이 지니고 있는 영어의 위엄과 위대함을 생각해 봐. 이 상상력이 풍부하고 음악적이며 위대한 영어의 소리에 지금까지 인류의 가슴에 흘러 왔던 가장 고결한 사상이 간직되어 있어. 엘리자 당신이 그러한 언어를 정복하려는 것이야." 자신의 말처럼 영어의 화법이 그토록 위대하다면, 왜 그는 엘리자의 입을 빌려서 언어 자체가 그러한 위대한 위업을 달성할 기회를 허락하는 대신에 값비싼 의상과 보석으로 엘리자를 먼저 치장해야 했을까? 왜 말이 아니라 말을 하는 사람의 겉모습을 귀족적으로 가꾸어야만 했을까? 스스로 인정하지는 않겠지만 언어만능주의자인 히긴스도 언어가 만능이 아니라는 것을 너무나 잘 알고 있다. 경제적 · 사회적 후광이 없으면 언어는 아무런 위업도 달성하지 못한다. 언어는 경제와 사회의 마차를 끄는 말이 아니라 그러한 말에 매달린 마차에 불과하다. 경제와 사회가 실체라면 언어는 그림자에 불과하다.

인간은 말을 하는 존재이다. 하지만 존재가 말이라는 이야기는 아니다. 공작부인처럼 언어를 구사한다고 해서 공작부인이 되지는 않는다. 그러기에는 경제적 · 사회적인 벽이 너무나 두텁다. 올바른 언어를 통해서 신분의 벽이 무너지는 것이 아니라 언어는 그러한 신분의 벽을 더욱 공고히 할 따름이다. 하류층의 언어를 버리고서 상류층의 언어를 배우고 싶어하는 엘리자의 욕망 자체가 오히려 상류층의 성벽을 더욱 공고하게 만들고 특권시하는 계기가 되는 것이다. 새로운 언어의 습득을 통해서 누구에게나 새로운 신분으로 도약할 수 있는 문이 열려 있는 듯이 보이지만, 경제적 · 사회적인 뒷받침이 없으면 잠시 언어적 가능성을 날갯짓하다가 이카루스처럼 이전의 신분으로 추락해야 한다. 그러나 과거 신분으로의 추락이 행복한 귀향으로 매듭지어지지 않는다. 그는 귀족의 언어를 구사하고 귀족처럼 생각을 하지만 평민의 신분과 처지에서 벗어날 수 없다는 고약한 의식의 분열을 앓아야 한다. 또한 진정한 귀족도 아니고 진정한 평민도 아닌 그는 이제 현실에서 뿌리를 내리고 살아갈 마땅한 발판을 찾을 수가 없다. 계약 시간이 끝나는 시점에서 엘리자는 갑작스럽게 그러한 진리에 당면하는 것이다. 과거에 그녀는 생활 전선에서 당당하게 꽃을 팔아 생계를 유지했었다. 그런데 "당신이 나를 귀족으로 만들어 놓았기 때문에 나는 이제 아무것도 팔 수가 없다." 엘리자는 현실의 토양에서 뿌리가 뽑혀 버린 것이다.

여성혐오주의자의 전형인 히긴스는 엘리자의 반응을 전형적인 여성의 히스테리로 취급해 버린다. 여자는 '비합리적인 존재'라는 것이다. 하지만 불합리한 것은 엘리자가 아니라 현실이며, 그러한 현실의 불합리를 깨닫지 못하는 히긴스이다. 그의 언어적 창조 행위가 현실에 커다란 구멍을 남겨 놓은 것이다. 6개월의 피나는 훈련을 거쳐서 하층민의 런던 사투리가 상류층의 언어로 상향 조정되는 언어의 유연성은 완고한 현실에는 적용되지 않는다. 화법과 달리 현실을 두드리고 펼쳐서 새로운 현실로 조정할 수 없다. 재산과 신분에 따라서, 장기판처럼 엄격하고 구획된 사회 질서와 법칙에 따라서 구성원은 장기의 말처럼 움직여야 하는 것이다. 싫다고 해서 자리를 벗어나면 새로운 위치가 할당되는 것이 아니라 돌아갈 자리까지 잃어린다. 그러한 사회적 현실은 기존의 질서와 평형을 유지하기 위해서 플러스와 마이너스의 값을 자율적으로 조정하는 듯이 보인다. 그래서 윈윈(win win) 게임이 있을 수가 없다. 갑의 승리는 을의 패배를 의미하며, 갑의 이익은 을의 손실을 초래하는 것이다. 하층민인 엘리자가 공작부인으로 신분이 향상되기 위해서는 공작부인 중에서 누군가가 그러한 신분을 잃어야 하며, 말이 인간으로 변신한다면 인간의 누군가가 대신 말이 되어 주어야 한다. 그렇지 않으면 현실의 질서에 구멍이 뚫리게 된다. 물론 현실에 뚫린 이 구멍은 곧 다른 사회의 구성원에 의해서 채워지게 마련이다. 엘리자가 과거에 꽃을 팔던 거리의 구역은 빈 구멍으로 계속 남아 있지 않다. 그녀와 비슷한 처지에 있는 또 다른 여자가 그녀의 구역을 맡아서 꽃을 팔아 생활을 꾸려 나가게 될 것이다. 그렇다면 구멍은 현실의 빈 자리가 아니라 엘리자의 빈 자리, 그녀의 존재론적 부재가 된다. 사회적으로 엘리자는 존재하지 않는다.

문제는 엘리자의 사회적 증발이다. 《마이 페어 레이디》의 관객은 6개월 동안 엄연하게 존재했던, 더구나 대사의 파티에서 눈부신 성공을 거두었던 빛나던 존재가 일순간에 물거품처럼 부재로 꺼지는 것을 참을 수가 없다. 이것은 영화의 오리지널인 버나드 쇼의 《피그말리온》의 독자에 대해서도 마찬가지이다. 독자와 관객은 한결같이 존재론적 구멍, 사회적 구멍, 현실의 구멍을 견뎌내지 못한다. 만일 조각품인 갈라테이아가 사뿐사뿐 걸어나와서 조각가에게 미소를 짓는다면, 그럼에도 피그말리온이 그녀의 미소를 단 한번의 손짓으로 묵살하고 그녀의 존재를 철저히 외면해 버린다면 갈라테이아는 어떻게 될 것인가? 대리석이 인간으로 바뀌어 버린 존재론적 혼란을 도저히 수습할 도리가 없을 것이다. 메리 셸리의 《프랑켄슈타인》은 그러한 혼란을 다룬 대표적인 작품이다. 지적 호기심에서 프랑켄슈타인 박사가 창조한 괴물, 그러나 박사에게 무참하게 버림받은 괴물, 이 존재론적 잉여를 현실은 감당하지 못한다. 그래서 차갑게 빗장을 지르고서 문을 열어 주지 않는다. 버림받은 괴물은 나중에 오로지 프랑켄슈타인 박사를 향한 복수의 일념에서 존재의 이유와 정당성을 찾게 된다. 괴물도 존재해야 하기 때문에 단단한 현실에 복수의 구멍을 내고서 스며들 자리를 만들어야 하는 것이다. 《마이 페어 레이디》의 관객이 히긴스가 엘리자와 처음 만나는 순간부터 서로 사랑에 빠지기를, 마침내 결혼으로 영화가 막을 내리기를 노심초사하면서 기다리고 열망하는 이유가 여기에 있다. 히긴스가 구혼을 청하지 않으면 엘리자는 사회적인 '무'가 되거나, 아니면 스스로 속할 자리를 마련하기 위해서 어느 순간 현실에 구멍을 뚫는 괴물(고급 창녀, 귀부인의 행세를 하는 사기꾼)로 돌변할 수 있기 때문이다. 현실은 엘리자의 존재를 거두어 들일 수가 없는 것이다. 암묵적인 사회적 규범에 따르면 평민은 평민처럼, 귀족은 귀족처럼 말을 해야 한다. 만약 귀족 사회에서 평민이 왕의 말을 한다면 분수를 모르는 오만한 놈이라는 비웃음을 당하거나, 아니면 국왕 사칭죄로 단두대에서 이슬로 사라져야 할 것이다. 엘리자가 그러한 신세로 전락하지 않기 위해서는 단 하나의 방법밖에 없다.[1] 피그말리온이 갈라테이아에 대해서 그러했듯이 히긴스는 그녀와 결혼을 해야 하는 것이다.

바둑판처럼 위계적으로 엄격하게 구획된 사회적 질서는 구성원을 숨막히게 만든다. 언어만능주의자인 히긴스는 유려한 화법의 습득을 통해서 계급적인 신분 상승을 꾀할 수가 있다고 주장하지만, 그러나 현실은 그러한 신분 상승을 허용하지 않는다. 오로지 사랑만이 현실의 질서를 변화시키고 현실의 결여를 보충할 수가 있다. 엘리자에게 열려 있는 유일한 신분 상승의 길이 결혼임에는 두말할나위가 없다. 하지만 철저한 독신주의자인데가 여성혐오주의자인 히긴스는 끝까지 엘리자와 결혼할 마음이 없다. 그렇다고 그가 엘리자를 싫어한다는 이야기는 아니다. 단지 그녀와 사랑에 빠지지 않았을 뿐이다. (관객은 그토록 우아하고 아름다운 엘리자에게 마음이 빼앗기지 않은 그를 이해할 수가, 아니 용서할 수가 없다.) 6개월 동고동락을 하는 동안에 어느

---

1) 다행스럽게도 《마이 페어 레이디》는 하나의 출구를 마련해 놓고 있다. 엘리자의 아버지 둘리틀이 무려 3천 파운드의 연봉을 받는 행운, 거리의 청소부였던 그가 하류층에서 중류층으로 신분 상승하는 경제적인 혜택을 누리게 된 것이다. 동거하던 여자와도 결혼식을 올린다. 그러니 원한다면 엘리자는 아버지의 집에서 중류층의 생활을 영위할 수가 있는 셈이다. 하지만 이것이 진정한 출구가 아님은 두말할나위가 없다.

새 그녀는 그에게 없어서는 안 될 존재가 되어 버린 것이다. 그녀의 도움이 없으면 그는 복잡한 일정은 물론이고 사소한 일상사마저도 챙기지 못한다. (예컨대 그는 벗어 놓은 슬리퍼를 찾아서 온 집안을 헤매야만 한다.) 결국 그는 엘리자에게 남녀의 관계가 아니라——피커링과 그러했듯이——동등한 동료의 자격으로 자신의 집에서 함께 살자는 제안을 하고, 대안이 없는 그녀는 그러한 제안을 승낙한다. 물론 앞으로 히긴스와 엘리자의 관계가 어떻게 발전할는지는 알 수 없는 노릇이다.

마지막으로 히긴스의 여성혐오주의와 독신주의에 대해서 한마디 덧붙이려고 한다. 비록 뛰어난 언어학자이면서 사회적으로 높은 신분의 인물이기는 하지만, 그는 버릇없이 자란 응석받이 어린아이처럼 제멋대로 행동할 뿐 아니라 공공연하게 예의와 관습을 무시하는 언행을 즐김으로써 주위 사람들의 관심을 독차지하려는, 아직 유아적인 단계에서 벗어나지 못한 인물이다. 이미 오래전에 피아제가 일깨워 주었듯이, 세계를 포함해서 아직 타인과 자신을 구분하지 못하는 유아는 자신이 세계의 전지전능한 중심이라고 느낀다. 이 점에서 히긴스의 여성혐오주의는 그러한 전지전능한 입장을 유지하기 위한 무의식적 전략이며 방편으로 보인다. 대사의 파티에서 그러했듯이 세상의 모든 사람들이 엘리자의 아름다움에 매료된 나머지 그녀를 공주로 착각한다면, 히긴스의 여성혐오주의는 그러한 착각에 대한 방어기제의 역할을 하면서 동시에 혼자서 세상을 모든 사람들을 경멸할 수 있는 지고한 특권적 주체의 지위를 선사하는 것이다. 아름다운 여자로부터의 거리 유지는 그에게 절대적인 존재의 당위성으로, 유혹과 매력의 위험한 사정권에서 멀리 벗어나야만 독야청청 히긴스로 남아 있을 수 있으며 엘리자를 공작부인으로 착각하지 않을 수 있다. 불에 데이지 않고 바라보기 위해서는 강 건너로 물러나 관망해야 하는 것이다. 그래서 히긴스의 존재는 자기 동일성, 그의 미덕은 환멸과 관조, 그의 수사법은 아이러니와 시니시즘이 된다. 셰익스피어·밀턴과 같이 위대한 언어의 마술사와 자신을 동일시하며 언어의 길을 통해 초월을 모색하지만, 정작 본인은 언어의 마술에 현혹되거나 설득당하기를 철저히 거부한다. 설득당하는 순간에 그는 절대적인 관망이 보장해 주는 자기 동일성을 포기해야 하기 때문이다. 그래서 그에게 언어는 유혹이 아니라 공격과 비판의 도구, 나르시시즘적이며 초월적인 자아를 보호하기 위한 갑옷이며 방패가 된다.

9

정신분열증과 미국인: 《최후의 날》

　미국 사람들이 자아에 사로잡혀 있다는 것은 이미 하나의 상식이 되어 버렸다. 전형적 미국 사람은 개인주의적이고 공격적이며 도전적이고, 자기 잘난 맛에 사는 사람, 인물 사진의 주인공처럼 세상을 배경으로 하고서 자아가 중심에 자리잡고 있지 않으면 성이 차지 않는 사람들이다. 물론 미국 사람들이 잘못되었다는 말이 아니다. 프로타고라스의 명언을 개인화시켜서, 개인이 만물의 척도라면 세상은 그야말로 신명날 것이다. 미국 사람들은 신명나게 사는 사람들이다. 그런데 문제는 세상이 언제나 '나' 라는 태양을 중심으로 돌아가는 태양계는 아니라는 사실에 있다. 내가 만약에 중심이라면 세계에는 수많은 '나' 들의 중심, 30억이 넘는 중심이 정글의 개미떼처럼 우글거리고 있다. 자칫하면 별들의 전쟁이 벌어질 판이다. 만약 또 다른 '나' 가 저쪽에서 전속력으로 '나'를 향해서 돌진해 온다면, 세계의 부동의 중심축인 내가 채신없이 옥좌를 버리고 피신해서는 안 될 것이다. 나는 정면으로 충돌하거나 미리 상대를 박살내 버려야 한다. 별들의 충돌 ──《딥 임펙트》《아마겟돈》, 미국 영화에서는 자아가 별처럼 서로 충돌한다.

　별들의 충돌이 미국우주항공국(NASA)의 소관이라면, 세상의 무대에서 충돌해 파열된 자아는 심리학자들의 상담실로 찾아온다. 금이

간 자아를 말로 교묘하게 봉합하고 수선해서 다시 만물의 척도의 자리로 복원시켜야 하는 것이다. 북아메리카와 너무나 다른 정서적 토양에서 정신분석학의 이론을 가다듬었던 프랑스의 자크 라캉이 미국의 자아심리학을 못마땅해했던 것은 너무나 당연한 일이었다. 신명나게 먹고 마시고 즐기면서 비만이 된 미국 사람들의 자아를 이론적 다이어트 요법을 통해서 군살을 빼줘야 한다고 라캉은 생각했다. (그런데 미국 사람들은 재빠르게 지방흡입수술을 고안해 냈다.) 라캉에 의하면 인간은 우주의 항성이 아니라 행성, 태양이 아니라 유성이며, 만물의 척도라기보다 장기판의 말에 가깝다. 미국의 자아처럼 말이 거대해지면 길이 막혀서 장기를 둘 수가 없게 되는 것이다. 프랑스의 지성인 가운데 유독 라캉만이 미국의 '스타 의식'을 비난했던 것은 아니었다. 문화이론가인 보드리야르는 미국이 포스트모던적인 문화의 증후군을 선점한다고 생각하였다. 가령 디즈니랜드에서는 가짜가 진짜보다 더욱더 진짜답게 보임으로써 원형과 시뮬라크라(simulacra)의 경계가 상실되거나 아니면 아예 무의미해져 버린다. 광고와 네온사인, 배꼽티가 판을 치는 보여 주기 문화의 미국에서는 구태여 진짜(과연 미국에 한번이라도 진짜가 존재하기라도 했던가?)를 고집할 이유가 실종되는 것이다. 프롬(prom)은 말할나위도없고 초등학교 졸업식이라도 기웃거려 본 외국인이라면, 보잘것없는 조그마한 행사임에도 으리으리한 대관식처럼 꾸며 놓는 미국 사람들의 현시적 열정에 경탄을 금치 못했을 것이다. 번쩍번쩍하게 보여지지 않으면 자아는 존재하지 않는다. 현시(顯示)되지 않을 때 미국 사람들의 자아에는 깊은 병이 생기는 것이다.

　라캉과 보드리야르를 접목시키면 세계의 중심으로서 개인주의를 향유하는 미국적 자아의 성격이 분명해진다. 만일 진짜가 문제시된다면 태양왕 루이 14세나 진시황, 파라오가 아닌 이상 어느 누구도 세상의 중심으로 부상하지 못한다. 기껏해야 공국의 군주, 지역을 분할해서 다스리는 영주, 대부분은 명함도 내밀지 못하는 소시민이나 소작농의 운명에서 크게 벗어나지 않을 것이다. 그러나 진짜라는 단서가 벗겨지면 이야기는 달라진다. 가령 《허클베리 핀의 모험》에서 제 몸 하나 제대로 간수하지 못하는 가난뱅이 사기꾼들이 황태자와 공작의 행세를 하면서 으스댄다. 세상 물정을 모르는 주인공 허클베리 핀은 이들 사기꾼을 진짜 황태자와 공작으로 대우하게 되는데, 미국적인 자아가 어떻게 가능한가에 대한 해답이 여기에 있다. 미국 사람은 자기가 세상의 중심이라는 환상에 사로잡힌 자아, '너'와 '그'의 시선에 아랑곳하지 않고서 자기 잘난 맛에 살아가는 유아론적이며 독존적인 자아이다. 이것이 바로 필자가 말하고 싶은 할리우드 영화의 세계이다. 할리우드 영화의 주인공들은 환상적으로 비대해진 자아, 세계의 중심으로서 유아론적인 자아로, 《딥 임팩트》《아마겟돈》《최후의 날》과 같이 어수룩한 영화를 비롯해서 《인디아나 존스》 시리즈, 《매트릭스》나 《토탈 리콜》과 같이 제법 뛰어난 영화의 주인공들도 그런 자아의 집을 달팽이처럼 이고 다닌다.

여기서 필자가 관심을 가지고 살펴볼 영화는 아마 그러한 유아론적 영화 중에서도 가장 형편없는 《최후의 날》이다. 2000년이라는 새로운 밀레니엄에 임박해서 종말론적 취미를 부추기며 한꺼번에 쏟아진 일련의 영화 가운데 하나인데, 졸작이기는 하지만 이 영화에는 그러한 작품성의 결함을 상쇄시키고 남는 장점 하나가 있다. 미국적 자아가 가장 적나라하게 표출된 비대한 자아의 배가 용암처럼 터지면서 분출하는 작품이라는 것이다. 훌륭한 영화라면 욕망의 재현이 자기 반영적으로 다듬어지고 세련되고 순화되면서 원래 조야한 모습의 허물을 벗게 마련이다. 하지만 이 영화는 과대망상의——프로이트의 표현을 빌리면—— '취약한 연결고리' 로 엮여진 작품, 겉이 너무 번지레해서 진짜가 아니라 가짜라는 사실이 쉽사리 드러나는 작품이다.

전형적인 미국의 서부극처럼 이 영화는 한 명의 선한 주인공과 다수의 악당이라는 친근한 구도로 짜여 있다. 하지만 조그만 마을을 배경으로 활약하는 《셰인》(1953)과 같은 서부 영화의 주인공 역할은 제리코(Jerico)의 양에 차지 않는다. 규모가 우주적인 차원으로 확대되어야 할 뿐 아니라, 지구의 운명을 놓고서 우주의 악당 사탄과 한바탕 혈전을 벌여야 한다. 그러면 한 마을이나 한 가족의 은인이 아니라 예수 그리스도처럼 전인류의 구세주가 될 것이다. 결론부터 시작하기로 하자. 이 영화는 어느 과대망상적이며 피해망상적인 정신분열증 환자의 환상이다. 피해망상에 사로잡힌 환자는 주위의 모든 사람이, 증상이 심해지면 나중에는 세상의 모든 사람들이 자신을 감시하며 박해하려 한다고 생각을 한다. 여기서 피해망상은 과대망상의 또 다른 표현에 불과하다. 그가 전지구의 운명과 장래를 좌우할 정도로 중요한 인물이 아니라면 세상의 모든 사람들이 그를 찾아 박해할 이유가 없다. 우주의 천칭에 올려 놓고 달아 보면, 주인공 한 사람의 비중이 전인류의 비중과 맞먹는 것이다.

물론 《최후의 날》에서 제리코는 영웅으로 묘사되어 있다. 그는 정신분열증 환자가 아니라 검은 손으로 지구를 움켜쥐려는 적그리스도의 계획을 좌절시키기 위해 고군분투하다가 마침내는 목숨까지 바치는 거룩한 순교자로 그려진다. 하지만 필자가 관심을 가지고 추적하려는 것은 주인공의 논리나 주인공의 논리를 제조하는 감독의 논리가 아니다. 자아와 관련된 모든 논리는 합리화로 치닫는다. 만약 내 마음에 파괴적인 분노의 풍랑이 거세게 일어난다면, 그것은 내가 공격적이기 때문이 아니라 사악한 세상이 이유 없이 나를 박해하기 때문이다. 나무가 높아서 포도를 따먹을 수 없었던 여우는 자기의 키를 탓하는 대신에 시큼해서 먹을 수가 없다며 포도를 비난하며 자위해야 했다. 영화 초반에서 중요한 것은 제리코가 불행하다는 사실이다. 원통하게도 그는 행복의 포도를 따먹을 수가 없다. 사랑했던 아내와 딸을 한꺼번에 잃은 절망감을 독한 알코올로 달래며 술에 절어 하루하루를 보내는 그는 자신의 불행을 결코 인정할 수가 없다. 행복해야 할 그가 불행하다면 거기에는 당연히 외부적인 원인이 있어야만 한다. 자신의 몫으로 주어져야 할 커다란 행복의 정도에 비례해서 원인의 규모도 기하급수적으로 증가해야 할 것이다. 비록 영화의 표면에 드러나지는 않았지만 제리코의 논리는 다음과 같은 단계를 밟으면서 발전한다. 1) 법정에서 갱단에게 불리한 진술을 했던 제리코를 보복하기 위해 갱단은 그의 아내와 딸을 살해한다. 2) 갱단은 단순한 갱단이 아니라 세상을 지배하는 악한 세력을 대변한다. 3) 천년이 끝나는 시점에서 악한 세력은 사탄의 힘을 등에 업고 지구를 멸망시킬 음모를 획책하고 있다. 4) 그와 같이 사악한 음모를 저지할 인물은 오로지 제리코, 그러한 음모가 진행되는 가운데 아내와 딸을 잃을 수밖에 없었던 제리코 한 사람밖에 없다. 5) 그렇다면 아내와 딸을 살해한 세력에 대한 응징은 인류의 구원을 위해 절대적으로 필요한 성전(聖戰)이 된다.

무대는 1999년 12월 28일의 뉴욕, 새로운 밀레니엄으로의 진입을 알리는 온갖 행사와 퍼레이드로 화려하게 뉴욕을 장식하고 있다. 사람들도 열광적인 축제 분위기에 휩쓸리는데, 옥의 티처럼 제리코 혼자서 그런 분위기에 합류하지 못한다. 술병이 나뒹구는, 곰팡내날 정도로 음침한 방에서 그는 권총을 관자놀이에 겨누며 자살 예행 연습을 하기도 한다. 만약 세상이 행복과 불행으로 평형을 이루어야 한다면, 세상 모든 사람들의 행복은 제리코 개인의 엄청난 불행을 대가로 얻어지는 듯이 보인다. 이때 그의 동료 형사 바비(Bobby)가 문을 박차고서 들어온다. 사건이 일어난 것이다. 이 사건의 소식에 나른한 권태와 절망으로 잠겨 가던 그의 몸이 용수철처럼 튀어 일어난다. 축제 분위기인 뉴욕의 중심가에 중무장을 한 저격수가 등장한 사건의 현장으로 제리코와 바비는 달려간다. 숨막히는 총격전과 제리코의 독보적인 활약. 곧 저격수는 6개월 전에 실종되었던 아퀴나스 신부(神父)라는 사실, 바티칸 기사단의 일원이었던 그가 지구를 적그리스도의 손에서 건지기 위해서 부득이 크리스티나(Christina)라는 여자를 살해하려 했다는 사실, 새로운 천년이 도래하기 전에 사탄이 크리스티나와 동침을 하게 되면 지구의 운명이 그러한 결합으로 탄생한 적그리스도 아이의 손에 쥐어진다는 사실이 하나하나 밝혀진다. 결국 크리스티나를 가운데 놓고서 사탄과 제리코가 밀고 당기는 줄다리기, 그녀와 결합을 시도하는 사탄과 그것을 좌절시키려는 제리코 사이의 이자 대결의 구도로 플롯이 압축된다.

제리코의 과대망상과 관련해서 흥미로운 사실은 이자 대결의 구도로 압축되는 과정이다. 처음에는 한편에 지구를 멸망시키려는 사탄의 검은 세력이, 다른 한편에는 바티칸 기사단을 비롯해서 사탄에 저항하는 인류 전체가 있었다. 제리코는 그러한 다수의 하나, 수많은 익명적 사람들 가운데 하나, 아니면 경찰과 형사들의 일원에 불과할 따름이었다. 형사반장 마지(Marge)와 동료 형사 바비를 비롯한 경찰 세력전체가 제리코의 편에 있었다. 일반적 다수가 악이라는 추상적 세력과 대치되는 구도의 형국을 이루고 있었던 것이다. 여기에서는 바닷가의 모래알처럼 수많은 살해자와 범죄자들, 마찬가지로 수많은 선량

한 사람들과 경찰 및 형사들이 있다. 하지만 하나의 단일한 인물로 요약되는 악 자체나 선 자체는 없다. 한 명을 제거한다고 해서 세상의 악이 일시에 사라지거나 세상이 악으로 완전히 삼투되지는 않는다. 바닷가에 모래알 한두 개를 가감한다고 해서 백사장의 지형도에 변화가 일어나지 않는다. 선한 행위나 사악한 사건도 수많은 에피소드의 하나에 불과할 따름이다. 주인공 제리코가 도저히 견딜 수 없는 존재론적 진리가 여기에 있다. 그는 자신이 그러한 익명적 다수의 하나라는 사실을 용납할 수가 없다. 그는 익명적 다수의 무리에서 혼자 떨어져 나와 간헐천처럼 화려하게 하늘을 향해 솟아오르지 않으면 안 되었다. 어떻게 다수로부터 분리되어 단신으로 악을 대면할 것인가? 먼저 제리코는 형사반장이 사탄의 편에 서서 자신을 박해한다고 생각을 한다. 다음에는 뉴욕의 모든 사람들이, 나중에는 유일하게 믿을 수 있었던 동료인 바비까지도 자신을 박해하려 한다고 생각한다. 자기와 함께했던 사람들을 모두 적으로 규정하는 순간, 썰물처럼 타자가 물러나 버린 텅 빈 세계에서 제리코는 다수의 하나가 아니라 유일자(唯一者)로서 자신의 정체를 확인할 수 있는 것이다. 불행하다면 이제 그의 불행은 상대적이 아니라 절대적인 불행, 또 그가 악의 세력과 맞서 싸운다면 그것은 수많은 범죄소탕의 한 에피소드가 아니라 지구를 구원하기 위한 성전이다. 타자를 인정하지 않고 거부하는 순간에 제리코는 신이 되는 것이다. 환상적 세계에서 중요한 것은 나와 우리, 그들의 삼자로 구성되는 의사소통적인 사회적 관계가 아니라 자아와 타자의 이자 구도로 빚어지는 대립적 적대 관계이다. 여기에는 극단적인 선(나)과 극단적인 악(타자)의 대치가 있을 따름이다.

《최후의 날》은 말하자면 신들의 전쟁 이야기로, 모든 타자를 적으로 총칭함으로써 유일하게 지구의 대변자가 된 제리코와 지옥의 사슬에서 풀려난 사탄이 지구의 운명을 놓고서 벌이는 성전이다. 주위 사람들이 2나 4, 6, 8……과 같은 개별적 숫자라면 제리코는 그들을 하나로 뭉뚱그려서 한꺼번에 짝수(사탄)로 명명하는 총체적이며 초월적인 지위의 담지자이다. 그가 신으로 부상하는 순간에 지금까지 추상적이며 일반적인 개념으로 머물렀던 악은 사탄의 모습으로 구체화된다. (가령 정신분열증 환자였던 판사장 슈레버(Schreber)는 자신이 신의 아내라고 생각을 했다.) 오로지 자신이 신이라고 생각하는 슈레버와 같은 사람에게만 악은 사탄이나 적그리스도로서 그의 앞에 모습을 드러낸다. 신이 아닌 평범한 사람들은 다만 악당이나 강도·사기꾼을 만날 따름이며, 아내와 딸이 사탄에게 희생되었다는 식으로 생각하지 않는다. 하지만 문제의 주인공이 신이라면 이야기는 달라진다. 모든 것이 우주적인 규모의 종말론적 차원으로 비화되는 것이다. 제리코는 마지와 바비를 비롯해서 모든 사람들이 사탄의 앞잡이라고 생각할 뿐 아니라, 직접 사탄 자체와 일 대 일로 대면한다. 마음만 먹으면 마천루를 순식간에 무너뜨리고 죽은 자를 살려낼 수도 있는 무시무시한 힘을 가지고 있음에도 불구하고 사탄은 제리코를 쉽게 쓰러뜨리지 못한다. 외교적 현안을 놓고서 팽팽한 줄다리기를 벌이는 상대편 협상의 대표자라도 되는 듯이 사탄은 제리코를 회유하고 협박하며, 심지어 양보와 타협의 제스처를 보여 주기도 한다. 제리코가 그러한 사탄의 설득에 넘어가지 않음은 물론이다. 그는 지구를 구원해야 하는 목표에서 한 치도 물러서지 않다가 마지막에는 죽음의 길을 택한다. 살아 있다면 현실의 압력에 의해서 허구가 폭로될 수 있는 과대망상자의 환상이 죽음으로 막을 내림으로써 현실의 간섭으로부터 완벽하게 벗어나는 것이다. 끔찍한 현실에서 벗어나기 위해 정신분열증 환자들이 빈번하게 자살로 도피한다는 것은 이미 잘 알려진 사실이다. 《구약》

의 야훼나 고대 그리스 신화의 제우스를 직접 본 사람들은 죽어야만 한다.

　크리스토퍼 내시가 《나르시시즘의 문화: 기대가 무너지는 시대의 미국인의 삶》에서 지적했듯이 미국적 자아는 제리코처럼 나르시시즘적인 자아, 자기 자신에 흠뻑 취해 있는 자아, 모든 것을 자기와 관련해서 생각하고 이해하며 경험하는 자아이다. 내가 우주의 중심에 위치하기 때문에 한편으로는 나의 편에 있는 선한 사람들, 다른 한편으로는 남의 편에 있는 악한 사람들로 우주는 이분화된다. 나와 같지 않은 타자 혹은 나를 중심으로 인정해 주지 않는 타자는 조만간 악의 세력으로서 규정되게 마련이다. 내가 중심으로 부상하기 위해서는 타자의 존재를 있는 그대로 인정하거나 긍정해서는 안 된다. 타자의 존재가 인정이 된다면 나는 기껏해야 우주의 수많은 중심 가운데 하나의 중심, 따라서 중심이 아닌 중심에 불과하게 될 것이다. 《최후의 날》에는 이상할 정도로 타자가 존재하지 않는다. 사탄이란 제리코를 뒤집어 놓은 꼴, 제리코의 부정형에 불과하다. 다시 말해 제리코가 아닌 존재자들 모두가 사탄이나 사탄의 동조 세력으로 규정되는 것이다. (악의 축과 관련된 미국 대통령 조지 부시의 발언, 이라크에 대한 무자비한 공격 등의 사건들도 너무나 미국적인 사건들이다.) 제리코의 유아론적인 자아가 우주적인 자아로 확대 재생산되는 것이다.

　피해망상이나 과대망상에 사로잡힌 정신분열증 환자들은 우주적인 규모로 확대 재생산된 자아의 안경을 쓰고 세상을 바라본다. 물론 여기서 우주적인 차원으로의 비약은 주관적이다. 우주의 중심이 아님에도 불구하고 스스로 중심이라는 확신에 젖는 것이다. 예컨대 우연히 길에서 낯선 사람이 그를 반기며 인사를 한다면, 그것은 동방 박사들이 둘러서서 예수를 경배하는 의식이 된다. 낯선 타인이 그의 목례에 답을 하지 않는다면, 그것은 자신을 박해하는 세력의 일부에 속하기 때문이다. 이러한 확신 위에다 자아의 성을 견고하게 쌓아올릴 수 있다. 하지만 여기에는 이중 구속(double bind)적인 상황이 숨어 있다. 그의 중심이 진정한 중심이기 위해서는 먼저 타자의 동의와 인정이 선제되어야만 하는데, 동의와 인정을 공적으로 요구하는 순간에 그의 중심은 가짜 중심이라는 사실이 금방 밝혀지게 될 것이다. 말하자면 제리코는 자신이 인류의 구세주라는 주관적 확신을 누구에게도 설득력 있게 전달할 수가 없다. 전달하려는 순간에 꿈에서 깨어나, 꿈의 언어가 아니라 타자의 언어로 메시지를 전달해야 하기 때문이다. 타자의 존재를 배척하면서 과대망상적 환상의 세계로 도피해야 하는 이유가 여기에 있다. 특권적인 자아는 환상과 실재를, 진짜와 가짜를 구별하지 말아야 하며, 그러한 구별을 요구하는 타자를 자신의 왕국에 들여 놓아서도 안 된다. 라캉이 주장하듯이 자아란 언제나 환상적인 자아일 수밖에 없으며, 진짜와 가짜의 구별이 무의미해진 보드리야르적인 시뮬라크라의 세계에서 그러한 자아는 자신의 나르시시즘적 환상에 푹 잠길 수가 있다. 타자 최후의 날이 자아 탄생의 최초의 날이 되는 것이다.

10

보는 여자, 보이는 남자: 《나쁜 남자》

> 그대가 지금 살고 있으며, 지금까지 살아왔던 삶을
> 한번 더 살아야 한다. 아니 무한하게 반복해서 살아야
> 한다. 새로운 것은 없다. 그대의 삶에 있었던 고통과 기
> 쁨, 생각과 한숨, 크고 작은 사건들이 고스란히 그대
> 에게 되돌아올 것이다.
>
> ―― 니체

I

김기덕 감독의 영화는 항상 감정적 논쟁을 몰고 온다. 그의 영화를
두고 오가는 담론에도 시퍼런 감정의 칼날이 서 있다. 특히 페미니스
트들의 눈에 김기덕 감독은 위험한 동물이나 심각한 정신병 환자로
비치기도 한다. 병적이고 극단적인 섹스와 폭력이 난무하는 그의 영
화를 보면서 여성 관객은 '끔찍한 고통과 분노'에 사로잡힌다고 한
다. 반면 다음과 같은 상투적인 문구가 빈번하게 그의 영화를 따라다
닌다. '파괴적이고 잔혹하지만 아름답다'는 것이다. 그의 영화의 탁
월한 영상미와 예술성에 칭찬을 아끼지 않는 평론가조차도 그의 영화
의 바탕이 증오와 가학으로 얼룩져 있다는 점을 애써 부정하려고 하지
않는다. 비난하는 진영에서는 다만 예술 영화로서 인정하기를 꺼릴 따

름이다. 이것은 2002년 개봉되었던 《나쁜 남자》에 대해서도 마찬가지이다. 여대생을 창녀로 만들고, 마침내 그녀의 기둥서방이 되는 깡패의 이야기를 다룬 이 '영화는 여성에 대한 성적 테러'이며 남성의 '사악한 판타지'라는 것이다. 그러나 정반대의 평가 역시 공존한다. 주인공 한기는 사랑하는 여인이 망가지는 모습을 지켜보면서 '속세에서 도를 닦는 인간'이라는 것이다. 필자는 이 글에서 《나쁜 남자》에 대한 엇갈린 평가의 어느 한쪽에 손을 들어 주고 싶은 생각은 없다. 오히려 그러한 평가의 태도에서 될 수 있으면 멀리 벗어나려고 한다. 문학 텍스트와 마찬가지로 영화도 하나의 허구적 구성물이다. 허구적 텍스트와 현실이 혼동되어서는 안 된다. 섣불리 판단되기 이전에 텍스트는 우선 읽혀지고 보여져야 한다. 문학과 영화 텍스트가 현실의 재현이라면 중요한 것은 무엇이 아니라 어떻게라는 질문, 재현의 대상이 아니라 재현의 방식이다. 모든 소재가 영화화될 수 있다. 사악한 남자, 페니스 파시즘, 자궁으로서 여성의 몸, 남성적 시선, 끔찍한 성적 폭력의 문제와 같이 사회적·정치적으로 민감하고 불편한 사안들도 영화화될 수 있음은 물론이다. 어쩌면 덮어두면 좋을 아픈 상처를 오히려 드러내고 건드리며 긁어서 동티를 내는 나쁜 남자와 여자가 되는 것이 사회적인 책임을 짊어진 감독의 역할인지도 모른다. 그러나 물론 그러한 소재의 선택이 작품의 질을 보장해 주지는 않는다. 중요한 것은 소재 자체가 아니라 그러한 소재를 다루는 감독의 방식, 영화의 논리, 미장센, 내러티브이다. 문학비평을 전공하는 필자의 소견으로, 김기덕의 영화는 매우 치밀하면서도 탄탄한 내러티브와 논리를 가지고 있다.

영화에 대한 논의로 들어가기 이전에 영화 관람의 성격에 대해 간단히 언급을 해야 하겠다. 필자가 말하고 싶은 것은 영화 관람자의 미학적 수용 및 심리적 반응이다. 문학 텍스트와 마찬가지로 영화 텍스트도 보여지고 읽혀진다. 가령 한글 기호 체계를 습득하지 않은 사람은 한글을 읽어내지 못한다. 한글의 지식이 전제되지 않으면 '나쁜 남자'가 무슨 의미인지 짐작할 도리가 없다. 자연 대상으로서 나무가 나무이듯이 '나쁜 남자'가 나쁜 남자이지는 않기 때문이다. 한글이라는 매개를 거쳐야만 나쁜 남자라는 기표는 비로소 나쁜 남자라는 기의로서 읽히고 이해가 된다. 이것은 시각에 대해서도 마찬가지이다. 이미 오래전에 세르게이 에이젠슈테인이 주목하였듯이, 아무런 매개 없이 직관적으로 보여지고 인식되는 듯 하지만 영상 이미지도 해석의 절차와 여과를 걸친다. 《나쁜 남자》의 주인공 한기가 즉각적으로 나쁜 남자로서 직관되는 것은 아니다. 여기서 '로서'의 용법에 주의할 필요가 있다. 모든 관객이 바라보는 대상은 물론 한기이다. 그러나 단순히 보여진다고 해서 한기의 성격이 저절로 파악되는 것은 아니다. 외국인의 눈에 비친 나쁜 남자의 글씨처럼 한기가 보여질 수 있다. 보다의 대상으로서 한기는 일종의 기표, 아직 그것에 걸맞은 기의가 주어지지 않은 기표의 단계에 머물러 있을 수 있다. 기의가 부여되기 위해서는 한기는 '……로서'라는 의미의 네트워크를 통해서 보여져야 한다. 그래야만 한기라는 기표는 나쁜 남자로서, 혹은 페니스 파시즘을 대변하는 남자로서 보여질 수가 있다. 말하자면 관객과 한기의 사이에는 의미의 스크린이 설치되어 있다. 관객은 한기를 있는 그대로 바라보는 것이 아니라 그러한 스크린에 맺힌 이미지로서 한기를 본다. 순수한 지각적 활동인 듯이 보이는 바라봄이 사실상 그러한 해석의 결과인 것이다. 시각은 물리적이 아니라 해석학적이다. 만약 그러한 해석학적 스크린이 제거되어 버린다면 관객은 대상을 보면서도 아무것도 지각하지 못하게 될 것이다. 순수 기표로서 대상은 의미의 영도, 의미가 아니라 물질성의 영역에 놓이게 된다. 이때 관객은 대상을 알 수 없는 물질로서 만나게 된다.

관객이 과연 무엇을 보는가 하는 문제는 스크린의 매개와 떼어 놓고 생각할 수가 없다. 그러나 스크린의 역할이 전적으로 긍정적이지만은 않다. 무엇보다도 스크린은 존재론적 대상을 의미론적 대상으로, 즉 판독이 가능한 이미지로 변형시킨다. 지각되고 이해되기 위해서 먼저 변형되어야 하는 것이다. 여기서 변형 과정은 상실과 회복의 변증법적 특징을 지닌다. 대상의 특정한 측면은 보전이 되는 반면, 다른 측면들은 말끔하게 배제된다. 일관된 의미와 질서에 저항하는 요소들이 삭제되는 과정을 거치면서 거친 존재가 의미로 바뀐다. 바라보는 관객은 어디까지나 존재가 아니라 이미지를, 그것도 자기가 보고 싶은 이미지의 부위만을 바라본다. 이때 스크린은 관객의 세계관과 편향, 정치적 입장을 그대로 반영한다. 개인적으로 관객이 직면하고 싶지 않은 요소들은 스크린에서 걸러지고, 관객이 보고 싶어하는 요소들만 남는다. 영화 관람이 행복한 이유가 여기에 있다. 거울에 자신의 얼굴을 비춰 보면서 즐거워하는 어린아이처럼 관객은 스크린에서 자기 자신의 욕망과 환상을 본다. 영화 관람은 욕망의 충족이면서 동시에 환상적 여행이다. 폐쇄된 어두운 밀실——극장——에서 관객은 방해받지 않고 자기 자신의 욕망에 몰입할 수 있다. 이 점에서 영화 관람은 나르시시즘적이다. 자기 도취를 방해하는 요소들이 스크린에 의해서 철저하게 차단된 공간에서 관객은 자기가 보고 싶은 것만을 보는 것이다. 이 자기 동일성의 공간에서 타자는 철저하게 배제되어 있다. 이것은 《나쁜 남자》를 향한 관객들의 분노와 혐오의 반응에 대해서도 마찬가지이다. 예컨대 어떤 관객은 《나쁜 남자》에서 페니스 파시즘의 모습을 발견하고 경악과 분노에 사로잡히는데, 그럼으로써 나르시시즘적 자신의 정체성을 재확인하는 기쁨에 빠져든다. 분노와 혐오의 반응도 역시 기쁨의 표현임에는 틀림없다.

　이제 시선을 영화 관객이 아니라 주인공에게 돌리기로 하자. 관객이 한기와 선화를 바라본다면, 한기는 선화를 바라본다. 관객의 시선과 마찬가지로 한기의 시선도 자아의 스크린에 의해 매개되어 있다. 영화의 첫 장면에서 선화를 뚫어지게 바라보는 한기가 등장하는데, 그가 첫눈에 매료되는 이유는 짐작하기 어렵지 않다. 지금껏 동경했던 여자의 이미지, 자신의 이상적인 자아를 발견하는 것이다. 언뜻 보기에 이들은 건널 수 없는 심연을 가운데 두고서 남극과 북극의 극단에——한기의 검은 얼굴과 선화의 흰 얼굴, 한기의 어두운 감청색 작업복과 선화의 밝은 하늘색 원피스, 깡패인 한기와 여대생 선화——위치한 듯이 보인다. 그럼에도 한기를 거꾸로 뒤집으면 곧 선화가 된다. 선화는 그의 마이너스를 보충하는 플러스 값으로, 그녀에게서 그는 자신의 욕망의 정체를 확인하는 것이다. 이 점에서 한기가 선화를 바라보는 시선은 관객의 시선과 닮은꼴이다. 관객이 스크린에서 자신의 욕망을 읽어내듯이 한기도 자신의 망막에 비친 선화를 욕망의 대상으로 읽어낸다. 물론 개별적 존재자로서 선화는 욕망의 대상으로서 선화와 일치하지 않는다. 욕망의 대상으로서 그녀는 이미 자기 자신으로부터 소외되어 있다. 선화는 존재하지 않는다. 단지 한기의 욕망이 투영된 이미지가 있을 따름이다.

　그렇다면 시각의 장과 관련해서 《나쁜 남자》에서 제기되어야 하는 화두는 배제된 타자의 문제이다. 이 문제는 한기와 관객이 똑같이 짊어져야 하는 부담으로 남는다. 한기와 관객 모두 스크린에서 타자를 배제함으로써 나르시시즘적 쾌감에 젖는다. 타자의 희생이 주체에게 쾌감이라는 잉여를 선물하는 것이다. 남성 관객이 한기의 환상과 스스로를 동일시함으로써 쾌감을 느낀다면, 여성 관객은 한기를 배척하고 경멸함으로써 반사적인 쾌감을 향유한다. 증오는 사랑의 또 다른 표정이다. 대상에 자기의 사랑이나 증오의 감정을 전이시키는 것이다. 자신의 심리적 내용을 대상에 투사한 다음에, 대상이 곧 그러한 내용 자체라고 여기며 감정적으로 과격하게 대응하면서 심리적 억압의 해방을 꾀하는 것이다. 이러한 전이는 타자를 배제한다. 그래서 한기는 선화를 보면서도 정작 그녀를 보지 못한다. 보이는 선화는 선화의 전부가 아니며 그녀는 보이지 않는 자신의 내면을 간직하고 있다. 그럼에도 그의 시선이 위치한 시각의 장에서 보이지 않는 선화는 철저하게 배제되어 있다. 무엇보다 일방적인 시선의 구조가 주체에게 그러한 배제의 특권을 허용해 주는데, 나중에 선화가 몸을 파는 사창가는 그러한 특권이 사회적·경제적으로 제도화된 공간 등가물을 발견한다. 마네킹처럼 진열장에 전시된 창녀들은 고객의 욕망에 따라서 일방적으로 보여지도록 자신을 노출시킨다. 그들은 자신의 고유한 욕망을 비워내고 그 빈 자리에 고객의 욕망을 고스란히 담아 주는 것이다. 여기에는 기묘한 존재와 비존재의 변증법이 작동하고 있다. 주체의 시선은 대상의 존재를 무화시켜 버린다. 그리고는 사라진 존재의 빈 자리마다 자신의 존재를 이식함으로써 모든 대상에서 자신의 자아를 확인할 수 있는 유아독존적인 자아가 된다.

이러한 일방적 관계의 회로망에서 흥미로운 사실이 발견된다. 그것은 타자의 배제가 동시에 주체의 배제를 전제한다는 사실이다. 예를 들어 일방적으로 창녀를 바라보기 위해서 고객은 반대로 자신이 거꾸로 그녀에 의해서 보여지기도 한다는 사실을 잊어야 한다. 그녀가 눈 뜬 장님이 아니라는 사실, 유혹하는 교태의 이면에 고객에 대한 경멸이 숨어 있기도 하다는 사실을 잊어야 한다. 시각적으로 이것은 망막상의 암점으로 작용하는데, 영화 관객들도 이러한 암점의 소유자들이라 할 수 있다. 《나쁜 남자》는 주제론적으로는 깡패와 여대생의 사랑 이야기이지만 구조적으로는 응시에 관한 영화이다. 선화를 응시하는 한기의 시선으로 시작되는 영화는 시각 관련된 소도구들로 가득 채워져 있다. 유리창·이중 거울·사진을 비롯해서 심지어 살해 흉기가 되는 무기도 유리칼이다. 한기와 선화의 이야기는 이러한 장치의 조건 속에서 전개된다. 그런데 암점에 놓인 대상을 보지 못하듯이 관객들은 이러한 시각적 구조를 보지 못한다. 유리칼·사진·이중 거울이 뻔히 보여지도록 스크린에 맺혀 있음에도 불구하고 관객들은 그것을 주목하지 않는 것이다. 영화의 이야기 전개를 따라가기에 바쁜 관객들은 그러한 내러티브를 훼방하거나 지연시키는 요소들에는 관심을 보이지 않는다. 이미지가 전경으로 떠오르면서 이미지의 시각적 조건 자체는 원경으로 사라지는 것이다. 그래서 《나쁜 남자》가 응시에 관한 영화, 남성적 응시로 짜여진 영화가 아니라 그러한 응시를 대상화하는 영화, 혹은 페니스 파시즘의 영화가 아니라 그것에 대한 메타 영화일 수 있는 가능성은 간단히 무시된다. 창녀로서 선화를 바라보는 고객은 그녀가 자신의 응시를 되받아 보낼 수 있다는 사실을 직면하고 싶어하지 않는다. 호오의 감정에 푹 빠져서 영화를 관람하는 관객도 그러한 자신의 반응이 영화에 의해서 보여질 수도 있다는 사실을 직면하고 싶어하지 않는다. 한기와 선화는 서로를 바라보기도 하지만 동시에 관객을 응시하고 있다. 예를 들어 한기의 얼굴이 클로즈업되어 나타나는 장면에서 그는 물론 선화를 보고 있는 것으로 간주된다. 그것이 영화의 논리이다. 그렇지만 영상의 논리에 있어서 실제 스크린 속의 한기는 선화가 아니라 관객을 응시하고 있다. 이때 관객은 한기나 선화와 자신을 상상적으로 동일시함으로써 관객으로서 자신에게 향한 한기의 응시를 회피해 버린다. '밖'으로 향한 응시를 영화의 '안'으로 되돌려보내는 것이다. 그럼으로써 관객은 보여지지 않은 채 일방적으로 바라보기만 하는 주체의 특권적 지위를 향유할 수 있다. 여기서 관객은 한기와 마찬가지로 영화를 보는 자신의 시각적 조건으로부터 소외되어 있다. 필자가 선화의 시선에 해석학적 의의를 부여하려는 이유가 거기에 있다. 자폐증적 한기와 달리 선화의 시각의 장에서 타자의 존재는 거부되지 않는다. 타자로부터의 응시가 오히려 환대되기도 하는 것이다.

II

플롯이 단순함에도 불구하고 《나쁜 남자》는 쉽게 이해되지 않는다. 플롯에 한정해서 보면 이 영화는 상투적이면서 통속적이고 진부하기까지 하다. 신분 차이를 뛰어넘는 깡패와 여대생의 사랑, 혹은 창녀와 기둥서방의 공생적 의존 관계(혹은 먹이사슬이라고 해도 좋다)라는 뻔한 줄거리로 짜여 있기 때문이다. 그러나 그러한 이야기에 으레 뒤따르게 마련인 낭만적 윤색은 최대한으로 절제되어 있다. 악의 찬미, 무의식의 탐닉과 같은 낭만적 주제가 한기와 선화의 관계를 정당화시켜주지는 않는다. 만약 혹자의 지적처럼 이 영화가 나쁜 남자의 사악한 판타지라면, 그것은 백일몽이라기보다는 꿈의 언어와 이미지에 보다 근접한다. 의식의 표면으로 편안하게 떠오르기에는 판타지의 내용이 너무나 거칠고 노골적이거나, 아니면 환상이 스며들 여지가 없을 정도로 어두운 현실의 단편이 적나라하게 담겨 있기 때문이다. 그러나 낭만적 소재와 그것의 비낭만적 재현 방식 사이의 괴리가 《나쁜 남자》의 이해를 어렵게 만드는 것은 아니다. 이해의 어려움은 영화의 주도 동기라 할 수 있는 응시의 문제, 특히 찢어진 사진 조각을 다시 붙이는 장면을 어떻게 접근할 것인가 하는 문제와 깊이 관련되어 있다. 한기와 선화는 보고 보여진다. 혹은 한기는 행동(act)하고, 선화는 보여진다(appear). 한기는 컨테이너 위에서 그녀를 내려다보거나, 차 안에서 또는 이중 유리를 통해서 바라본다. 대부분 차가운 유리의 매개를 통해서 바라보는 것이다. 물론 간혹 선화도 한기를 바라본다. 이렇게 오가는 시선이 영화 플롯의 전개에 기여한다. 그런데 선화가 바닷가에서 발견한 사진 조각은 이러한 시선의 저편에는 또 다른 시선이 있다는 사실을 가리킨다. 전자의 시선이 의식적이고 현상적이면, 후자의 시선은 구조적이며 무의식적이다. 현상적 시각의 영역에서 한기와 선화는 자신이 상대를 보고 있다는 사실을 알고 있다. 그래서 의식적으로 자신의 시선을 조절하고 통제하거나 상대의 시선을 차단할 수가 있다. 또 고객과 창녀의 관계처럼 일방적인 시선도 역전될 수 있다. 보여지기만 하던 사람도 자신을 보는 사람을 되쏘아볼 수가 있다. 그러나 보여지는 당사자에 의해서 역전될 수 없는 제삼의 응시가 있다. 《나쁜 남자》에서 가장 인상적인 장면의 하나는 영화의 후반부에서 한기와 선화가 모래사장에 앉아 있는 장면이다. 담담한 표정으로 바다를 바라보던 선화는 한기의 어깨에 얼굴을 기대는데, 이때 찰칵하고 사진이 찍혀진다. 주위에 이들을 지켜보거나 사진을 찍어 줄 사람이 없는데도 사진이 찍혀지고, 더구나 정물처럼 화면은 2-3초 동안 정지해 있다. 당사자인 한기와 선화는 자신이 사진으로 찍히고 있다는 사실을 알지 못하는 듯이 보인다. 이들은 다만 카메라——어디에 숨어 있는지 모르는 카메라——에 일방적으로 노출되어 있을 따름이다. 카메라가 이들을 응시하고 있지만, 이들은 카메라의 응시를 되돌려보낼 수가 없다. 현상적인 시각의 장에서 시선의 주체였던 이들이 구조적인 시각의 장에서는 보이는 객체가 된다. 앞으로 설명하겠지만 현상적인 시선은 구조적 응시의 일부를 차지할 따름이다. 그럼에도 구조적이기 때문에 당사자는 그것의 존재를 인식하지 못한다. 사진이 찍히는 순간에도 한기와 선화는 자신들이 모든 것을 다 보고 있다고 생각할 것이다. 말하자면 바라보는 시각의 장은 보이지 않는 구조 속에 놓여 있다. 《나쁜 남자》가 쉽게 이해되지 않는 이유는 이러한 구조적 응시 때문이다.

《나쁜 남자》의 첫 장면에서 논의의 실마리를 풀어 나가기로 하자. 한기는 첫눈에 선화에게 반한다. 그의 스크린에 그녀는 결핍이 없는 충족으로 비친다. 그가 소망하는 모든 것을 그녀가 소유한 듯이 보이는 것이다. 그래서 그는 '사악한 시선(evil eyes)'으로, 금방이라도 삼킬 듯이 선화를 바라본다. 이때 그의 시선은 사회적이 아니다. 사회적인 시선의 장에서 사람들은 '시선 게임의 규칙'에 따라 상대를 은밀하게 쳐다봐야 한다. 노골적으로 바라보면 예의에서 벗어난다. 그러나 한기는 구순적(口脣的)으로, 욕구의 대상을 집어삼키듯이 바라본다. 눈은 극도로 구순적이며 공격적인 기관이다. 사회적인 시선의 규칙이 필요한 이유도 그러한 눈의 공격성을 방어할 필요에서 유래한다. 시선으로부터 공격성을 거두어야 하는 것이다. 영화에서 눈의 공격성은 유리와 유리칼로 표상된다. 시선을 허용하는 투명한 유리가 금방 공격용 칼로 바뀌는 것이다. 사창가로부터 탈출을 시도하다가 붙잡혀서 바닷가로 끌려온 선화가 한기를 공격하는 무기가 유리조각이다. 나중에 달수파의 건달이 한기의 복부에 자상을 입히는 무기도 날카로운 삼각형 판유리이다. 또 넘쳐오르는 분노와 성깔을 주체할 수 없으면 한기는 유리창을 주먹으로 깨기도 한다. 아무튼 한기가 선화를 바라보는 시선은 구순적이다. 먹이로서 대상을 씹어서 삼키고 동화시킬 수가 없으면 퉤 하고 뱉어내야 한다. 여기서 지배적인 논리는 '내 것'과 '내 것이 아닌 것'이라는 적대적이며 배타적인 대립의 논리이다. 나와 무관한 것으로서 제삼자나 타인의 욕망은 인정이 되지 않는, 라캉적인 의미에서 상상계이다. 벤치에 앉아 있던 선화가 한기의 사악한 시선을 피해 자리에서 일어났을 때 마침 기다렸던 그녀의 애인이 나타난다. 당사자가 둘로 이자 관계인 듯이 보였던 한기와 선화에게 제삼의 인물이 등장한 것이다. 그녀의 애인의 등장은 인간 관계가 삼자적인 사회적 공간에서 이루어질 수밖에 없음을 말해 준다. 한기가 '나'이며 선화가 '너'라면 애인은 '그'이다. 그러나 당시 세 사람의 관계에서는 선화가 '나'이며 애인이 '너'라면 한기는 익명적인 '그'에 불과하다. 선화는 애인을 '오빠'라고 부르지만 정작 한기에 대해서는 마땅히 부를 만한 적당한 명칭이 없다. 나중에 그녀가 찾아낸 명칭은 '미친놈'이었다. 사악한 시선으로 선화를 바라보는 한기는 나와 너·그(들), 삼자로 구성되는 사회적인 공간에 접어들지 못한 듯이 보인다. 그래서 선화를 타인의 애인으로 인정하지 못한다. 애인이 그녀를 데리고 저쪽으로 멀어지려는 순간에 한기는 다 잡아 놓은 사냥감을 놓칠 찰나의 동물처럼 먹이에게 달려든다. 강제로 키스당한 선화는 당연히 한기에서 사과를 요구한다. 그러나 그는 사과하지 않는다(혹은 못한다). 그는 구순적인 단계, 혹은 자아 중심적 상상계에서 한걸음도 물러나지 않는 것이다.

이제 선화의 입장에서 한기와의 관계를 추적해 보기로 하자. 영화의 도입부에서 카메라는 주로 한기의 시선을 따라가면서 사건의 추이를 보여 준다. 강제적 키스의 장면에 뒤이어서 일어나는 사건들도 철저하게 한기의 계획과 지시에 따라서 일어난다. 한기가 지배하는 시각의 장에서 그는 적극적으로 바라보면서 행동하고, 선화는 단지 소극적으로 보여지기만 한다. 그러면서 점점 궁지로 몰리게 된다. 마침내 그녀가 사창가로 넘겨지는 순간——그녀의 존재가 두세 평의 좁은 방으로 축소되는 순간——에 이르기까지 그의 시선은 파놉티콘적인 권력을 휘두른다. 물론 그녀도 한기와 그의 패거리를 쳐다보기도 한다. 그러나 그녀의 시선에는 힘이 실려 있지 않다. 그것은 겁에 질린 시선, 자신을 방어할 수 없는 무기력한 시선으로, 그 무기력함의 정도와 반비례해서 한기의 권력은 더욱 막강해진다.[1] 그런데 아이러니하게도 그녀가 자유를 완전히 포기하고 체념하듯 사창가에 적응하기 시작하면서 한기의 권력에 누수가 생기기 시작한다. 그러한 누수의 원인은 사랑이다. 사랑이 권력의 집중에 균열과 분산을 초래하는 것이다. 한기의 유일한 말 한마디 "깡패새끼가 무슨 사랑이야"는 그릇된 말이 아니다.[2] 바그너의 《라인의 황금》의 한 대사처럼 "사랑의 힘을 포기한 사람만이 황금을 손에 쥘 수 있다." 파놉티콘적 시선의 균열은

---

1) 이 점에서 한기와 선화의 관계는 전형적인 사도마조히즘적 양상을 보이기도 한다. 한기는 선화를 완전히 지배하고 통제함으로써 절대적인 권력에서 오는 쾌감을 향유하고 싶어한다. 그러나 사회적·경제적·신체적으로 제한되어 있는 한기가 직접적·독립적으로 그러한 권력의 절대성을 획득할 수 없다. 그래서 선화에게 의존하게 된다. 이 의존 관계는 분수로 도식화될 수 있다. 한기/선화=권력의 값. 이때 한기는 선화라는 도약판을 딛고서 쉽사리 절대적 힘으로 도약할 수가 있다. 선화의 힘이 최소화되는 정도와 반비례해서 한기의 힘이 최대화되는 것이다. 정신분석적인 개념을 빌린다면 한기가 사디즘적인 반면에 선화는 마조히즘적이다. 라캉의 이론에 따르면 남녀의 사랑은 공의존적(codependent)이다. 여자는 남자에게 실재하지 않는 팰러스(절대적인 힘)가 있다고 믿게 함으로써 남자에게 행복을 선사한다. 자신을 욕망하는 남자를 통해서 여자는 팰러스가 되고, 그러한 여자를 통해서 남자는 자신이 팰러스를 가지고 있다고 확신할 수 있는 것이다. 《나쁜 남자》에 이러한 사도마조히즘적인 관계가 없지는 않다. 자신이 사랑하는 여자가 다른 남자에 의해서 겁탈당하는 장면을 지켜보는 한기의 모습에서도 사디즘을 읽을 수가 있다. 그러나 영화의 후반으로 가면서 그러한 사도마조히즘은 점차 와해되기 시작한다. 이에 대해서는 본문에서 이야기하기로 한다.

그녀를 바라보는 명수의 시선에서 먼저 비롯된다. 사랑에 빠진 명수는 자신을 구해 달라는 선화의 청을 거절하지 못하고서 탈출을 돕는다. 그럼으로써 그는 한기의 권위에 정면으로 도전하는데, 이것을 계기로 한기를 정점으로 정태와 명수의 삼위일체적 남성적 유대 관계가 삐걱거리게 된다. 남성적 유대가 사랑을 견뎌내지 못하는 것이다. 탈출을 시도했던 선화는 자기 집 앞에서 한기에게 다시 붙잡힌다. 그리고 그는 차를 몰아 새장 여인숙이 보이는 바닷가로 그녀를 데려오는데, 지금까지 한기가 일방적으로 장악하고 있었던 응시의 불균형이 깨어지기 시작하는 것은 바로 이 바닷가의 장면이다. 많은 평자들이 지적했듯이 김기덕의 영화에서 물의 이미지는 매우 중요하다. 태아에 대한 양수의 관계와 마찬가지로 물은 주인공에게 재탄생과 재생의 모티프를 제공하기 때문이다. 그러나 전복되는 한기와 선화의 관계에서 물

---

2) 많은 평론가들이 지적했듯이 한기는 말을 하지 않는다. 객혈하듯 명수에게 내뱉은 단 한마디가 "깡패새끼가 무슨 사랑이야"이다. 그러면서도 한기 자신은 선화를 사랑하고 있다. 말이란 사회적이다. 언어의 질서는 사회의 질서의 닮은꼴이다. 그렇다면 한편으로 《피아노》에서 아다(Ada)처럼 언어를 거부하는 한기는 사회의 윤리·규범·제도를 거부하는 셈이 된다. 사회의 장에서 선화에 대한 한기의 관계는 '깡패는 사랑하면 안 된다'라는 금지적 명령으로 언표되는데, 한기로서는 이러한 금지를 받아들일 수가 없다. 그래서 그는 언어(사회)의 장에 속하기를 거부함으로써 선화에 대한 사랑의 가능성을 확보하려고 한다. 언어의 안에서 기껏해야 그는 '깡패' '미친놈' '변태'에 불과할 따름이다. 언어의 바깥에 서지 않으면 깡패와 선화의 사랑이 아예 불가능한 것이다. 그럼에도 언어의 바깥은 없다. 다만 또 다른 언어, 표준어의 변방으로서 방언, 뒷골목의 언어가 있을 따름이다. 말을 하지는 않지만 한기는 그러한 뒷골목의 언어를 스스로 체현한다. 그의 언어 거부가 표준어에 대해서는 저항의 몸짓임이 분명하지만, 뒷골목의 언어에 대해서는 순응의 태도인 것이다. 여기에 두 개의 언어 영역이 있다. 표준어에서 말이 되지 않는 것(어불성설)이 깡패의 세계에서는 말이 된다(어성설). 이러한 어(불)성설의 갈등 구조는 어쩌면 남성의 언어와 여성의 언어에 대해서도 똑같이 적용될 수 있다. 한기의 언어 거부는 한편으로는 상징계에 대한 저항인가 하면, 다른 한편으로는 상상계로의 퇴행이기도 한 것이다.

은 다만 배경에 불과할 따름이다. 사진이 관계를 전복시키는 것이다.

비록 한기가 바닷가에 데리고 오기는 했지만, 이제 카메라는 한기의 시점이 아니라 선화의 시점을 취하기 시작한다. 응시는 물론이고 행동의 주도권도 한기로부터 선화에게로 이양된다. 이들이 지프차에서 내려 백사장을 걸어갈 때 오프 스크린 사운드로 흐르는, 우울하면서도 누군가의 죽음을 애도하는 듯한 음악도 오로지 선화를 위한 것이다. 이때 선화의 시야로 빨간 원피스를 입은 여자가 잡힌다. 하늘색 원피스를 입은 선화가 잠시 그녀를 지켜보는데, 그녀는 자리에서 일어나 바다로 걸어가기 시작한다. 마침내 그녀의 모습이 바다 속으로 사라져서 흔적도 보이지 않는 마지막 순간까지도 그녀의 걸음걸이는 태연하고 흐트러짐이 없다. 꿈에서 걷는 모습이나 유령처럼 현실감이 느껴지지 않을 정도이다. 잠시 그녀를 지켜보던 선화는 그녀가 앉아 있던, 아직 그녀의 체취가 남아 있는 자리에 가서 앉는다. 이제 모래사장에는 빨간 원피스의 여자 대신 하늘색 원피스를 입은 선화가 앉아 있다. 빨간 원피스가 하늘색 원피스에 의해서 대치된 것이다. 차이가 있다면, 지금 선화의 옆에는 한기가 앉아 있다는 사실이다. 그러나 그는 아무것도 보지 못한 듯한 표정이다. 어쩌면 빨간 원피스의 여자는 선화의 눈에만 보이는지 모른다. 이때 앉았던 자리에서 선화는 찢어진 사진 조각을 발견한다. 빨간 원피스의 여자가 사진을 조각조각 찢어서 모래에 파묻었음이 틀림없다. 선화는 사진 조각을 집어 호주머니에 넣는다.

《나쁜 남자》에서 바닷가의 장면은 플롯의 전개에서 중대한 전환점이 된다. 동시에 그것은 시각의 장에 있어서의 전환점도 예고해 준다. 지금까지 한기는 일방적으로 선화를 바라보기만 했다. 그렇다고 바닷가에서 그러한 불균등한 시선의 관계가 전복되는 것은 아니다. 시선의 전복이 이루어진다면 그것은 선화가 일방적으로 한기를 응시하고 통제하는 것, 달리 말해서 한기의 응시를 고스란히 반복하는 것에 불과할 따름이리라. 하지만 선화의 시선은 한기에게로 향하지 않는다. 그녀의 시선은 처음에는 빨간 원피스의 여자, 다음에는 찢어진 사진 조각에 가서 멈춰 있다. 지금까지 응시가 한기-선화라는 이자관계에서 이루어졌다면, 바닷가에서 응시는 한기-빨간 원피스 여자-선화라는 삼자 관계로 이루어진다. 선화는 옆에 앉아 있는 한기가 아니라 저쪽 바다 속으로 사라지는 여자를 바라본다. 혹은 선화는 그녀의 매개를 통해서 한기를 바라본다. 그것은 나중에 그녀가 사진 조각을 대하는 태도에서 여실하게 드러난다. 사창가로 돌아온 그녀는 사진 조각을 짝이 맞도록 맞춰서는 거울──한기가 그녀를 일방적으로 바라보는 이중 거울──에 붙여 놓는다. 두 남녀가 나란히 앉아 있는 사진으로, 여자는 남자의 어깨에 머리를 기대고 있다. 그런데 복원되기는 했지만 아직 원래의 모습은 완전하게 회복되지 못했다. 두 남녀의 얼굴이 담긴 사진의 부분이 사라지고 없는 것이다. 그래서 사진의 중심은 텅 빈 공간으로 남아 있다. 그러나 여기서 상실된 얼굴은 단순한 공백이 아니다. 얼굴의 부재는 또한 얼굴의 현존을 가능케 하는 변증법적 공간이 된다. 사진 중앙의 텅 빈 공간으로 선화의 얼굴이 담기기 때문이다. 만약 결핍 없이 완벽하게 짝 맞춰진 사진이었다면, 선화는 거기에서 다만 낯선 두 인물만을 보았을 것이다. 이제 두 남녀의 얼굴이 있어야 할 부분에서 선화는 자신의 얼굴을 본다. 이때 사진은 프레임의 역할을 한다. 이 얼굴 부분이 비어 있는 프레임에 선화의 얼굴이 찰칵하고 찍혀서 담기는 것이다. 그렇다면 사진 중앙의 빈 공간은 열려 있는 카메라의 눈이 된다. 카메라가 선화를 응시하는 것이다.

물론 조각난 사진은 하나의 상징이다. 찢겨진 사진처럼 선화의 삶도 파편적이며 단편적이다. 그녀는 자신의 삶의 터전에서 뿌리째 뽑혀 버린 것이다. 신체포기각서에 서명한 그녀에게는 신분이 없다. 그럼에도 사진에는 그러한 상징성을 훨씬 넘어서는 의미의 잉여가 있다. 사진은 인간이 보여지는 존재라는 사실을 단적으로 드러낸다. 플래시가 터지면서 사진이 찍히는 인간 주체는 실상 아무것도 보지 못한다. 엄청난 빛의 범람에 노출되면서 순간적인 맹목을 경험한다. 보는 주체는 그(녀)가 아니라 카메라이다. 카메라의 눈이 그(녀)를 응시하면서, 그 응시의 결과를 필름에 빛의 이미지로 남겨 놓는 것이다. 여기서 인간은 응시의 대상이 된다. 응시의 주체는 누구인가? 《나쁜 남자》의 맥락에서 이것은 '응시의 주체는 무엇인가?' 라는 질문으로 바뀌어야 한다. 영화가 결말로 다가서면서 한기와 선화가 다시 찾은 바닷가의 장면이 대답을 제공한다. 여기서 한기와 선화는 처음으로 사진으로 찍힌다. 적어도 영화의 내러티브의 논리에 따르면 그렇다. 그러나 영상의 논리에서 이들은 수없이 사진이 찍힌다. 사진이 찍히기도 전에 이미 이들은 찍혀져 있다. 첫번째 바닷가의 장면에서 이미 찍혀지고 현상되었던 사진 조각이 모래 속에 파묻혀 있지 않았던가. 그러나 과연 이들의 사진이 언제 처음으로 찍혔는가에 대해서 영화는 굳게 입을 다물고 아무런 단서도 제공하지 않는다. 인간은 이미 사진에 찍혀진 채로 존재하는 듯이 보인다. 이미 언제나 찍혀진 사진 속에서 존재하는 것이다. 그래서 사진이 먼저인지, 아니면 카메라에 담기는 인물의 존재가 먼저인지에 대한 질문 자체가 우스꽝스럽게 되어 버린다. 사진에 찍히기도 전에 이미 찍혀진 상태로 존재하기 때문이다.

한기와 선화가 두번째로 찾아간 바닷가의 장면에서는 사진과 인간의 관계——혹은 응시의 주체와 대상의 관계——가 전복되어 있다. 이들은 존재하기 때문에 보여지는 것이 아니라 보여지기 때문에 존재한다고 말해야 옳다. 달리 말해서 사진으로 찍히기 위해서, 혹은 이미 찍힌 사진 인물의 역할을 연기하기 위해서 한기와 선화는 존재한다. 살아 있는 것은 사진 속의 인물이며, 실제 인물은 사진을 위한 알리바이에 불과하다. 이 전복된 관계를 설명하기 위해서는 전후 맥락을 간단히 더듬어 볼 필요가 있다. 정태의 살인죄를 대신 짊어졌다가 그의 자백으로 출감하게 된 한기는 사창가로 돌아와 선화의 옆방에서 이중 거울을 통해 그녀를 엿본다. 얼굴 없는 사진의 빈 구멍 사이로 그녀의 얼굴이 보이자 한기는 라이터를 켜서 자신의 존재를 알린다. 일방적인 응시를 자진해서 포기하는 것이다. 그러자 재떨이로 거울을 부수는 선화. 이제 거울이 깨지면서 두 사람에게 화해의 길이 열린다. 다음 장면은 사창가를 떠나는 선화의 모습을 보여 준다. 떠나기 전에 그녀는 거울에서 사진을 떼어내 소중하게 가방 속에 간직한다. 이제 그녀는 자유의 몸이다. 하지만 그녀는 집으로 향하는 대신에 새장 여인숙이 있는 바닷가를 찾는다. 명수의 칼에 찔린 한기도 뭔가에 사로잡힌 듯이 서둘러서 바닷가로 향한다. 먼저 바닷가에 도착한 선화는 이전에 빨간 원피스의 여인이 앉아 있던 자리에서 다시 사진 조각을 발견한다. 이번에는 얼굴이 있는 사진 조각이다. 새로운 발견에 놀란 선화는 가방에서 이전의 사진을 꺼내어 그것의 빈 구멍에 새로운 사진 조각을 맞춰본다. 미리 약속이라도 한 듯이 사진의 조각과 조각이 정확하게 아귀가 맞는다. 카메라가 이 사진을 미디엄 숏으로 보여 준다. 알고 보니까 이것은 한기와 선화의 사진, 그녀가 그의 어깨에 다소곳이 머리를 기대고 있는 사진이다. 지금까지 선화는 얼굴이 없는 자신의 사진을 갖고 있었던 셈이다. 사진 속의 선화는 빨간 원피스를, 한기는 감청색 체크 티셔츠와 하얀 바지를 입고 있다. 이때 선화는 흰 스웨터와 파란 꽃무늬가 있는 옅은 노랑 치마를 입고 있었는데, 그녀는 서둘러서 자리를 떠나 옷가게로 향한다. 빨간 원피스를 사입고서 다시 그 자리로 돌아오는 것이다. 한기도 마찬가지이다. 그는 서울을 출발하기 전에, 옷가게에서 사진의 옷과 동일한 옷을 구입해 입고서 바닷가를 향한 버스를 탄다. 바닷가에서 다시 만났을 때 이들은 사진 속의 인물과 똑같은 모습을 하고 있다. 이때 이들의 사진이 찰칵하고 찍힌다.

두번째 바닷가 장면에서 사진이 찍힌 한기와 선화의 관점에서 첫 번째 바닷가 장면이 재해석될 수 있다. 영화를 보면서 대부분의 관객이 눈치를 챘겠지만, 바다 속으로 사라졌던 빨간 원피스의 여자는 선화였다. 새장 여인숙이 있는 백사장에서 선화는 과거와 미래의 자기 자신을 보았다. 자신의 사진을 찢고 모래 속에 묻었던 여자도 바로 선화 자신이었다. 물론 이 장면은 환상적이다. 현실과 환상의 경계가 이미 무너져 있기 때문에 빨간 원피스를 입은 여자의 실재 여부를 묻는 질문은 부적절하다. 중요한 것은 이 모든 광경이 선화의 시선을 통해서 보여지며, 카메라도 전적으로 그녀의 시선에 따라서 움직인다는 사실이다. 그래서 그녀의 심리적 현실도 객관적 현실처럼 재현된다. 한기는 그녀의 시선에 참여하지도 못하며, 아예 그러한 시각의 장에서 철저하게 배제되어 있다. 그녀의 시각의 장에서 일어나는 사건을 그는 보지 못하는 장님과 마찬가지이다. 선화의 시각의 장에서는 이전과 이후, 전과 후, 주체와 객체, 원인과 결과의 관계가 뫼비우스의 띠 형상을 취하고 있다. 과거는 현재로 이어지고 현재는 과거, 혹은 미래가 현재로 이어진다. 원인이 주어지기 훨씬 이전에 이미 결과가 나와 있다. 선화가 바닷가에 도착하기 이전에 이미 선화는 바닷가의 백사장에 앉아 있다. 선화가 사진을 찢어서 모래 속에 파묻기 이전에 이미 사진은 찢겨져서 모래에 묻혀 있다. 이러한 뫼비우스적 논리의 연쇄는 끊임없이 이어진다. 영화의 도입부에서 한기를 만나기 훨씬 이전에 이미 선화는 그를 만났던 셈이다. 현재를 살기도 이전에 선화는 현재를 이미 과거형으로 살고 있는 셈이다. 이때 미래는 과거의 귀환이며, 현재는 과거의 반복이다. 과거와 현재, 미래의 분절을 관통하는 반복의 화살에 하나로 꿰어지면서 시간의 구별이 무너져 버린다. 뫼비우스의 논리는 시각의 장에도 적용될 수가 있다. 선화는 바라보기 이전에 이미 보여지고 있다. 존재와 현상의 인과가 여기에서 전복이 된다. 존재하기 때문에 보여지는 것이 아니라 보여지기 때문에 존재하는 것이다. 대상이 있기 때문에 그림자가 생기는 것이 아니라 그림자가 있기 때문에 대상이 생긴다. 이것이 시각의 장에서 카메라의 논리이다.

《나쁜 남자》에는 서로 이질적인 두 종류의 시각의 장이 있다. 그 하나는 한기가 점유하고 통제하는 남성적인 시각의 장이다. 영화의 오프닝 숏에서 보았듯이 그는 자신의 욕망의 움직임에 따라서 선화를 바라본다. 응시의 주체는 상상계적 욕망으로 그는 선화에게서 자신이 보고 싶어하는 모습만을 보는 것이다. 하지만 선화의 시선은 한기의 그것과 성격을 달리한다. 그녀의 시각의 장에서는 자신이 보여지는 존재라는 사실이 구조적으로 전제되어 있기 때문이다. 언뜻 보기에 한기와 선화의 시각의 장의 차이, 관음증과 노출증의 관계와 마찬가지로 좌우대칭적인 듯이 보인다. 보여지는 선화, 바라보는 한기. 그러나 이러한 대칭성은 매우 피상적인 관찰에 불과하다. 선화는 이자 관계가 아니라 삼자 관계의 구도 속에 놓여 있기 때문이다. 한기는 자기 혼자서 그녀를 바라보고 있다고 생각하지만, 선화는 사진과 빨간 원피스 여자에 의해서도 동시에 보여진다. 선화가 한기를 바라보는 시선도 사진과 빨간 원피스 여인에 의해서 매개되어 있다. 그러나 한기의 시각의 장에서는 사진과 빨간 원피스 여자가 배제되어 있다. 바로 이 시각의 사각 지대로 인해서 한기는 자기가 보고 싶은 것만을 볼 수가 있는 셈이다.

한기의 시선은 자아의 자폐증적 공간으로 폐쇄되고 함몰되는 시선이다. 이 폐쇄적 공간에서 그는 자신이 운명의 주인이라고 생각한다. 그러나 선화는 타자(얼굴이 없는 사진)의 응시에 순종하고 굴복한다. 바닷가를 직접 방문하기 이전에 이미 자신이 바닷가에 앉아 있었다는 사실을 자각하는 것이다. 타자는 자기 자신이며, 자기 자신이 바로 타자이고, 빨간 원피스 여인은 선화이다. 빨간 원피스 여인이 바닷가에 도착했을 때 모래사장에는 이미 선화가 앉아 있었으며, 얼굴이 없는 조각난 사진을 모래에 묻고 있었다. 타자로서 선화가 주체로서 자신을 응시하고 있는 것이다. 바로 이 응시에 선화가 답하면서 빨간 원피스 여인이 앉았던 자리를 차지하며, 마침내는 스스로 사진이 된다. 사진 속의 여인과 스스로를 일치시킴으로써 주체의 위치를 차지하는 것이다. 그녀는 영겁회귀로서 자신의 삶을 긍정한다. 그녀는 살면서 동시에 살아지며, 그녀의 삶은 일회적이면서 동시에 반복적이다. 그러나 자신의 시선에 너무나 깊이 사로잡혀 있던 한기는 그러한 사실을 깨닫지 못한다. 그는 자기가 자발적으로 그녀를 응시하고 있다고 생각한다. 하지만 그가 그녀를 만나기 이전에 이미 그들의 사진이 찍혀 있었다는 점을 감안하면, 자발적으로 행동하고 있다고 생각하는 바로 그 순간에 그는 사진의 명령에 복종하고 있었던 셈이다. 실제로는 대리인이면서도 자신이 응시와 행동의 주인공이라고 생각하는 것이다. 그래서 한기는 자신에 대해서 무지한 주체, 혹은 자기 기만적인 주체가 된다. 영화의 초반에 그의 시선을 좇던 카메라가 바닷가의 장면 이후로 선화의 시선으로 대치될 수밖에 없었던 이유이다.

물론 한기와 함께하는 선화의 삶은 끔찍하다. 그럼에도 끔찍한 사건은 이미 발생했기 때문에 현실에서 지워지지 않는 부피와 무게를 갖는다. 신체 포기각서에 서명을 하고서 사창가로 매매되기 이전에 벌써 그 끔찍한 사건은 완료되어 버렸다. 삶이 시작되기도 전에 삶이 완료되어 버린 것이다. 그녀가 꿈꾸던 삶의 지평에는 애인이 있었다. 그러나 그 지평이 뒤집어지면서 그녀는 폭력적으로 전혀 다른 지평으로 강제 이행되어 버린다. 반항과 탈출을 시도하기도 하지만, 마침내 그녀는 그것을 자신의 고유한 삶으로 받아들인다. 어찌 보면 그녀는 타자의 응시에 따라서 수동적으로 움직이는 듯이 보일 수도 있다. 또 영화 제작 과정과 관련지으면, 타자의 응시는 당연히 감독의 시선이다. 한기가 선화를 보기 이전에 이미 감독이 이들을 보고 있다. 이들의 응시 너머, 저편으로 감독의 응시가 있는 것이다. 바닷가에서 한기와 선화의 사진을 찍도록 만드는 것도 감독에 다름 아니다. 너무나 당연한 이야기이다. 그렇지만 영화 속의 응시를 감독에게 귀속시키는 것은 올바르지 않다. 문학 텍스트와 마찬가지로 완성되는 순간에 영화는 감독의 곁을 떠나서 독자적인 대상이 된다. 영화가 완성되는 순간에 영화를 바라보는 감독의 눈은 수많은 관객의 눈의 하나에 불과할 따름이다. 마찬가지로 그의 발언이나 논평도 수많은 관객의 발언이나 논평의 하나에 지나지 않는다. 사진 조각이나 빨간 원피스 여인에 대한 해석도 감독의 의도와는 무관하게 논의되어야 할 것이다. 물론 그것은 이 글에 대해서도 마찬가지이다. 필자는 《나쁜 남자》가 응시에 관한 영화이며, 이 영화의 중심에 사진 조각과 그것의 맞추기가 있다고 주장하였다. 모래에 묻힌 자신의 사진이 선화를 응시하고 있는 것이다. 비록 끔찍하기는 하지만 선화는 이 응시의 메시지에 복종한다. 어쩌면 선화에게 향해진 응시는 역사의 시선인지도 모른다. 굴종적이며 헌신적일 수밖에 없었던 여인의 반복적 역사——그녀는 자신에게 가해진 치욕과 상처를 반복하며 감수한다. 운명애[3]라거나 질긴 생명력으로 불릴 수 있는 그러한 태도가 선화의 삶을 직조하는 듯이 보인다. 여기서 한기는 다만 에피소드에 불과하다. 비록 영화의 전반부에서 그가 그녀의 상처와 치욕의 적극적 원인으로 작용하였지만, 후반부에서 그는 그녀의 들러리 역할을 넘어서지 못한다. 그는 선화가 자신의 운명과 조우하는 계기일 따름이다. 선화는 운명의 반복을 의지하고 의욕하면서, 한기까지도 그러한 흐름 속으로 깊숙이 끌어들인다. 한기가 문제의 사진의 인물로 변신하는 과정은 전적으로 선화의 영향력에 의존하고 있다. 한기의 네거티브가 선화에 의해서 현상되는 것이다. 사진에서 잃었던 얼굴을 한기에게 되돌려주는 것도 현상하는 선화의 손길이다. 한기의 내러티브도 결국에는 선화에 의해서 쓰여질 수밖에 없는 것이다. 내러티브의 차원에서도 남자는 여자의 어린아이에 불과하다.

---

3) 앞서 인용했던 글에서 유운성은 《나쁜 남자》의 주제로서 운명애(amor fati)를 언급한 적이 있다.

11

포르노와 인터넷

생명의 눈은 밖을 향해 열려 있다.
다만 우리 인간의 눈만이 반대로 돌아서서
자유롭게 드러나는 생명들에 올가미를 던져서 포획
한다.
———릴케의 《두이노의 비가》 중에서)

과학의 커다란 비극———추한 사실이 아름다운 이
야기들을 살해한다.
———T. H. 헉슬리

1. 포르노와 드러냄

포르노는 보여지기 위해 제작되고 유포되며 진열된다. 유통 과정에
석연치 않은 요소가 개입할 수도 있겠지만, 일단 보여지기 위해 제작
된 장면들이 관람되면서 제작의 목적이 소진된다. 감긴 필름이 풀려
나오듯이 입었던 옷가지가 벗겨지면서 영화가 끝을 맺는 것이다. 자
기 개방적이며 자기 마모적인 패턴에 포르노가 물려 있다. 구태여 손
을 내밀어 관객이 옷고름을 잡아당기지 않더라도 육체는 저절로 열리
기 때문에 관객은 이미 활짝 열린 마법의 문으로 들어서 구경하기만

하면 된다. 어디까지나 그는 방관자로 머물 수가 있다. 더구나 그는 '보라'는 영화의 명령에 순응하는 방관자이다. 바라보기도 전에 이미 노출되어 진열되어 있기 때문에 그의 시선은 적극적이라기보다 소극적이다. 본다는 능동성이 보이다는 피동성과 궤를 같이한다. 마찬가지로 '드러나다'가 '드러내다'와, '벗다'와 '벗기다'가 동의어가 된다. 이렇듯 포르노의 세계에서는 능동과 수동, 적극성과 소극성의 차이가 이미 삭제되어 있다. 그래서 관객은 아무런 죄의식에 사로잡히지 않고서 육체의 노출을 떳떳하게 감상할 수 있다.

포르노의 세계는 살아 꿈틀거리는 관객의 적극적 욕망을 수동적 방관으로 바꿔 놓으면서 작동한다. 이러한 메커니즘을 거치면서 호기심에 충혈된 관객의 시선도 무심한 눈길로 부드러워진다. '벗기라'는 관객의 요구 없이도 육체는 저절로 옷을 벗는 듯이 보인다. 벗기고 싶은 주체가 있다면 그것은 관객이 아니라 영화의 편에 서 있다. 이처럼 포르노 관객은 허위 의식에 사로잡힌다. 그는 욕망의 동기를 자신의 내부가 아니라 영화라는 외부에서 찾는 것이다. 보고 싶은 내밀한 욕망에 고스란히 몸을 내맡기면서도 '보라'는 영화의 명령에 수동적으로 따르고 있다고 생각한다. 욕망의 간접적 실현의 계단을 밟으면서 그는 마침내 자신의 욕망의 정체로부터 소외되어 버린다. 손을 대지 않고 코를 풀다 보니까 나중에는 자기가 코를 푼다는 사실마저 잊어 버리는 사람처럼. 영화-하인이 대신해서 욕망의 코를 풀어 주다 보니까 관객-주인은 자신이 욕망의 주체라는 사실마저 망각하게 된다. 관객-주인은 다만 욕망할 따름이다. 욕망의 실현은 모두 영화-하수인의 손으로 이루어지는 것이다. 포르노의 메커니즘과 관객의 허위 의식은 단단하게 결합되어 있다. 관객들은 '드러나다'와 '드러내다,' 관조와 폭력의 차이를 혼동하는 것이다.

2. 드러남과 감춤

포르노는 숨김과 감춤을 견디지 못한다. 그것은 어둠 속에 감추어진 성의 신비를 밝히고 드러내어 앎의 대상으로 만들고 싶어한다. 계몽과 과학이 무지에서 지식으로 이행하는 역사적 발걸음이라면 역설적으로 들리겠지만, 포르노도 이러한 발걸음과 보조를 같이한다. 그러나 역설은 여기서 멈추지 않는다. 계몽과 과학의 논리 또한 포르노적이며 폭력적이다. 알고 싶은 욕망은 호기심의 대상을 한꺼번에 보아야만 비로소 해소된다. 만일 포르노가 성의 유토피아를 추구한다면 이 왕국에서 성의 은폐는 부도덕하다. 과학의 왕국에서 은폐된 지식이나 감추어진 신비가 부도덕하듯이. 그래서 20세기에 엑스레이로 앎의 의지를 증명했던 과학의 발전은 21세기에 들어서서 인터넷으로 완성된다. 망과 망을 연결해서 거대한 지구촌을 만들어 나가는 인터넷은 알고 싶은 욕구를 전지구적으로 확산시킨다. 이 세상의 어떤 권력이나 권위도 이 앎의 길 인터넷을 통제하거나 지배할 수가 없다.

빛의 세례를 받으면 감추어진 사물들도 은폐의 동굴에서 밖으로 걸어나온다. 안과 바깥의 경계도 쉽사리 무너진다. 드러내려는 과학의 시선 앞에서 잠긴 문이 열리며 내리어진 커튼도 걷혀 올려진다. 이러한 과학의 유토피아에선 남녀 관계나 사랑도 어두운 밀실에서 밝은 광장으로 나와야 한다. 예를 들어 이상 국가의 바람직한 결혼을 설계하면서 플라톤은 남녀가 상대방의 육체적 조건도 모르고서 결혼하는 것은 어리석다고 판단했다. 《유토피아》를 저술했던 토머스 모어도 플라톤의 의견에 손을 들어 주었다. 결혼하기 전에 "나이가 지긋한 점잖은 부인이 예비 신부의 알몸을 예비 신랑에게 보여 주어야 한다. 마찬가지로 나이가 지긋한 남자가 예비 신랑의 알몸을 신부에게 보여 주어야 한다." 모어에 따르면 하다못해 망아지를 사면서도 사람들은 극도의 신중을 기한다. 혹시 어딘가에 결함이 있는지 살펴보기 위해 망아지 몸의 구석구석을 면밀하게 검토한다. 얹혀 있는 안장까지 걷어내고 검토하는 시선 앞에 망아지는 완전하게 노출되어야 하는 것이다. 이러한 망아지 구매의 논리는 결혼 상대 선택에도 그대로 적용된다. 하물며 일생을 같이 살아야 할 배우자를 선택하는 데 있어서는 더욱더 신중해야 한다는 것이다. 망아지의 안장 밑에 결함이 숨겨져 있을 수 있듯이 상대방의 의복 뒤에 중대한 신체적 결함이 감추어져 있을 수 있기 때문이다. 상대방을 훑어보는 예비 신랑이나 예비 신부의 시선은 표면에만 머물러서는 안 된다. 표면의 껍질을 벗기고서 내면까지 투시해야 한다. 모어는 이러한 결혼 배우자 선택 방법을 합리성의 이름으로 제시한다. 드러내어 밝히라는 과학의 명령은 망아지의 몸이나 동식물의 대상으로 한정되지 않는다. 그것은 베일에 감싸인 인간의 육체를 향해서도 드러내어 밝히라고 요구한다.

그러나 빛 속으로 드러내어 밝히라는 과학의 명령은 행복한 유토피아를 약속하지 않는다. 어둠 없이 빛으로 편재한 세상은 디스토피아인지도 모른다. 드러남은 내면과 외면의 갈등 속에서 전개되다가 마침내 드러내라는 요구가 완전하게 실현되면서 내면이 거짓말처럼 사라져 버리는 무화(無化)의 드라마이다.[1] 내면은 외면의 막 안에 숨겨

---

1) 육체의 신비가 사라지는 무화의 드라마 하나가 토마스 만의 《마의 산 *Der Zauberberg*》의 저 유명한 엑스레이 촬영에 대한 최초의 기록에서 발견된다. 주인공 카스토르프는 한편으로 '심장을 보고 싶은 경솔한 욕망'에 사로잡히는데, 이 욕망은 '종교적 감정 및 관심과 갈등을 일으킨다.' 결과적으로 신성하다고 여겨졌던 심장의 내부가 들여다보이면서 철저하게 세속화된다. 신성함이 사라져 버린 것이다. 피터 브룩스, 《육체와 예술》(문학과 지성사, 2000), 이봉지·한애경 옮김, 484쪽에서 재인용.

져 있다. 안으로 숨겨지기 때문에 내면은 투시되지 않는 깊이를 간직한다. 그러나 외면이 벗겨지면 내면은 이내 외면으로 바뀐다. 껍질을 벗기면 내면 대신에, 또 다른 껍질이 나타날 따름이다. 드러냄은 내면의 내면성을 밝히고 드러내는 것이 아니라 내면을 외면으로 바꾸어 놓는다. 손이 닿자마자 외면으로 바뀐 내면의 모습에 조급해진 과학은 다시 외면으로 바뀐 내면의 껍질을 벗겨 보지만 결과는 마찬가지이다. 마침내 내면의 핵이 모습을 드러내리라고 기대하며 마지막 껍질을 들추어 내면 과학의 손에는 다만 텅 빈 '공허'만이 남는다. 결국 내면을 밝히려는 과학의 집요한 요구는 허무로 막을 내릴 수밖에 없다. 포르노는 이러한 허무주의의 산물이다. 유토피아의 이름으로 망아지의 육체와 인간의 육체가 동질적으로 비교되는 논리의 세계가 바로 허무주의의 전형적인 모습이다. 과학의 시선은 망아지의 육체와 인간의 육체에 차등을 두지 않는다. 껍질을 벗기면 모두 똑같이 떨리는 살덩어리로 드러난다. 허물을 벗으면서 인간과 동물의 차이도 동시에 삭제되는 것이다.

포르노의 유토피아는 드러나는 내면이 껍질로 무한 퇴행하면서 마침내는 무로 막을 내리는 디스토피아의 세계, 육체에 대한 복수의 세계이다. 드러내어 보이라는 과학의 명령에 순치된 관객들에게 드러나지 않는 육체는 앎의 권리의 장애물로서 다가온다. 감춰진 육체는 보고 싶은 욕망의 실현을 좌절시키면서 욕망을 더욱 증폭시킨다. 자극되지만 실현 가망이 없는 욕망만큼 거추장스러운 것은 없다. 포르노 시장은 이 거추장스러운 욕망에 뿌리를 내리고서 번창한다. 그것은 실현 불가능한 욕망을 실현하겠다는 약속으로 관객을 유혹한다. 그렇다고 욕망의 대상을 관객에게 직접 조달해 주지는 않는다. 포르노의 세계에서 욕망은 이미지라는 재현의 매개를 거쳐 간접적으로 실현된다. 욕망의 대상은 있으면서도 동시에 부재한다. 껍질을 벗으면서 관객 앞에 나체로 서지만, 아무리 손을 뻗어도 욕망의 대상은 잡히지 않는다. 잡히지 않고 저 멀리 사라지는 듯하다가도 어느새 또 가까이 다가와 있다. 욕망의 대상은 이처럼 존재와 부재 사이를 부단하게 왕복 운동한다. 관객의 욕망도 부단하게 욕망의 실현 가능과 불가능 사이를 오간다. 대상이 완전히 시야에 노출되어도 욕망은 여전히 충족되지 않은 채 거추장스럽게 남는 것이다. 구조적으로 이 욕망의 찌꺼기는 관객으로 하여금 또 다른 포르노 영화를 계속해서 보도록 자극하고 유인하는 동인이 된다. 보고 나면 충족되리라 짐작했던 시선의 욕망은 보면서 더욱 깊은 욕망의 골을 남겨 놓는다. 이처럼 욕망 실현이 유보되고 지연되는 패턴과 맞물려서 한 편의 포르노는 관람되자마자 또 다른 포르노에 의해서 대치될 운명에 처한다. 일단 드러난 육체는 간단히 폐기되는 것이다. 결국 포르노는 육체의 쓰레기통이 된다. 관객은 욕망의 신비한 대상이던 육체를 경멸하면서 욕망으로부터 벗어나는 법을 배우는 것이다.[2]

---

2) 이 지점에서 포르노를 관람하는 시청자에 대해 부연 설명이 필요하다.

포르노는 개인적·초월적 자아를 세속적·익명적 수컷으로 환원시켜 놓는다. 예컨대 반체제적 지식인들을 취조하는 고문 기술자들은 이러한 지식에 정통해 있다. 지식인을 벌거벗기고 막대기로 '물건'(겁에 질려 움츠러든 그것)을 툭툭 치면서 고문을 시작한다는 것이다. 고문당하는 '너'나 고문하는 '나'나 별 볼일 없는 '수컷'(가부장적 남녀의 위계와 달리 여기서 수컷은 암컷에 비해 상위 개념이 아니다)에 불과하다는 것이다. 수컷으로 환원되고 나면 지식인의 자존심도 쉽사리 무너진다. 수컷의 물건에는 지식인의 정신도, 고문관의 폭력과 야비함도 각인되어 있지 않다. 그것은 의미와 가치의 영도에 놓여 있는 것이다. 포르노의 관객이 경험하는 것은 바로 그러한 영도의 지점으로, 여배우는 다만 암컷 물건에 불과하다. 그래서 포르노의 세계에 아름다운 여인은 없다. 결국 아름다운 여자에 대한 관객의 기대감은 곧 공복감으로 바뀐다.

포르노의 세계가 공복감의 세계라면 시청자는 기아에 시달리는 수컷이다. 어느 한 여인에 안주하지 못하는 그의 시선은 징검다리를 건너뛰듯 여체와 여체를 끊임없이 옮겨다닌다. 그러면서 공복감은 자꾸만 깊어진다. 포르노 사이트에 중독될 수 있는 소지도 여기에서 유래한다. 도박이 그러하듯이 포르노는 아름다운 여인을 끊임없이 약속하지만, 실제로 나타나는 여인은 그 약속 어음을 모두 부도 수표로 바꾸어 놓는다. 부도 수표의 적자를 메우기 위해서는 엄청난 횡재가 뒤따르지 않으면 안 된다. 적자의 양이 많으면 많을수록, 포르노에 할애한 시간의 양이 많으면 많을수록, 그와 비례해서 아름다운 여인에 대한 기대는 더욱 커지게 마련이다. 물론 엄청난 횡재에 필적하는 아름다운 여인은 결코 나타나지 않는다. 이 사실을 시청자도 무의식적으로 알고 있다. 포르노의 공간에서 모든 여인은 다만 쉽사리 노출되었다가 재빨리 폐기처분되고, 이내 다른 여인으로 대치될 운명에 처한 순간성의 존재들이다.

그리하여 포르노를 보면서 시청자는 자신이 얼마나 하찮은 놈인지를 실감한다. 파도처럼 규칙적으로 융기했다가 내려앉는 기대감, 여인의 포즈를 보면서 순간적으로 작동하는 그의 미적 의식, 그녀의 육체를 더듬는 그의 욕망, '아니다'며 부정의 판단으로 머리를 젖히는 이성, 이 모든 단계와 과정들은 '삶'의 하찮음을 가리켜 준다. 화상에 잠시 육체를 전시했다가 이내 사라지는 단명한 여인들처럼 그의 희망과 미의식, 이성도 덧없이 스러진다. 3초 전의 여인이 2초 전의 여인과 무관하듯이 3초 전 관객의 희망과 이성도 2초 전의 희망과 이성과 무관하다. 매순간마다 포르노 여배우와 관객은 동반 자살을 경험하는 것이다. 여배우에 대한 혐오감과 그러한 여자를 기다렸던 자신에 대한 자멸감이 마우스의 클릭으로 순식간에 이루어지는 욕망의 동반 자살을 부추긴다. 이 죽음에는 무게가 없다. 하나의 죽음과 더불어 또다시 죽어야 할 새로운 욕망이 기계적으로 재생산되기 때문에. 말하자면 죽음이 무의미하듯이 새로운 탄생도 전적으로 무의미하다.

포르노 사이트에서 시청자는 생각과 감성, 희망의 제로 게임에 임하는 것이다. 여기서 관객은 자신을 하찮게 취급하며 경멸하는 법을 배운다. 포르노 배우와 관객의 사이에 전제된 묵계는 공범의 공동체를 이룬다. 순간적으로 명멸하다가 사라지는 여배우보다 관객이 훌륭하지도 고상하지도 않다. 포르노의 공화국에서는 모두가 평등한 암컷과 수컷이 되는 것이다.

따라서 포르노는 관객에게 결코 기쁨이나 쾌감을 가져다 주지 않는다. 포르노를 보고 싶은 충동은 쾌락의 약속이 끊임없이 위반되며 그래서 다른 헛된 약속으로 끊임없이 대치되는 사슬에 물려 있다. 그것은 강박적 반복의 증상이다. "대치되는 충동이 실행되더라도 거기에는 쾌감이 없다. 거기에는 다만 강박의 특징만이 있을 따름이다." Freud, 〈Inhibitions, Symptoms, and Anxiety〉, in *The Standard Edition of the Complete Psychological Works of Sigmund Freud*, ed. James Strachey(London: Hogarth Press and the Institute of Psycho-Analysis, 1974), vol. 20, p.21을 참조하기 바람.

3. 감춤의 미학

인터넷의 화상에서는 모든 것들이 표면에 이미지로 떠오른다. 내면의 깊이도 표면으로 올라와서 평면화되어 넓적하게 펼쳐진다. 두께를 잃을 정도로 넓게 펼쳐진 은박처럼 표면에 이미지로 떠오르면서 내면의 내면성은 상실된다. 화상에서 내면은 존재하지 않는다. 내면은 다만 유추될 따름이다. 가령 화상에 떠오른 '내면'이라는 표면 글자 기표는 한글을 해독하는 독자에게 내면으로 해석되면서 깊이의 닻을 내린다. 유추되면서 존재하기 때문에 '내면'이라는 기표의 내면성은 독자의 마음에 둥지를 튼다. 단순한 표면으로 간단히 무시될 수 있는 '내면'은 독자의 해석 행위를 거쳐서 깊이를 부여받고 내면스러운 내면으로 발돋움한다. 해석이 '내면'의 내면성을 보존하는 것이다. 그러나 문맹자의 눈에 비치면 '내면'은 자신의 내면성을 상실한다. 응시하는 시선을 거쳐 마음에 깊이의 뿌리를 내릴 듯도 하다가 독자의 고개가 젖혀지면서 부초처럼 표면에 떠돈다. 내면을 상실한 표면은 다만 껍질에 불과하다. 그것은 의미를 머금은 충일한 글자가 아니라 텅 빈 기표, 글자의 시체에 불과하다.

언뜻 보기에 문자 기호와 달리 이미지는 해석 행위를 거치지 않아도 지각되는 듯이 보인다. 해석이 관여하지 않더라도 이미지는 이미지로서 이미 드러나 있기 때문에, 내면을 부여함으로써 이미지를 더욱 이미지답게 만드는 시청자의 적극적인 노력이 요구되지 않는 듯이 보인다. 이러한 이미지의 겉모습이 시청자를 무력한 방관자로 남겨두거나, 미끄러지듯 이미지와 이미지의 표면을 끊임없이 건너 뛰어다니도록 만든다. 그러나 구태여 깊이 생각해 보지 않더라도, 겉으로 드러난 이미지의 모습은 환상에 불과하다. 화상의 표면에 완전히 떠오른 듯이 보이지만 이미지에도 감추어진 내면이 있다. 문자와 마찬가지로 이미지도 내면과 외면으로 분리되어 있다. 육체라는 글자가 해독되어야 육체로서 인지되듯이 화상의 육체 이미지도 해석되고 재구성되어야 비로소 육체로서 지각된다. 이차원의 화상에 펼쳐진 육체의 이미지는 육체가 아니다. 화상에서 나를 바라보는 육체의 이미지를 육체로 인식하기 위해서 나는 그것의 뒷모습과 옆모습을 상상해야만 한다. 옆모습과 뒷모습이 삼차원적으로 재구성되지 않으면 그것은 육체가 아니다. 감춤이 없이 속을 다 드러내고 즉물적으로 나에게 다가오며 직관적으로 인식되는 듯이 보이지만 이미지도 해석되면서 이해된다. 이미지 육체도 시청자 마음에 깊이의 뿌리를 내려야만 육체성을 부여받는다. 독자가 해석 행위를 통해서 문자의 내면을 보존하듯이 시청자도 삼차원적 재구성을 통해 이미지의 내면성을 보호한다.

비록 무심한 시청자의 시선에는 잡히지 않지만, 화상에 떠오른 육체에도 깊이가 있는 것이다. 더 이상 드러날 수 없이 노출된 육체에도 아직 노출되지 않는 내면의 세계가 있다. 이 드러나지 않은 내면으로 인해서 육체는 육체성을 잃지 않는다. 레이저 광선이 아무리 문을 두드려도 열리지 않는 육체의 내면이 존재하는 것이다. 내면이 닳아 삭제된 육체는 살점에 불과하다. 육체에서 내면이 달아나면 그것은 정육점에 걸린 고기와 마찬가지이다. 그래서 죽은 사람의 시체에도 여전히 내면이 웅크리고 있다. 그것은 싸늘하게 굳어서 침묵하는 비밀스런 육체이다. 그냥 살점이 아니라 침묵하는 싸늘한 육체이다. 더욱이 살아 있는 육체는 다층적인 내면의 세계를 가진다. 나체의 경우에도 마찬가지이다. 그냥 나체는 없다. 그것은 슬프거나 환희하거나 고독한 육체이다. 성의 쾌감에 몸을 떨거나 고독하게 뒤돌아 눕는 슬픈 육체이다. 슬픈 육체는 슬픔의 깊이와 내면을 가진다. 고독한 육체도 고독의 내면을 가진다. 환희하는 육체는 환희의 깊이를 간직하고 있다. 의미 없는 문자가 존재하지 않듯이 슬픔이나 고독, 기쁨이 없는 그냥 육체란 존재하지 않는다. 슬픔이나 기쁨이 육체의 무게이며 두께이고 깊이이다. 육체의 깊이는 정신이며 감정이다. 역으로 정신과 감정의 깊이는 육체이기도 하다. 때문에 육체는 완전히 노출될 수가 없다. 노출될 수 없는 내면이 육체의 중심에 자리잡고 있다. 그래서 노골적인 성 묘사의 소설에서조차 육체는 완전히 폭로되지 않는다. 줄거리와 상황이 육체에 내면을 부여하고 무게를 실어 놓는다. 그것은 짓밟히고 능욕당하는 약자의 육체이거나 자발적인 쾌락의 육체이다. 능욕이나 약자, 쾌락과 같은 의미의 세계 안에 잠겨 있기 때문에 그것은 단순히 벌거벗은 살점으로 전락하지 않는다.

　이차원적 화상에 펼쳐진 육체 이미지를 삼차원으로 재구성하면서 무심결에 시청자는 육체에 의미를 부여하거나 제거하는 작업에 몰두하기 시작한다. 이미지를 육체로 재구성하는 적극적 상상력의 과정을 거쳐야만 영화나 비디오를 감상할 수 있기 때문에 시청자는 소극적인 자세로 관망하는 방관자가 아니다. 오히려 방관도 적극적인 참여의 한 형태이다. 좋든 싫든 그는 육체의 보존자이거나 파괴자가 된다. 선택하기 이전에 그는 구조적으로 선택을 강요당하는 것이다. 보존자도 파괴자도 아닌 중립적인 입장으로 물러서 책임을 회피하지 못한다. 이 점에서 《구약》에 나타나는 노아와 세 아들의 이야기는 고전적이다. 어느 날 노아는 포도주를 마시고 취해서 벌거벗은 몸으로 잠에 곯아떨어진다. 늙은 육체를 감싸고 있던 옷가지가 벗겨지면서 그의 알몸이 휑하게 드러난다. 처음에 둘째아들 함이 아비의 벌거벗은 몸을 목격한다. 보고 나서 그는 밖으로 나가 형제인 셈과 야벳에게 이 사실을 고한다. 놀란 그들은 아비의 옷가지를 어깨에 걸치고서 뒷걸음질해 들어가 옷으로 그의 알몸을 가려 놓는다. 행여 실수로 알몸을 볼까봐 고개를 뒤로 돌리고서. 이 사건의 결말은 너무나 잘 알려져 있다. 두 눈을 똑바로 뜨고서 아비의 육체를 보았던 함은 저주를 받는다. 이 이야기는 '보다'와 '보지 않다,' '노출하다'와 '은폐하다'라는 대립쌍을 중심으로 선회한다. 세 형제의 아비 노아는 단순한 살덩어리나 단순한 육체가 아니다. 그의 육체는 세 아들의 아비로서 권위의 육체, 더구나 홍수로 멸망했던 인류의 마지막 생존자로서 새로운 인류의 조상으로서의 육체이다. 그러나 권위와 가치의 소재는 그의 살갗에 깃들이지 않는다. 그의 육체는 내면의 깊이를 지닌다. 보이는 육체가 보이지 않는 내면의 권위와 가치를 감싸고 있는 것이다. 여기서 보이지 않는 권위는 드러나지 않게 숨겨져야만 권위로서 보호되고 보존된다. 밖으로 휑하니 드러난 육체는 다른 육체와 쉽사리 구별되지 않는다. 육체는 감싸이고 은폐되면서 권위로서 자리를 유지한다. 아무리 백일하에 훤히 드러나더라도 권위는 눈으로 확인되지 않는다. 오히려 그것은 어둠 속에 은폐되어 있다. 완전히 드러나고 밝혀지면 권위는 해체되어 버린다. 그것은 아비의 육체가 아니라 단순한 육체의 자리로 강등당한다. 마찬가지로 노아가 걸치고 있으면 아비의 옷이지만, 껍질처럼 벗겨나가면 그것은 단순한 옷의 자리로 떨어진다. 이처럼 육체의 내면은 은폐되면서 보호된다. 또 은폐의 어둠 속에 권위의 깊이가 스며들어 있다. 두 눈을 번연히 뜨고서 노아의 나체를 바라보았던 함은 자신도 모르는 사이에 '아비의 육체'라는 의미와 가치의 뭉치를 '공허한 육체' '거세된 육체'로 빈곤화시켜 버렸다. 함은 보아야 할 것과 보지 말아야 할 것, 드러내어야 할 것과 감추어야 할 것을 구별하지 못했다. 무차별적 노출의 시선을 거두지 못했던 그는 노예로서 두 형제를 주인으로 섬겨야 하는 저주를 감수해야 했다. 여기서 주인이란 육체의 내면을 보호하고 보존하는 자이다. 양파 껍질처럼 벗겨나가면 종내는 아비의 육체도 해체되어 버린다. 해체되지 않도록 주인은 내면을 은폐의 어둠 속에 보호하는 것이다. 반면 노예란 은폐된 내면을 밖으로 드러내려는 폭력의 손길이다. 가만히 놓아두면 위험해지기 때문에 폭력의 손목은 쇠사슬에 채워져서 두 주인의 통제 밑에 놓이는 것이다.

내면의 내면됨은 감춤에 있다. 감춤이 드러남으로 바뀌는 순간에 내면성의 영역도 사라진다. 동이 트면서 사라지는 어둠의 내밀한 음성처럼. 내면이 머금은 깊이도 감춤에서 유래한다. 감추어지기 때문에 깊이는 깊이로서 보존된다. 은폐의 동굴에서 햇볕 속으로 나오면 내면의 깊이는 흔적도 없이 증발해 버린다. 이 은폐된 내면은 드러난 외면에 안전하게 감싸여 있다. 따라서 감추어지면서 내면은 더욱 내면답게, 드러나면서 외면은 더욱 외면답게 빛난다. 드러난 노아의 얼굴을 보지 않으면 그를 아비로서 인식하지 못한다. 그러나 감추어진 노아의 육체를 밖으로 드러내면 아비로서 그의 권위가 단박에 사라져 버린다. 노아는 겉으로 드러나면서 노아로 인식되고 안으로 감추어지면서 아비로서 보호된다. 셈과 야벳의 시선은 외면을 드러내고 내면을 감추는 보존의 시선, 변별적 시선, 사랑의 시선이다. 그들은 드러난 아비의 결함을 보면서도 보지 않는다. 완전히 노출되지 않기 때문에 노아는 훼손되지 않고 아비로서 보존된다. 그러나 함의 시선은 드러내어 밝히라는 과학의 명령에 복종한다. 감추어진 내면도 어둠의 동굴에서 걸어나와 진리(?)의 빛 앞에 나신을 드러내야 한다. 마침내 어둠이 빛에 자리를 비켜 주면서 내면의 내면성이 외면으로 치환되도록. 아직 드러나지 않고 어둠에 잠겨 있는 내면성은 위험스럽기 짝이 없다. 혹시 망아지의 안장 밑에 결함이 숨겨 있는지 모른다. 옷으로 감싸인 예비 신랑이나 신부의 몸에 중대한 결함이 감추어져 있는지 모른다. 과학의 눈빛이 미치지 않는 내면의 세계는 지식의 장애물에 다름 아니다. 어둠의 내면은 미명의 세계, 무지의 세계로서 부정적 가치만을 지닌다. 전인미답의 처녀지가 정복되어야 하듯이 내면도 정복되고 외면화되어야 한다. 불도저로 처녀림을 능욕하고 개간한다면 과학과 지식의 손길로 어둠의 내면은 밖으로 뒤집혀진다. 뒤집혀져서 외면화된 내면, 각질화된 내면의 껍질이 바로 이미지의 세계이다. 죽은 호랑이의 모피처럼 내면은 스크린과 화상에 넙죽하게 엎드린다. 과학의 권위에 내면이 죽은 듯이 굴복하는 것이다.

드러내어 밝히라는 과학의 강압에 떠밀려서 존재는 내면을 상실하고서 화상에 표면으로 떠오른다. 인터넷의 바다에선 심해에 살던 존재의 물고기마저 모두 배때기를 내보이면서 수면으로 떠오른다. 이제 사차원적 존재도 이차원적으로 평면화되어 버렸다. 심층적 존재의 평면화가 다름 아닌 인터넷의 세계이다. 이러한 인터넷의 물결에 휩쓸려서 우리들도 어느새 이차원적 인간이 되어 버렸다. 어쩌면 우리는 두 눈을 크게 뜨고서 노아의 벌거벗은 육체를 바라보았던 함의 후예들인지 모른다. 숨겨진 내면은 숨겨지면서 더욱 내면으로 빛난다는 사실을 망각하고 드러내어 밝히라는 과학의 요구에 충실하게 따랐던, 그래서 아비의 육체를 텅 빈 육체로 격하시켰던 함의 후예인지 모른다. 앞으로도 우리에게는 크고 작은 수많은 선택과 결단의 순간들이 다가올 것이다. 그것은 우리가 함의 운명을 선택할 것인지, 아니면 셈과 야벳의 운명을 선택할 것인지 가늠하는 시험대가 될 것이다. 컴퓨터의 화상에서 번득이는 이미지의 비늘도 단순한 껍질이나 외피가 아니다. 시청자의 삼차원적 재구성 과정을 거쳐야만 이미지 육체는 육체로서 다가오기 때문이다. 해석하는 마음의 텃밭에 뿌리를 내리면 화상에서 부초처럼 떠도는 외면도 내면의 깊이를 갖추게 된다. 내면을 내면으로 보존하기 위해서는 셈과 야벳이 그러했듯이 어둠을 견딜 수 있어야 한다. 모든 존재를 진리의 빛으로 끌어당기려는 조급함에서 '시선의 욕망'이 유래한다. 이 욕망은 자신의 눈빛에 투시되지 않는 대상을 보복하며 파기하려고 한다. 그래서 밝혀 드러내려는 욕망의 시선은 메두사의 눈빛과 닮아 있다. 과연 인터넷의 역사가 어떻게 기록될 것인가? 그것이 함의 손으로 기록될 것인가? 아니면 셈과 야벳의 손으로 기록될 것인가? 마우스를 만지작이며 키보드를 두드리고 화상에서 눈을 떼지 못하는 우리는 과연 누구인가?

12

쿨한 문화:
풍요로운 사회와 스타일로서의 삶

"졸업생 여러분은 쿨한 세대에 속합니다."
—— 1966년 예일대 졸업식의 총장 식사 중에서

2003년 10월초에 간행된 《한겨레 21》의 표지 이야기로 실렸던 '쿨한 문화' 기사는 필자에게 새로운 세대의 문화에 대해서 성찰할 수 있는 기회를 제공하였다. 그렇지 않아도 학생들이 입에 담기 좋아하는 '쿨하다'는 유행어가 필자에게 호기심을 불러일으키던 터였다. 이 글의 전반부에서 필자는 쿨한 문화가 사회가 경제적으로 풍요로워지면서 삶이 스타일화되는 현상으로, 그리고 후반부에서는 쿨한 삶의 스타일은 전통적인 뜨거운 문화로부터 벗어나려는 새로운 감수성의 표현으로서 진단하였다.

I

예전에 가난한 선비는 궁핍을 숨기기 위해 냉수를 마시고도 진수성찬을 즐긴 듯이 이를 쑤셔야 했다. 그는 부자들의 전유물인 이쑤시개의 가면으로 부유한 듯한 외관을 유지할 수가 있었다. 이때 이쑤시개는 늑대가 뒤집어쓴 양의 탈이나 침소봉대처럼 실재를 은폐하는 거짓과 위선의 수사법, 과장의 수사법이 된다. 거짓이나 과장, 위선이 존재한다는 사실은 역설적으로 선이나 참의 실재와 권위, 유효성을 증명해 준다. 자신은 악한 반면에 양이 선하다는 사실을 인정하지 않는 늑대는 양의 탈을 뒤집어쓰지도 않는다. 사회적으로 합의된 미덕이 전제되지 않는다면 위선은 애당초 불가능하다. 악한 사람이 선한 사람의 외양을 답습함으로써 악이 선에게 표하는 간접적인 경의의 표현이 위선이다. 따라서 위선이 가능하기 위해서는 먼저 겉과 속, 외면과 내면이 확실하게 분리될 수 있어야 한다. 양에게서 가죽을 벗겨내야 늑대는 양의 탈을 쓸 수가 있다. 양의 껍질을 벗길 수 없다면 늑대의 위선이 사라지고, 그러면서 사회적으로 합의된 선과 도덕의 개념도 덩달아 자취를 감출는지 모른다. 가령 궁핍이 없는 사회, 가난한 선비가 없는 부유한 사회를 가정할 수가 있다. 이때 누군가 냉수를 마시고 이쑤시개로 이를 쑤신다면 어떻게 될 것인가? 우리는 이 물음에 대답하기 위해서 고민하지 않아도 된다. 이미 우리가 그러한 사회에 살고 있기 때문이다. 가난한 선비가 산해진미와 진수성찬을 탐하던 시대, 그러한 음식의 양에 비례해서 부유한 특권층의 몸집이 비대했던 시대에 살고 있었다면, 현대는 기름지고 푸짐한 음식을 멀리해야 하는 사회, 일부러 금식하면서 다이어트를 해야 하는 시대, 예전 가난의 증거였던 호리호리하고 여윈 몸매가 이제는 부유층의 특권이 되어 버린, 살을 빼기 위해 돈을 투자해야 하는 시대에 살고 있다. 이제 냉수를 마시고 이를 쑤시는 사람이 있다면 그는, 맛있는 음식의 유혹을 태연히 물리치고 가뿐하게 일어서는 멋진 사람으로 대접받게 될 것이다.

극히 최근에 이르기까지 서양과 동양의 문화는 몸과 마음이 분리된 이분법적인 문화였다. 양의 몸에서 가죽을 벗겨내듯이 내면과 외면,

속과 겉을 분리할 수 있는, 그리면서 후자를 업신여기면서 전자를 중시했던 문화권에 살고 있었다. 허기진 배를 냉수로 채워야 했던 선비는 분명 배부르게 음식을 먹고 싶었을 것이다. 하지만 절대적인 빈곤이 지배하는 사회에서 그에게 돌아올 음식의 양은 많지 않았다. 욕망을 채워 줄 수 있는 물질적인 수단이나 자원이 턱없이 부족하였던 것이다. 한편에 내적인 욕망, 다른 한편에는 그것을 충족시킬 외적인 재화나 물질이 있다면 양자 사이에는 언제나 절대적인 비대칭의 원칙이 지배하고 있었다. 물질의 결핍에 반비례해서 욕망이 무한하게 팽창하는 사회에서는 고삐가 풀린 욕망의 질주를 제어하기 위해서 몸과 영혼의 이원론, 물질을 업신여기면서 정신을 소중하게 여기는 내면중심주의가 강조되게 마련이다. "부자가 천국에 가는 것은 낙타가 바늘구멍으로 들어가는 것보다 더욱 어렵다." "겉모습으로 사람을 판단하지 마라.' 헐벗고 굶주리더라도 마음은 젖과 꿀이 흐르는 가나안(canaan)처럼 풍요롭고 기름질 수가 있다는 것이다. 거지의 행색과 흉한 외모를 가진 사람에게도 마음에 소크라테스의 지혜가 깃들 수가 있다. 이때 내면 깊숙이 숨겨진 마음의 정체는 눈으로 보이지 않기 때문에 겉모습을 가지고 사람을 판단하는 것은 위험해진다. 그의 진짜 모습——정체성——은 밖으로 보이지 않는다. 정체성이란 단박에 직관할 수 있는 표면이 아니라 스핑크스처럼 유추되어야 하는 수수께끼, 헷갈리는 외면 아래에 숨겨진 내면의 진실이었다. '너는 누구인가?'——나는 외모가 아니라 마음, 가시적인 겉모습이 아니라 비가시적인 영혼이다.

갈브레이드가 주장했듯이 현대 사회는 풍요로운 사회(유럽은 1960년대 이후, 우리나라는 1980년대 후반 이후)라 할 수 있다. 여기서 필자가 주목하려는 현상은 풍요로운 사회에서는 겉과 속, 외면과 내면 관계의 지형도가 근본적인 변화를 겪는다는 사실이다. 빈곤한 사회가 몸과 마음의 이분법적 세계관을 강조하면서 외면적 결핍을 내면적 풍요로 대리보충해야 했다면, 풍요로운 사회는 육체적 욕망을 정신의 고삐로 묶어둘 필요성을 느끼지 않는다. 산업 사회에서 많은 제품을 생산하기 위해 허리띠를 졸라매면서 노동의 효율성을 극대화해야 했다면, 후기 산업 사회에서는 남아도는 생산품을 재빨리 처리할 수 있는 소비의 미덕이 강조된다. 묶여 있었던 허리띠는 헐렁하게 풀려야 하며, 욕망은 숨겨지고 억압되는 것이 아니라 현시되고 충족되어야 한다. 내면적 인간이 생각하면서 존재하였고 산업 사회의 노동자들이 생산하면서 존재하였다면, 후기 산업 사회의 개인들은 소비하면서 스스로의 정체성을 확인하게 된다. 무엇을 입고 무엇을 먹으며 무엇을 즐기는지를 살펴보면 그 사람의 정체를 파악할 수가 있다. 숨겨지거나 억압될 필요가 없기 때문에 내면이 외면으로 표면화된, 그래서 내면과 외면이 일원화되거나 정비례 관계인 사회에 우리가 살고 있는 것이다. 과거 빈곤했던 시절에 옷차림으로 그 사람의 인물됨을 짐작할 길이 없었다면, 개성에 따라서 의복을 자유롭게 구입하고 자유롭게 입을 수 있는 사회에서 옷차림은 그 사람의 개성, 취향과 자질이 되어버린다. "너는 누구인가?" "나는 보이는 그대로의 인간이다. 헤어스타일, 모자, 입고 있는 옷이 곧 나이다." 만약 내가 멋이 있다면 그것은 내가 그런 외관을 연출할 수 있을 정도로 부유하기 때문이 아니라 내가 그만큼 세련되었기 때문이다. 반대의 명제도 역시 참이다. 내가 어색하며 촌스럽다면 그것은 내가 가난해서가 아니라 내 자신이 촌스럽기 때문이다. 보이는 내가 나의 전부이다. 이제 나는 숨겨진 고격한 내면을 운운하면서 촌스러운 외면에 대해서 변명할 길이 없다.

우리는 외면=정신인 문화 발전 최후의 단계로서 스타일의 시대를 살고 있다. 정신이 무엇인가? 정신은 우리의 옷 · 신발 · 헤어스타일 · 걸음걸이 · 귀고리 · 문신 · 음식점 · 술집 · 섹스의 또 다른 표현이다. 연필에서 컴퓨터에 이르기까지 소비하는 제품들이 개성이며 정체성이고 정신이다. 단순히 연필과 컴퓨터를 소비하지 않는다. '지금' 사용하는 연필이나 종이, 내가 입고 있는 옷과 독립해서 존재하는 정신은 없다. 날카로운 연필 끝보다 더욱 뾰족한 현재의 이 순간순간들, 그러한 순간에 일별해서 보여지는 나의 총체, 이것이 나의 정체성이며 나의 본질이다. 천국은 내세가 아니라 현세이다. 빈곤했던 과거의 선비들처럼 구차하게 미래로부터——어쩌면 영원히 다가오지 않을 미래——자신의 존재와 가치의 의미를 끌어올 필요가 없다. 미래의 산해진미를 상상하면서 현재의 배고픔을 이쑤시개로 자위했던 선비는 미래형의 시제로 존재하였다: "현재의 나는 내가 아니다, 미래에 장원급제하는 내가 진짜 나이다." 만약 가난한 선비가 과거에 무소불위의 권력을 휘두르면서 호사스런 생활을 하였다면, 그는 과거에서 자신의 본질과 정체성을 찾을 수 있었다. 아무튼 선비의 존재와 의미, 현상과 본질, 겉모습과 참된 모습은 일치하지 않는다. 배추벌레가 아직 나비가 아니듯이 현상은 본질이 아니었던 것이다. 그러나 현대인은 현재의 현상이 본질 자체가 되어 버린 시대를 살고 있다. 원칙적으로 현재는 결핍이 아니라 충일이며, 힘을 줘서 펴야 하는 모난 사각형이 아니라 더 이상 손질이 필요 없는 완벽한 원이다. 이미 현재에 모든 소망이 완벽하게 실현되어 있으며, 존재는 스스로의 본질을 매순간마다 완전하게 탕진하고 있는 것이다. 그래서 만약 현재가 결핍이라면 불행하게도 과거의 선비와 달리 현대인에게는 결핍을 보상해 줄 미래의 비전이나 과거의 전통이 없다. 과거의 가난한 선비는 결핍을 조상이나 부모 · 형제 · 친구 · 학벌 등으로 훌륭하게 보완할 수 있었다. 그러나 본질이 매순간 현재형으로 완성되는 유토피아에서는 현재의 순간을 넘어서는 가치나 권위·의미가 들어설 자리, 즉 미래의 보충을 허용할 현재의 결핍이 원칙적으로 존재하지 않는다.

과거에 분열되어 있었던 외면과 내면, 몸과 마음이 행복하게 하나로 봉합되는 순간에 새로운 삶의 방식, 스타일로서 삶이 탄생한다. 과거에 미학의 역사가 내용과 형식, 쾌감과 교훈의 완벽한 일치를 추구하면서도 실제로는 두 요소 가운데 어느 하나가 강조되는 불안정한 역사였으며 당대의 독자들도 현실의 결핍을 그러한 예술 작품을 통해서 대리만족을 취해야 했다면, 풍요로운 현대에는 삶 자체가 미학이 되었다. 카를 마르크스가 그렸던 이상적인 미래의 사회처럼 삶은 예술이며 노동은 곧 쾌락이다. 일상 자체가 예술 작품처럼 고상하고 멋스러우며 품위와 기품을 갖추게 된 것이다. 이제 순간의 미학을 추구하는 현대인에게 미래나 과거, 권위나 전통과 같은 외적인 요소에 호소하면서 현재의 불완전을 호도하려는 결핍의 증상들은 견딜 수 없다. 그것은 추하고 촌스러우며 초라한 것이다. 현재의 이순간을 최대한 향유하고 기쁨을 배가시키면서 은막의 배우처럼 자신을 미학적으로 최대한 멋지게 연출하는 것, 이것이 쿨한 삶의 태도이다. 현대인들은 각자가 자신에 대해서 최고의 권위자여야 한다. 정신적 지도자나 현인, 광야에서 목을 놓아 외치는 예언자는 더 이상 필요치 않다. 뛰어난 작가나 예술가도 나보다 위대한 삶의 스승——나의 본질적인 결핍을 보충해 주는 구원의 사도들——이라기보다는 상품을 선전하며 소비를 종용하는 광고업자나 흥행사, 연예인——나의 기쁨을 더욱 빛내 주는 부록——에 훨씬 가깝다. 나와 너, 그 사이에는 위계나 서열이 아니라 다양성과 차이가 존재할 따름이다. 결국 모든 것은 수직적인 가치나 윤리·지혜의 문제가 아니라 수평적인 선택과 스타일의 문제이다. 누군가 경제적 · 예술적 · 사회적으로 대단한 성공을 거두었다고 하더라도 그러한 성공이 그의 정신성이나 재능, 인간성의 위대함을 증명한다는 말은 아니다. 나는 그러한 성공의 길을 지향하거나 선택하지 않았을 따름이다. 때문에 유명인사를 부러워하거나 존경한 이유도 없다. 마찬가지로 실패한 사람에 대해서도 동정하거나 연민의 정을 느낄 필요가 없다. 찬물을 마시고서 이쑤시개로 이를 쑤시는 사람이 있다면, 그것은 그가 가난해서가 아니라 삶을 향유하는 방식이 나와 다르기 때문이다.

II

언제부터인가 쿨하다는 형용사가 문화적 가치의 새로운 코드로 자리잡기 시작하였다. 특히 젊은 세대는 자신이 쿨하다는 말을 들으면 더할나위없이 행복해한다. 훌륭하고 멋스러우며 세련되었다는, 한 개인을 칭찬할 수 있는 온갖 미사여구가 이 한마디에 압축되어 있는 것이다. 쿨이라는 영어의 어감 자체가 벌써 다른 수식어들로서는 감히 넘볼 수 없는 국제적인 매력마저 간직하고 있다. 이를테면 쿨한 사람은 한반도에서만 멋있는 사람이 아니라, 프랑스와 영국의 신사 숙녀가 그러했듯이 세계적으로 멋있는 사람이라는 뉘앙스를 거느리고 있다. 멋있다는 우리말에서는 그러한 세계적인 울림이 배어 나오지 않는다. 이 점에서 쿨을 지향하는 삶의 스타일은 지금까지의 전통적인 가치나 문화, 역사로부터의 단절이나 전환을 시도하는 서구적인 문화 코드라 할 수 있다.

우선 사전적인 정의를 살펴보기로 하자. 필자가 참고한 《옥스퍼드 영어사전》에 따르면 쿨의 첫번째 의미는 '적당히 차가운' 기온으로 정의되는데, 사계절과 관련해서 말하면 가을 날씨가 쿨한 계절에 해당한다. 여름처럼 너무 무덥지도 그렇다고 겨울처럼 너무 춥지도 않지만, 화창한 봄날이라고 하기에는 아무래도 겨울을 향해 조금 더 가까이 다가선 상쾌한 가을이 쿨한 계절이다. 쿨은 '기분 좋을 정도로 차가운' 날씨로, 따스한 봄기운이 꿈결처럼 몸을 나른하게 이완시켜 놓는다면, 차가운 가을 바람은 여름 동안 느슨하게 풀려 있었던 우리의 신경을 알맞게 긴장시켜 놓는다. 천하태평인 봄바람과 달리 가을 바람은 적당한 스트레스(eustress)를 우리의 근육 속에 불어넣는다. 이처럼 쿨한 날씨에서 연상되는 적절한 심리적 긴장감이 쿨의 또 다른 의미군과 은유적으로 맺어지게 된다. 쿨은 '열정이나 감정에 의해서 뜨겁게 달아오르지 않은 감정' '흥분하지 않고 차분하게 가라앉은 감정' '서두르지 않고 신중한 태도' 등의 심리적·문화적·행동적 기의를 지니는 것이다. 쿨하기 위해서 열정은 금물이다. 쿨은 열정보다는 냉정에, 열혈의 젊음보다는 차라리 냉소적인 노년에 보다 가깝다. 순간적 감정의 파고에 크게 흔들리지 않으면서 느긋하게 균형을 유지할 수 있는 사람만이 쿨하다는 칭찬을 들을 수 있다. 중요한 것은 감정이 배제가 아니라 감정의 조절, 말하자면 감정의 경제학이다. 감정이 아주 메말라 버린 삭막한 사람들은 쿨하다는 말을 입에 올릴 자격조차 가지지 못한다. 돈이 있는 사람만이 절약의 미덕을 발휘할 수 있듯이 쿨은 열정을 가진 사람들의 미덕이다.

말하자면 쿨은 극단의 논리가 아니라 중용의 논리이며 미학으로, 그것은 고양된 감정의 자발적 표출을 찬양했던 낭만주의 시대보다는 절제와 억제를 강조했던 도회적 감수성의 모더니즘에, 또 열정과 열정이 좌충우돌하면서 끝내는 죽음으로 치닫는 비극이나 오페라의 세계가 아니라 노련한 외교 협상의 테이블, 세련된 사교계의 매너리즘에 더욱 가깝다. 쿨의 문화는 천하태평인 시골이 아니라 언제나 긴장해서 살아야만 하는 도시에서, 이상주의가 아니라 냉정한 현실주의적 토양에서 싹틀 수 있다. 언제나 축축하고 후덥지근한 열대를 방불케 하는 고삐 풀린 감정의 탐닉, 뜨겁게 충혈된 다혈질, 우기처럼 끈적끈적한 관계는 견딜 수 없는 것이다. 차라리 무더운 여름보다는 적당히 추운 겨울이 낫다. 여기서 우리는 쿨의 경제적인 측면에 유의할 필요가 있다. 가난한 사람들은 무더운 여름이 아니라 추운 겨울을 두려워한다. 곰처럼 동면하지도 못하는 사람들은 가을 추수가 끝나고 서풍이 불어오기 시작하면 벌써 몸에서 오싹한 겨울의 한기와 배고픔을 불길하게 예감하게 된다. 창고에 쌓아둔 곡식이 풍부한 사람만이 배가 출출할 시점에서 음식에서 손을 떼고 기분 좋게 일어날 수 있듯이, 내일의 혹한을 두려워하지 않아도 되는 배부르며 여유가 있는 사람들, 말하자면 난방 문화에 익숙해진 현대인들이 쿨한 기온을 반겨 환영할 수 있다. 쿨은 풍유로운 사회의 미덕이다.

물론 대부분의 유행어가 그러하듯이 사전적 정의를 가지고는 쿨이라는 용어의 매력이 충분히 설명되지 않는다. 쿨하다는 일상어가 중요한 문화적 코드의 하나로 편입되는 과정을 이해하기 위해서 잠시 재즈 역사의 한 장을 살펴볼 필요가 있다. 우리에게 잘 알려진 마일즈 데이비스는 1940년대를 지배하였던 찰리 파커류의 비밥(Bebop) 재즈를 새로운 모던 재즈의 방향으로 바꿔 놓았다. 어떠한 경우에도 자기 절제를 잃지 않았던 냉정한 데이비스에게 비밥 재즈는 '너무나' 뜨겁고, '너무나' 열정적이며, '너무나' 감정적이고 자기 몰입적이었다. 감정의 무절제한 분출과 광적인 연주 스타일은 찰리 파커의 삶과 생활마저 궤도에서 일탈한 기관차처럼 엉망으로 만들어 놓았다. 과다한 마약 복용으로 35세에 요절하였던 것이다. 뜨겁고 강렬한 비밥에 비해 마일즈 데이비스가 들고 나온 쿨 재즈(cool jazz) 스타일은 차갑고 절제된, 도취적이기보다는 관조적인 재즈, 광적이기보다는 차라리 냉소적인 재즈였다. 필자의 생각에 비밥과 쿨 재즈의 차이는 단순히 스타일의 차이를 넘어서서 이들 흑인 재즈 음악가의 세계관·역사관의 차이로, 마일즈 데이비스 이전의 재즈 연주자들은 태생적·기질적으로 쿨할 수가 없었다. 그러기에 이들 연주자들은 3백 년 노예제의 억압과 착취의 역사, 조상들이 겪어야 했던 슬픔과 절망, 통곡, 한의 역사에 너무 깊이 파묻혀 있었다. 쿨하다는 것은 그러한 고통의 역사에 대한 신성모독이었는지도 모른다. 천성적으로 낙천적이었던 천재 음악가 루이 암스트롱이 지나치게 과장된 몸짓과 목소리로 무대에서 자신을 과잉방어적으로 연출하였다는 사실은 그가 역사적 질곡으로부터 자유로울 수 없었다는 단적인 증거였다. 적어도 재즈를 연주하는 동안 흑인이라는 자의식에서 벗어나기 위해 이들 연주자들은 음악의 강물에 의식을 익사시켜야 했던 것이다. 가령 찰리 파커와 마찬가지로 무절제한 생활과 과다한 마약 복용으로 44세의 나이에 요절했던 빌리 홀리데이의 노래를 들어 보라.[1] 장마철의 비처럼 끈끈하고 눅눅하고 질퍽하게 흘러나오는 그녀의 목소리에는 모든 흑인의 비애와 절망, 눈물과 한숨, 한과 고뇌가 한꺼번에 담겨 있다. 그것은 중용이 아니라 극단의 미학에 기울어 있으며, 쿨하기에는 델 정도로 너무 뜨겁다. 반면에 비록 마일즈 데이비스이 쿨 재즈와는 무관하지만, 최근에 우리나라를 방문했던 로라 피기의 잘 알려진 〈사랑이여〉와 같은 노래

---

1) 무절제한 생활로 몸을 혹사하면서 건강을 망쳤던 찰리 파커와 빌리 홀리데이는 나이에 비해 훨씬 늙게 보였다. 그들의 시체를 처음 접했던 경찰은 이들이 50이 훨씬 넘은 나이인 줄 알았다고 한다. 쿨할 수 없는 또 다른 이유——쿨한 세대는 실제 나이보다 젊게 보이기를 원한다.

를 들어 보라. 로라 피기의 재즈는 가볍고 발랄하며 경쾌하고 감미롭고, 초가을의 산들바람처럼 선선하고 싱싱하다. 빌리 홀리데이가 '뜨거움'의 전형이라면 로라 피기는 '쿨'의 전형이라 할 수 있다. 빌리 홀리데이의 목소리가 한과 눈물로 얼룩진 검은 역사의 질곡에 사로잡혀 있다면, (네덜란드 암스테르담 출신인) 로라 피기의 재즈에서는 흑인의 어두운 역사를 전혀 읽을 수가 없다. 당연한 이야기이지만 이제 현대의 재즈는 더 이상 흑인의 음악이 아니다. 어쩌면 아직 검은 역사의 고통을 삭이지 못하는 (촌스러운) 흑인에게 로라 피기의 재즈는 너무나 사치스럽고 도시적이며 경망스럽게 들릴지 모르지만 말이다.

마일즈 데이비스가 검은 역사의 무거운 짐을 내려놓기 위해서 냉정하고 차분한 쿨 재즈를 주창하였다면, 1990년대 후반부터 우리나라의 젊은이들은 너무나 '뜨거운' 한국의 전통적 가치와 감정으로부터 벗어나기 위해 쿨한 문화를 만들어 내기 시작하였다. 기존 세대는 너무나 정에 치우치고 화끈한 감정에 휩쓸리기 좋아했으며 떼지어 몰려다니기를 선호하는 인정 중심의 문화, 족보를 흰히 꿰고 있던 과거 양반들처럼 만나자마자 학연과 지연을 헤아리는 집단 중심적 문화, 추운 겨울을 서로의 체온으로 덥히면서 월동을 해야 했던 가난의 문화, 희생과 복종을 강압하고 강요했던 권위주의적 문화, 더구나 화려하지 못했던 반만년 역사(가까이는 일본의 지배)의 아픈 상처에서 헤어나지 못했던 질컥질컥한 한의 문화였다. 헐벗고 굶주리고 추웠던 과거에는 서로의 상처를 어루만져 주는 따스한 인정, 남의 슬픔이 바로 나의 슬픔이라는 듯 함께 얼싸안고서 강물처럼 흘리는 눈물, 유일하게 기댈 언덕이 이웃뿐이라 서로의 시린 등을 비비면서 체온을 유지해야 했던 집단주의가 생존을 위해서 필수적이었다. 과거에 근본적으로 불완전했던 절름발이 개인은 이웃(조상·부모·동료)과 전통이라는 목발에 의지해서 온전한 인간으로 일어설 수 있었다. 하지만 쿨한 세대는 누구인가? 이들은 풍요로운 사회를 살아가는 개인주의자들, 땜질해야 할 존재의 구멍이 없는, 창이 없는 라이프니츠적 단자들이다. 겨울에도 온방이 잘된 실내에서는 너무 가까이 있으면 답답하고 후덥지근하게 마련이고, 가난과 상처의 코드가 기억에 입력되어 있지 않은지라 연민의 정은 지나친 감상이나 주책으로 보여지기 십상이다. 끈적끈적한 감정의 우기보다는 차라리 파삭파삭하게 메마른 건기가 훨씬 낫다. 마찬가지로 찰리 파커보다는 마일즈 데이비스가, 빌리 홀리데이보다는 로라 피기가, 너무나 육감적인 마릴린 먼로보다는 산뜻하고 상큼한 그레이스 켈리나 오드리 헵번이 훨씬 낫다.

쿨한 세대는 거대 담론의 권위가 무너지고 중심이 해체된 현실을 한탄하고 슬퍼하는 것이 아니라 되레 축제의 분위기로 전환시키는 스타일리스트들이다. 우주에 중심이 실종되었다면 고맙게도 그것은 새로운 중심으로서 개인의 탄생을 알리는 기쁜 소식이 된다. 과거에는 달처럼 태양의 눈치를 살피면서 희미한 빛을 불안정하게 내뿜었던 개인들이 이제는 태양계의 광원으로서 스스로 빛을 발하는 것이다. 기댈 권위와 전통의 언덕이 사라져 버렸다고 해서 고독과 소외의 증상을 앓는다고 생각하면 오산이다. 느와르 영화(film noir)에 등장하는 험프리 보가트처럼 현대의 쿨한 개인들은 엄살을 부리지도 않는다. 좌절과 분노를 삭이지 못해서 찰리 파거나 빌리 홀리데이가 술과 마약으로 자해해야 했다면, 쿨한 개인들은 그런 극심한 감정에 시달리는 순간에서도 입가에 웃음을 잃지 않는다. 이들은 극단의 세대가 아니라 중용의 세대, 반항의 세대가 아니라 타협의 세대, 혁명의 세대가 아니라 외교와 협상의 세대이다. 기존 세계의 중심을 새로운 중심축으로 대체하면서 역사와 문화의 대세를 한꺼번에 바꿔 놓을 수 있다고 확신하는 이념적 개인들만이 목숨을 걸고서 혁명과 반항의 대열에 합류할 수가 있었다. 결핍의 현재로부터 풍요의 미래를 향한 전망이 과거에 젊은 피를 뜨겁게 달아오르도록 만들었던 것이다. 그러나 만약 역사가 자유와 평등, 풍요의 목적지를 향해 달리는 기관차라면 쿨한 세대는 이미 역사의 종착역에 도착해 버렸다. 이들에게는 저항하고 싸워야 할 거대한 적이나 정치·역사가 없다. 혁명의 피를 요구했던 목마른 신은 세계의 무대에서 자취를 감춘 지 오래되었다. 모든 것을 망라해서 한꺼번에 설명해 주고 의미와 가치를 부여하는 초월적 기표도 존재하지 않는다. 1960년대의 세대를 열광시켰던 섹스·무의식·쾌락과 같은 어휘도 초월적 기표로서의 마력과 권위를 잃어버렸다. 한때 반항하는 세대들은 기성의 질서와 권위를 전복하고, 억압되었던 무의식의 빗장을 풀어 놓으며, 욕망하는 성적인 몸에서 예의와 관습의 옷들을 벗겨낸다면 새로운 유토피아의 시대가 도래하리라고 상상했었다. 놀랍게도 그들의 꿈은 벌써 현실이 되어 버렸다. 섹스와 무의식, 쾌락과 같이 입에 담기에는 어마어마했던 어휘들이 이제 가벼운 일상어, 인스턴트 식품의 하나가 되어 버렸다. 쿨한 개인들은 그러한 유토피아에 살고 있는 것이다. 마르쿠제나 라이히와 같은 정신분석학적 마르크시스트들이 꿈꾸었던 유토피아와 쿨한 시대 사이에 차이가 있다면, 그것은 점층법과 점강법의 차이일 것이다.[2] 인간 본능과 역사의 중심이라 믿었던 섹스가 알고 보니 일상을 장식하는 소도구의 하나에 지나지 않은 것이다. 정치와 역사도 마찬가지이다. 쿨한 세대는 무엇에도 흥분하거나 놀랄 필요가 없는 시대, 이른바 탈역사의 시대에 살고 있다. 정치와 섹스, 역사도 의상이나 헤어스타일과 마찬가지로 현대인이 자신을 연출하는 현실의 소도구들이다. 제임스 딘이 아니라 톰 크루즈, 제니스 조플린이 아니라 브리트니 스피어스가 현대인의 취향이다.

쿨한 문화의 특징은 인간 관계, 특히 남녀 관계에서 잘 드러난다. 과거의 연인들과 달리 현대의 쿨한 연인들은 상대를 구원의 남신이나 여신으로 과장하지 않으며, 서로의 개별성이나 개성을 침해할 정도로 가까이 다가서려 하지 않는다. 남녀가 동일한 하나가 아니라 유별난 둘이라는 사실이 어디까지나 존중되어야 한다. 서로 돕고 의존해야만 생존할 수 있는 반쪽의 존재가 아니라 각자 호젓하게 홀로 설 수 있는 온전한 존재이다. 우연히 만나서 행복한 사랑을 나누다가 헤어지는 경우에도 한 몸이 둘로 찢어지는 분리의 고통이나 절망을 느끼지 않아도 좋다. 헤어지면 죽고 못사는 단 하나의 절대적 연인이란 존재하지 않는다. 그래서 쿨하게 헤어지는 현대의 연인들은 과거처럼 '미워도 다시 한 번' 뒤돌아보는 끈적끈적한 이별 풍경에는 몸서리친다. 김소월 시의 한 구절과 같이 '죽어도 아니 눈물 흘리오리다' 다짐하지만 마음속에는 암보다 더욱 치명적인 상사병을 키우지도 않는다. 죽어도 눈물을 흘리지 않으려고 입술을 깨무는 연인에게 사랑은 반복될 수 없는 일생일대의 일회적이며 절대적이고 운명적인 사건인지 모른다. 하지만 쿨한 개인들에게 사랑은 디지털의 원리처럼, 원칙적으로 무한히 다양하게 조합되며 무한하게 반복될 수 있는 '1'과 '0'의 결

---

2) 유니섹스의 유행을 생각해 보라. 1990년대 중반 이후로 전통적인 의미에서 가장 섹시한 여자가 가장 매력적인 여자로 간주되던 시대는 지난 듯이 보인다. 마릴린 먼로와 줄리아 로버츠를 비교해 보는 것으로 충분할 것이다. 마릴린 먼로가 거대한 엉덩이이며 가슴, 입술이었다면, 줄리아 로버츠는 차라리 소년으로 보일 정도로 가슴이나 엉덩이가 빈약하다. 그럼에도 현대에는 그러한 여배우가 더욱 환영받는 것이다. 성적으로 억압되어 있었던, 그래서 여자와 남자의 차이를 과장하는 성적 환상에 젖어 있던 세대들은 페티시즘적으로 여성의 엉덩이와 가슴에 집착하였다. 하지만 억압이 없는 쿨한 세대는 더 이상 그러한 환상을 가지고 있지 않다.

합이다. 오늘의 이별은 영원한 절망이 아니라 더욱 행복할 수 있는 또 하나의 만남을 위한 전주곡이다. 그래서 세련된 연인들은 더 이상 불행을 견딜 수 없는, 아무런 선택의 여지가 없는 막다른 골목에서 이별하는 것이 아니라 더욱 행복해지기 위하여, 사방으로 선택의 길이 뻗어 있는 사거리 한복판에서 이별하게 된다.

쿨한 문화는 중심이 해체된 시대에 등장한 새로운 윤리이다. 막스 베버는 "사회의 질서와 결속이 유지되기 위해서는 전통의 힘이나 강력한 카리스마, 아니면 합리적인 관료 제도의 뒷받침이 있어야 한다"고 주장하였다. 하지만 베버의 진단과 달리 쿨한 개인들에게 후기 산업 사회의 현대는 관료제 사회라기보다는 스타일의 사회, 거시 정치의 사회가 아니라 미시 정치의 사회로 보인다. 중요한 것은 각 개인들을 간섭하고 규제하는 사회적 규칙이나 규범의 일원성이 아니라 각 개인들이 선택적으로 자유롭게 참여하고 답습하며 내면화시킬 수 있는 규칙과 규범의 다양성, 말하자면 규칙과 규범의 개성화·스타일화이다. 가치의 높낮이 없이 다양한 선택이 가능하다면 윤리나 도덕의 문제도 개인적인 스타일의 문제가 되어 버린다. 과거의 전통 지향적 사회처럼 반드시 지켜야 하는 강제이며 의무이기 때문에 내가 사회적 규범이나 윤리적 요구를 따르는 것이 아니다. 나의 스타일과 잘 어울리기 때문에 나는 윤리나 덕목을 외투처럼 몸에 걸치는 것이다. 그것이 사랑이든, 윤리이든, 성공이든 상관없다. 중요한 것은 현재의 이순간에 내가 그러한 소도구과 더불어 더욱 빛을 발해야 한다는 사실이다. 그렇지 못하다면 사랑이나 덕목, 출세나 권력도 의미를 잃는다. 이른바 쾌감의 정치, 미학적인 사회가 도래한 것이다. 이미 역사가 완성되었다면, 그래서 더 이상 중요한 사건이 발생할 수 없는 탈역사의 시대에 접어들었다면 역사와 정치는 이제 개인의 일상에 의해서 대치될 운명에 처한다. 할리우드 영화처럼 탈역사의 시대에 역사의 진정한 주역은 소시민이 된다. 여기서 가장 중요한 뉴스는 연예인들의 가십이다. 누가 무엇을 입었는가? 무엇을 먹었는가? 누구를 만났는가? 어떠한 다이어트를 하는가? 몸무게는 어떠한가? 정치와 역사가 미학이 되어 버린 시대의 주인공들은 이러한 일련의 질문들과 더불어서 삶의 스타일을 판단하고 결정한다. 나의 몸무게와 헤어스타일·의상·다이어트·데이트·성적 취향이 최대의 뉴스감인 사회에서 나는 톰 크루즈나 니콜 키드먼처럼 쿨하지 않으면 안 되는 것이다.

13

두 개의 유토피아: 토머스 모어와 프랜시스 베이컨

"유토피아에 대한 꿈이 없었더라면 인간은 지금까지도 동굴에서 벌거벗은 채 비참한 생활을 하고 있었을 것이다."

—— 아나톨 프랑스

"유토피아가 아니라…… 이 세상이 중요하다……. 이 세상에서 행복을 찾을 수 없다면 행복이란 아예 없다."

—— 윌리엄 워즈워스

I

유토피아는 현실에 존재하지 않는 나라, 지도상에 경도와 위도의 점을 찍을 수 없는 나라로, 각박하고 고달픈 현실을 탈출하거나 아니면 그러한 현실을 개혁하기 위한 청사진으로 우리는 유토피아를 꿈꾼다. 그래서 오스카 와일드는 "유토피아가 포함되지 않은 세계 지도는 들여다볼 가치도 없다"는 주장을 내놓기도 하였다. 하지만 모든 시대가 한결같이 유토피아를 향한 강렬한 동경에 사로잡히지는 않는다. 뭔가 새로운 세계를 향한 소망을 자극하는 계기가 현실에서 주어질 때, 잠재된 유토피아 의식이 더욱 활성화되면서 구체적인 윤곽으로 가시화되는 듯이 보인다. 이 점에서 '유토피아'라는 용어가, 나침반의 발명과 더불어 미지의 세계를 향한 항해가 활발하였던 르네상스 시대에 처음으로 선보였다는 사실은 단순한 우연이 아니다. 몇몇 주요한 예를 들면 토머스 모어의《유토피아》(1516), 브루노의《승리에 도취된 짐승의 추방》(1584), 캄파넬라의《태양의 나라》(1623), 프랜시스 베이컨의《새로운 아틀란티스》(1627)와 같은 유토피아적 저서들이 르네상스 시대에 출간되었다. 이 글에서 필자는 모어와 베이컨의 저서를 비교·대조하면서 이 두 명의 색다른 사상가가 얼마나 상이하게 각자의 이상적 사회를 설계하였는지 살펴보게 될 것이다. 먼저 당시의 두 저서의 배경이었던 르네상스와 지리상의 발견에 대해서 간단히 소개하기로 한다.

II

콜럼버스의 아메리카 신대륙 발견은 유럽인들에게 충격적이었다. 세계의 지평이 갑자기 확대되는 데서 오는 아찔한 지리적·문화적 현기증을 경험하였을 뿐 아니라, 오랫동안 유럽 문화와 영토의 울타리에 갇혀 있었던 사유의 빗장이 활짝 열리게 된 것이다. 당시의 사람들은 급속히 확대되고 개편되는 세계의 지형도를 기꺼이 수용할 수 있을 만큼 충분히 진취적이며 도전적이었다. 미래를 두려워하면서 움츠리는 사람은 미지의 세계로부터 시선을 돌리고 싶어한다. 그러나 호기심이 왕성하였던 르네상스 사람들은 미지의 세계를 직접 여행하며 답사할 수는 없을지라도 그러한 여행 이야기를 읽거나 듣고 싶어서 안달하였다. 토머스 모어와 베이컨의 유토피아적 작품이 탄생되었던 배경에는 이런 강렬한 호기심이 자리잡고 있었던 것이다.

르네상스가 중세 시대와 얼마나 급격하게 단절되었는지의 정도에 대해서는 학자마다 의견이 분분하다. 그럼에도 앞으로의 논의를 위해서 몇몇 르네상스적인 특징을 짚어낼 수는 있다. 무엇보다도 중세에는 개인보다 집단이, 개성보다 공동체 의식이 중시되는 사회였다. 중세의 개인은 자기가 속한 사회와 단체, 교파의 일원으로서 정체성을 확인하고, 거기에서 삶의 의미와 가치를 발견했다. '네가 누구냐'는 질문에 자기의 이름을 대답하기 전에 고향이나 부모의 이름이 먼저 입에서 튀어나오는 시대였다. 반면 르네상스 사람들은 보다 개별적이며 개성적이고 자의식이 강하였다. 이것은 루터의 종교 개혁의 취지에서도 두드러진다. 그는 신앙의 주체를 교회라는 공동체적 공간에서 내밀한 개인의 공간, 교황과 신부의 권위에서 개인의 개별적 신과의 만남으로 옮겨 놓았다. 이렇게 개인의 중요성이 부각되는 당시의 새로운 기운이 없었다면 몽테뉴는 신변잡기적인 개인의 이야기를 《수상록》(1580, 1588)에 담을 수가 없었을 것이다. 개인의 중요성과 자의식의 성장과 더불어 또 하나의 르네상스적 특징은 세속화의 경향이었다. 이제 중요한 것은 사후 세계가 아니라 살아 있는 동안의 현세가 된다. 지상의 생활이란 천국을 향한 도정에서 잠시 스쳐가는 눈물의 골짜기에 불과하다면, 그러한 간이역의 현실을 개혁하려는 의지가 생기지도 않았을 것이다. 르네상스 사람들은 종교적 믿음과 소망을 저버리지는 않았지만 근본적으로 현실주의자들이었다. 당시의 세속적인 성향은 흔히 '예술지상주의' '정치지상주의' '과학지상주의'로 요약되기도 하는데, 그들은 현실의 다양한 문제에 깊은 관심을 표하면서 사회나 정치, 교육 제도를 개혁하기 위해 노력하였다. 《유토피아》와 《새로운 아틀란티스》도 이러한 노력의 결실임은 두말할나위가 없다. 당시 이들 작품을 집필하던 시기에 모어와 베이컨은 직접 사회 제도나 정치 체제를 개혁할 수 있는 위치에 있지 않았지만(모어는 대법관의 지위에 오르기 전에, 베이컨은 대법관직을 내놓고 교외에서 은둔 생활을 하면서 작품을 집필했다), 작품에 담긴 이상적 사회를 지향하면서 영국 사회가 발전하기를 바랐다. 사회 참여와 사회 개혁의 일환으로 작품들이 쓰여진 것이다. 학문이 상아탑에 칩거하면서 고전을 뒤적이는 초연하고 탈속적인 활동이었다면 이러한 작품들이 나올 수도 없었을 것이다.

15세기에 잇달아 일어난 지리상의 발견도 르네상스적 현실 인식의 연장선에서 이해할 수 있다. 새로운 학문의 대두가 사유의 지평을 바꾸어 놓는다면 지리상의 발견은 공간의 지평을 바꾸어 놓았다. 엄밀히 말해서, 아메리카 신대륙은 1000년경 노르만족에 의해 처음 이루어졌지만, 당시의 유럽인들에게 그것은 커다란 관심을 불러일으키지 못하였다. 어쩌면 콜럼버스의 발견도 르네상스 시대가 아니었다면 쉽사리 망각되었을지도 모른다. 아무튼 당시 유럽 사람들은 아메리카 대륙이 있다는 사실을 상상도 하지 못했던 데다가 대서양과 태평양의 면적도 실제보다 훨씬 작게 잡고 있었다. 사실 아메리카 신대륙의 이모저모를 유럽 사람들에게 확실하게 알려 주었던 사람은 아메리고 베스푸치(토머스 모어의 《유토피아》에서는 서술자가 베스푸치와 함께 항해하였던 인물로 설정되어 있다)였다. 그래서 발트제뮐러라는 당시의 독일 지리학자가 그의 업적을 기리기 위해 베스푸치의 성을 라틴어로 표기한 아메리카라는 명칭을 신대륙에 붙여 주었던 것이다. 물론 콜럼버스 이전에도 지리상의 새로운 발견이 없지는 않았다. 가령 1488년 폭풍우에 떠내려가던 바르톨로뮤 디아스는 희망봉을 발견하기도 하였다. 이러한 지리상의 발견에 대한 언급은 《새로운 아틀란티스》의 곳곳에서 발견된다.

신대륙의 발견과 르네상스 정신은 베이컨보다 3년 늦게 태어났으며 셰익스피어와 동년배였던 크리스토퍼 말로의 《포스터스 박사의 비극》의 다음과 같은 구절에 잘 드러나 있다. 아리스토텔레스를 지나치게 비실용적이라 생각했던 베이컨처럼 파우스트도 학문을 통해서 현실을 움직이고 지배하며 정복하고 싶어한다. 그에게 학문이란 초연하고 공평무사한 관조나 사색이 아니라 현실을 휘어잡는 강력한 힘이다. 소크라테스에게 지식이 덕이었다면, 파우스트에게 지식은 힘이다.

　　나는 종래의 철학과 학문에 질려 버렸어!
　　정령으로 하여금 모든 의문을 깨끗이 풀게 하고
　　내가 꿈꾸어 왔던 기발한 계획들을 실행에 옮길까?
　　인도로 정령을 파견해서 황금을 가져오게 하며
　　바다 속을 샅샅이 뒤져 동방의 진주를 채취토록 하고
　　새로 발견된 세계의 구석구석을 돌아다니며
　　감미로운 과일과 값진 식품을 가져오도록 할까?

　당시 콜럼버스가 신대륙(인도)에서 가져왔던 황금은 유럽 사람들의 구미를 자극하기에 충분했다. 신대륙의 황금이 전유럽에 커다란 반향을 일으키면서 '콜럼버스의 달걀'이란 일화도 생겨났던 것이다. 학자는 책상물림의 백면서생이 아니라 배를 타고 인도로 항해해서 황금을 채취하거나 바다 속을 뒤져 진귀한 진주를 수집하는 탐험가이며 과학자가 된다. 세계의 지형을 변화시키며 세상을 움직이는 거대한 힘의 가능성을 르네상스 사람들은 학문, 특히 과학에서 발견했던 것이다. 그렇다면 이렇게 엄청난 과학의 힘으로 새로운 세계와 새로운 사회를 건설할 수도 있을 것이다. 《새로운 아틀란티스》는 파우스트적 욕망을 실현하기 위해서 베이컨이 설계한 과학의 유토피아라 할 수 있다.

당시로서는 최고의 지위인 대법관에 올랐음에도 철두철미한 성직자였던 모어에게 지식은 덕에 이르는 길이었다. 그가 설계한 유토피아도 덕에 기초한, 그리고 성직가가 가장 존경을 받는 윤리적인 사회였다. 그러나 타고난 탁월한 재능을 발판으로 성공의 사닥다리를 꾸준히 올라가 마침내 모어처럼 대법관의 자리에 올랐던 베이컨에게 지식이란 힘이었다. 이 힘은 인간의 마음을 감화하고 설득하는 도덕적인 힘이 아니라 물질 세계를 움직이고 지배하는 권력의 손길이다. 지식의 모델은 자연과학으로, 그의 유토피아에서 가장 존경받는 인물도 과학자가 된다.[1]

III

토머스 모어의 유토피아 사람들에게 가장 중요한 질문은 '인간의 행복의 본질'이나 '행복의 요소'에 관한 물음이다. 기술 문명의 진보나 물질적 풍요에 비견할 수 없이 중요한 가치는 행복의 추구로, 필요 이상의 물질과 부는 공허하거나 유해하게 보인다. 공동체의 평등과 평화를 훼손하면서 반목과 시기를 조장할 수 있기 때문이다. 그래서

---

1) 이 두 인물의 차이는 그들이 섬겼던 왕에 대한 다음과 같이 상이한 태도에서 단적으로 드러난다. 《유토피아》의 도입부에서 모어는 주인공 라파엘(Raphael)의 입을 통해서 정치에 대한 자신의 입장을 피력하고 있는데, 왕에게 봉사(service)하는 것은 노예가 감수하는 속박이나 예속(servitude)과 다를 게 없다. 그는 금전이나 권력에는 관심이 없는 것이다. 이러한 태도는 베이컨과 크게 대조적이다. 제임스 1세가 등극한 직후에 출판된 《학문의 진보》의 헌사는 왕에 대한 칭송으로 일관되어 있다. "제가 알고 있는 모든 사람들 가운데 폐하는 플라톤이 이상화했던 훌륭한 인간의 산 증인입니다." 이러한 헌사를 통해 그는 왕의 환심을 사고 싶었던 것이다.

금이나 은과 같은 귀금속은 어린아이들이 한때 가지고 놀다가 성인이 되면 버려야 하는 장난감으로 간주된다. 유토피아의 사람들은 값진 소유물을 열거하고 진열하면서 행복의 정도를 과시하지 않는다.

그러나 베이컨의 유토피아인 벤살렘(Bensalem) 왕국에서는 색다른 풍경이 전개된다. 벤살렘은 무엇보다도 풍요의 왕국, 화려한 물질 문명의 왕국이다. 두 작품에 등장하는 유명인사의 모습을 비교해 보면 그 차이가 분명해진다. 모어의 유토피아에서 유명인사는 겉모습에 있어서 평범한 노동자와 마찬가지로 검소하고 실용적이다. 그가 행차한다고 해서 시동들이 일렬종대로 늘어서서 나팔과 피리를 불며 환대를 하지도 않는다. 그러나 벤살렘에서는 왕국을 통치하는 솔로몬학술원 회원이 행차할라치면 온 도시가 숨을 죽이며 침을 삼킬 정도로 외양이 화려하고 위풍당당하다. 온갖 진귀한 귀금속으로 화려하게 장식된 그의 수레는 황제의 행차를 연상시킬 정도이다. 그의 지혜와 학식은 넘치는 물질의 풍요로 증명되고 과시되는 것이다. 그가 왕국을 방문한 주인공 화자와 만나서 대화하는 장면도 마찬가지이다. 보물 상자를 열고서 휘황찬란한 내용물을 자랑하는 상인처럼 그는 벤살렘의 기술 문명이 이룩한 성과를 열거하며 설명하기에 바쁘다. 소개해야 할 업적이 무궁무진하기 때문에 한 가지도 자세히 설명할 여유가 없는 그는 품목을 단순 나열하기에 숨이 가쁠 지경이다. 이렇듯 과학의 승리에 도취한 학술원 회원과 대면하게 되면 모어의 유토피아 사람들은 그것이 인간의 행복에 어떻게 기여하는가 반문할지 모른다. 모어의 관점에서 벤살렘 사람들은 옷에 보석을 치렁치렁 장식하고서 유토피아를 방문했던 우스꽝스러운 외국 사절들과 흡사하게 보일 것이다. 유토피아에서는 죄인들에게 온갖 무거운 보물의 차고 채워서 거리를 행진하게 하는 풍습이 있는데, 외국 사절이라는 사실을 짐작하지 못했던 아이들은 "저 바보 같은 어른 좀 봐! 저렇게 나이가 들어서도 보석을 달고 다녀요," "저 사슬은 너무나 허술해서 노예가 쉽게 끊어 버리겠어. 도망갈 생각만 있으면 언제든지 쉽게 벗어 버리고 달아날 수 있겠어!"라고 소리를 질렀던 것이다.

모어의 유토피아가 '존재'의 왕국이라면 베이컨의 벤살렘은 '소유' 왕국이다. 유토피아 사람들은 간편한 옷 한두 벌로 만족한다. 사치스런 의복을 다량으로 구입하기 위해서는 휴식 시간마저 반납하고 땀 흘려서 일을 해야 하기 때문이다. 삶이 소유에 저당잡히는 것이다. 여기서 노동과 휴식, 소유와 존재는 반비례의 관계에 놓여 있다. 일하지 않은 자는 먹지도 말아야 하며 많이 먹기 위해서는 더욱 많이 일해야 하는, 말하자면 노동과 휴식, 소유와 존재가 반비례 관계인 사회이다. 인간과 인간, 혹은 인간과 노동 사이에 베이컨적 과학의 매개가 관여하지 않기 때문에 한 사람의 운명은 다른 사람의 운명과 직접적으로 관련된다. 각자에게 빵이 하나씩 분배되는 사회에서 A가 두 개의 빵을 취한다면 구성원 중에서 다른 누군가는 굶어야만 한다. 또 A가 일을 하지 않는다면 다른 누군가 그의 몫을 채우기 위해서 두 배의 일을 해야 한다. 일하지 않으면 먹지 않아야 하는 이유가 여기에 있다.[2] 재산의 소유에 대해서도 마찬가지이다. 개인 각자의 소유는 사회 전체의 재화의 총량을 구성원의 숫자로 균등하게 나뉜 값이 되는 것이다. ("건전한 사회의 필수적 요건은 재산의 균등한 분배라는 점이 너무나 명백합니다. 자본주의 사회에서는 이것이 불가능하지요.") 하지만 베이컨에게 이러한 사회는 아직 과학 문명이 발달하기 이전의 사회,

---

2) "일하지 않고서 게으름 피우는 자들(남의 노동으로 생산된 것을 생산자보다 두 배나 더 소비하고 있는 자들)에게 필요한 일을 시킨다면, 매일매일의 노동 시간이 단축되어도 생활 필수품과 편의품이 충분히 생산될 수 있을 것입니다."

원시적인 사회이다. 벤살렘 왕국에서는 일하지 않고 먹어도 부도덕하지 않다. 넘치는 풍요의 사회에서 주민들은 이루 다 탕진할 수 없이 많은 식량과 상품에 둘러싸여 있다. A가 많은 재화를 챙긴다고 해서 다른 사람의 몫이 감소하지도 않으며, A가 손을 놓고 휴식을 취한다고 해서 다른 사람이 그의 몫을 대신해서 일할 필요가 없다. 구태여 일을 하지 않아도 되는 사회에서 나의 휴식이 다른 사람의 더욱 많은 노동을 의미하지는 않는 것이다.

벤살렘 왕국은 인간이 타락하기 이전의 에덴 동산이나 그리스 신화의 황금의 시대를 연상케 한다. 오비디우스의 《변형담》에서는 다음과 같이 황금 시대가 묘사된다.

처음 천 년은 황금의 시기였다.
살아 있는 동물들이 서로를 신뢰하고 의지하며
사람들은 악한 생각을 품지 않고서 행복하게 살았다.
순결한 대지에 삽질이나 쟁기질을 할 필요가 없었다.
풍성한 대지는 나무의 과실들로 축복했다.
무르익은 포도송이, 버찌, 딸기가 가지에서 절로 떨어지고.

이 황금의 시기에는 어머니가 아이를 보살피듯이 자연은 인간에 한없이 친절하며 너그럽고 푸짐하다. 대지는 일 년 내내 따사로운 봄기운으로 가득하기 때문에 구태여 추위를 피하기 위해 옷을 만들거나 집을 지을 필요도 없다. 땅을 갈며 쟁기질하지 않아도 대지는 젖과 꿀로 넘쳐흐르며, 공복감이 일거나 갈증이 생기기도 전에 향기롭고 탐스런 과실이 그의 손길을 기다리고 있다. 결핍을 모르는 황금 시대의 주민들은 아예 욕망이라는 어휘를 알지 못한다. 욕망과 결핍의 대명사라

할 수 있는 탄탈로스와는 정반대의 충족을 향유하는 것이다. 공복과 갈증으로 허덕이던 탄탈로스는 눈앞에서 유혹하지만 결코 맛볼 수 없는 달콤하고 향그러운 과실이 존재로 인해서 고통받아야 했다면, 벤살렘 사람들은 손을 벌리지 않아도 과실이 입에 떨어지는 것이다.

벤살렘이 미래 에덴 동산의 청사진이라면, 모어의 유토피아는 타락 이후의 인간이 상상할 수 있는 최상의 세계를 보여 준다. 욕망이 무조건적으로 향유되는 벤살렘과 달리 유토피아에서 욕망은 조건적으로 충족이 된다. 그래서 모어의 최대의 관심사는 욕망 충족의 조건, 타락한 인간이 어떻게 행복을 구현할 수 있는가 하는 행복의 기술이다. 에덴 동산이 아닌 세상에서는 배가 고프다고 해서 저절로 음식이 입 안에 굴러 들어오지 않는다. 땅을 일구고 씨앗을 뿌리며 추수를 해야 비로소 먹을 음식이 생긴다. 즉시 충족이 되는 대신 욕망은 노동의 단계를 거치면서 당분간 지연되고 유보되는 것이다. 여기서 욕망의 양과 노동의 양은 정비례한다. 욕망이 많으면 많을수록 노동의 양도 덩달아 증가한다. 성긴 베옷을 구입하기 위해서 하루의 노동으로 충분하다면 비단옷을 위해서는 한 달의 노동이 요구된다. 물론 비단옷으로 욕망의 소리가 멈추지는 않는다. 욕망은 기하급수적으로 팽창하지만 노동은 산술급수적으로 증가하는 것이다. 더구나 열심히 일을 한다고 해서 반드시 자연이 노동에 비례해서 결실을 내놓으리라는 보장도 없다. 예기치 않은 가뭄이나 폭풍우·장마로 인간 노동이 도로무익으로 끝날 수도 있다. 무한한 욕망의 충족이란 구조적으로 불가능하기 때문에 욕망을 억제하지 않는 사람은 결국 불행을 자초하게 된다. 그래서 모어의 유토피아는 욕망의 경제학을 지향한다. 욕망의 절제가 유토피아 사람들의 미덕인 것이다.

그러나 베이컨의 벤살렘에서는 일하지 않고 배불리 먹어도 부도덕히지 않음은 물론이다. 괴학적 실험을 통해 철을 황금으로 변화시킴으로써 철의 시대가 황금의 시대로, 타락 이후의 세계를 타락 이전의 에덴 동산으로 바뀌기 때문이다. 솔로몬학술원 회원이 열거하였던 과학의 성과를 몇 가지만 생각해도 이 점이 분명해진다. 예컨대 온갖 배양토로 비옥해진 벤살렘은 더 이상 저주받은 땅이 아니다. 어떤 작물을 심더라도 백 배 천 배의 곡식과 과일이 생산된다. 양만 풍성한 것은 아니다. 신의 음식처럼 곡물과 과실은 달콤하고 향기로우며 영양가도 많다. 이런 음식을 섭취하면서 벤살렘 주민의 건강도 향상되며 수명도 훨씬 연장이 된다. 따라서 벤살렘 사람들은 욕망을 통제할 필요나 욕망의 경제학을 배울 필요를 느끼지 못한다. 주민들이 생산하는 재화의 총량이 제한된 사회라면 특권적 소수의 과다 소비와 사치는 악덕이 된다. 그러나 주체할 수 없을 정도로 많은 생산품이 쏟아져 나온다면 사치는 오히려 미덕이 된다.

모어와 베이컨의 차이는 자연 문명과 기술 문명의 차이이다. 모어의 유토피아에서는 한 알의 볍씨가 땅에 떨어진다고 해서 저절로 자라지 않는다. 인간의 노동량 A가 가해져야 한 알의 볍씨는 10의 알곡으로 결실을 맺는다. 대체로 이 결실은 한 노동자가 자신의 가족을 부양하면서 다음 해에 씨를 뿌리고 추수할 수 있을 정도의 여유를 보장해 준다. 따라서 이상 사회란 노동과 휴식, 양식의 양이 공평하게 분배되는 사회이다. 물론 베이컨의 유토피아에서도 한 알의 볍씨가 땅에 떨어진다고 해서 저절로 자라지는 않는다. 일정한 노동량이 가해지면 배양토로 비옥한 토양에서 볍씨는 백 배, 천 배의 알곡으로 결실을 맺는다. 하지만 두 사회의 차이가 양적인 차이로 끝나지는 않는다. 모어에게 노동은 직접 노동으로, 매개되지 않은 노동이다. 주민들이 직접 논에 나가서 씨를 뿌리며 경작하고 결실을 거두어들여야 한다. 이 노동은 본질적으로 다른 무엇으로 대체될 수가 없다. 노동의 중재를 거쳐야만 인간의 욕망이 충족되는 것이다. 그러나 벤살렘에서 인간의 노동은 기술과 과학으로 손쉽게 대체될 수가 있다. 주민이 직접 논에 나가서 노동을 하지 않아도 된다. 기계가 그의 노동을 대신하기 때문이다. 노동이 기계에 의해서 매개되는 것이다. 그렇다면 엄밀히 말해서 노동자는 이미 노동자가 아니다. 다만 욕망할 따름으로, 욕망이 인간이라면 노동은 기계이다. 인간은 욕망하는 기계이며, 기계는 노동하는 인간인 셈이다.

IV

토머스 모어가 처음으로 사용한 유토피아라는 용어는 그리스어 ou (없는)와 topos(장소)라는 명사가 합성된 말로, 그것은 '없는' 장소 (utopia), 현실적으로 존재하기에는 너무나 '좋은' 장소(eutopia)이다. 그래서 유토피아는 꿈의 논리와 구조를 닮아 있다. 현실로 불가능하기 때문에 꿈에서 소망을 성취하려는 것이다. 그러나 허무맹랑한 꿈이 아무 의미가 없음은 물론이다. 그것이 가치를 갖기 위해서는 어떤 식으로든 현실과의 접점을 찾아야 한다. 때로 꿈은 절망적 현실을 견딜 수 있는 등불로, 천년 왕국의 도래를 기다리면서 박해를 이겨냈던 초기의 기독교인들처럼 미래의 영광을 전망하면서 어두운 현실을 견디게 만들어 주기도 한다. 반면 현실의 절망과 고통을 위안하는 대신에 오히려 현실의 어둠을 밝혀 드러내는 비판의 등불로 유토피아가 기능을 할 수도 있다. 가까이에 있으면 현실의 모순이 쉽게 눈에 띄지 않는다. 그래서 먼 미래의 유토피아적 관점에서 현실의 어둠의 부위를 집어내는 것이다. 이것이 유토피아 담론이 갖는 비판적 기능이다.

베이컨의 과학적 유토피아에서 인간의 꿈은 곧 현실이 된다. 유토피아라는 어휘에 깃든 '없다'와 '좋다'의 간극과 모순이 과학의 힘으로 지양되는 것이다. '좋은' 세계를 이루기 위해서 수고하고 노력할 필요도 '없다.' 과학이 미리 알아서 인간의 욕구와 욕망을 충족시켜 주기 때문이다. 현실 세계에서 인간의 욕망이 노동을 통해서 실현되고, 경제적으로 제어되며 윤리적으로 억제되어야 한다면 벤살렘에서는 바라기만 하면 모든 것이 이루어진다. 그러나 21세기를 살아가는 현대인에게 베이컨의 유토피아는 유토피아처럼 보이지 않는다. 오히려 디스토피아로 다가온다. 베이컨 이후에 가속화된 과학 혁명과 산업 혁명은 그가《새로운 아틀란티스》에서 제시했던 벤살렘보다 훨씬 풍성한 문명의 혜택을 인간에게 안겨 주었다. 그가 넌지시 암시했으나 그의 동시대 사람들은 상상도 하지 못했던 동물의 복제가 현실화되었으며, 원한다면 인간 복제까지도 실현할 수 있는 단계에 있는 것이다. 베이컨이 벤살렘의 이름을 빌려서 먼 미래에 설계하였던 유토피아가 우리의 현실이 된 것이다.

베이컨에게 과학은 절대적으로 유용한 결과만을 가져온다. 과학이 인간의 삶을 축복하며 더욱 행복한 미래를 약속했던 산업화의 초기에 생존했기 때문에 피할 수 없었겠지만, 그는 과학의 또 다른 면모를 보지 못하였다. 그는 진수성찬을 탐닉하는 쾌락에 사로잡혀서 곧 뒤따를 소화불량의 고통을 예기치 못한 식도락가와 비슷하다. 어쩌면 그는 소화불량이나 당뇨, 비만의 걱정 없이 폭식하였던 행복한 세대에 속하였다. 가령 벤살렘 왕국에서는 수많은 기계가 돌아가지만, 이들 기계는 매연을 뿜어내지 않는다. 온갖 비료와 배양토로 고문당하는 땅은 그러나 훼손되지 않고 더욱 풍성한 결실을 내놓는다. 또 수많은 제품이 계속해서 생산되지만 자연 자원은 고갈될 줄을 모른다. 베이컨의 유토피아는 도깨비방망이의 세계나 마찬가지이다. 인간이나 자연에 상처를 입히지 않으면서 과학의 방망이를 두드리기만 하면 무진장한 보물과 음식이 쏟아져 나오는 것이다.

그러나 도깨비의 세계가 아닌 현실 세계에서는 개간되고 이용되면서 자연은 소모되고 훼손되며 오염된다. 기계가 돌아가기 위해 연료가 채굴되어야 하며, 연료가 채굴되기 위해 땅 밑이 뚫리고 산이 헐린다. 그리고 연료를 소비하는 기계는 검은 연기를 남긴다. 결국 기계가 만든 생산품에는 검은 그을음이 배어들게 마련이고, 소비자인 인간은 음식을 섭취하면서 동시에 매연과 오염을 먹어야 한다. 또 오염된 폐와 호흡기를 치유하기 위해서 기계는 더욱 많은 의약품을 생산해야 한다. 의약품이 생산되는 속도에 정비례해서 자연은 더욱 훼손되고, 자연이 망가지는 속도에 정비례해서 인간의 병은 더욱 깊어만 간다. 치료의 이름으로 약품이 개발되어야 하고, 그러한 약품이 개발되기 위해서는 인간은 더욱 깊은 병을 앓아야만 한다. 생산과 소비의 악순환이 계속되는 것이다.

20세기 후반부터 자연 소모와 환경 오염의 문제가 현실적 위험으로 다가오기 시작했다. 일단 훼손된 자연은 쉽게 회복되지 않는다. 닿지 않는 욕망 충족의 원천이었던 자연은 거의 바닥을 드러내고 말았다. 손을 내밀어도 이제 자연은 싱싱한 과실을 푸짐하게 안겨 주지 않는다. 비대하게 팽창한 욕망의 위장에 반비례해서 자연은 빈약하고 왜소하게 위축되어 버렸다. 자연은 욕망의 속도를 따라잡지 못한다. 더 이상 소모될 수 없을 정도로 자연이 탕진되고 나면, 욕망하고 소비하는 인간들도 마침내 소모되고 증발해 버릴지 모른다. 따라서 우리는 기술 문명이 풀어 놓았던 욕망의 고삐를 다시 붙잡아야 할 시기에 서 있다. 토머스 모어의 《유토피아》가 보여 주듯이 욕망은 지혜롭게 제어되고 관리되어야 한다. 기계 문명이 인간을 욕망하고 소비하는 기계로 변질시켜 놓았다면 이제 우리는 탈욕망의 지혜를 배워야 한다. 욕망의 군살을 빼기 위해서는 땀 흘리며 노동하는 법을 먼저 배워야 할 것이다. 노동은 욕망의 실현이 지연되고 유보될 수밖에 없다는 자연의 원리를 우리에게 일깨워 준다. 동시에 노동은 우리가 에덴 동산이 아니라 타락 이후의 시대에 살고 있다는 인간의 운명도 상기시켜 준다. 땀 흘려 일하지 않아도 배부르게 먹을 수 있다면 무심결에 우리는 황금의 시대에 살고 있다는 착각에 빠질 수도 있을 것이다. 17세기 이후로 과학이 이룩한 엄청난 성과는 우리에게 그러한 환상을 심어 주기에 충분하였다. 베이컨의 유토피아는 그러한 환상의 기념비라 할 수 있다.

14
글쓰기의 주체는 '무엇' 인가

> 최종적인 판단 같은 것은 아무리 훌륭한 사람이라
> 할지라도 내릴 수는 없는 거야. 내릴 수 있다면 인간
> 의 생활은 정지해 버리고 마니까. 다음에 오는 세대의
> 인간들은 아무것도 할 말이 없어지지 않느냔 말이야.
> —— 솔제니친의《암병동》에서

1. 관점의 전환: 의식에서 제도로

〈인문 '학' 이 죽어야 인문 '정신' 이 산다〉(이하 〈인문학〉으로 약칭)[1]
라는 글에서 이진우 교수는 '인문학에 생기를 불어넣으려고 고군분
투하는 지식인들' 을 '자기 기만적인' '고상한 지식인들' (114쪽)이라
고 질타한다. 그러한 질타는 일견 역설적이면서 자기 모순적인 기미
마저 풍긴다. 글의 제목이 말해 주듯이 어떠한 의미에서든 이 교수도
인문학에 생기를 불어넣고 싶어하는 인문학자들 가운데 한 사람이기
때문이다. 그러나 이 교수가 이 '고상한 지식인들' 을 곱지 못한 시선

---

1) 《1998 지식인 리포트》(현대 사상 특별 증간호), 113-131쪽. 이하 본문에서는 쪽
수만 밝히기로 한다.

으로 바라보는 이유는 이내 자명해진다. 진지하고 성실하게 위기 탈출의 방향을 모색하기보다는 오히려 위기 속에 안주하면서 위기의 담론만을 양산하는 혐의가 이들에게서 물씬 배어나오기 때문이다. 그의 표현을 빌리면 '고상한 지식인들'은 '인문학의 위기와 죽음이라는 불안만을 유포'하면서 '위기의 담론 자체를 마치 위기의 극복인 것처럼 생각하는'(114쪽) 경향이 있다. 위기 담론이 세포 분열을 일으키면서 똑같은 위기 담론만을 무한 복제해 내는, 일종의 위기 담론의 악순환에 빠져 있는 셈이다. 이 교수의 관점에서 보면 진솔한 지식인이라면 위기 담론을 복제하기 이전에 먼저 위기 담론의 악순환에서 벗어나고자 하는 진지하고 성실한 노력을 보여 주어야 한다.

고상한 지식인의 위기에 달뜬 목소리에 경종의 메시지를 보내는 이 교수의 글은 그러나 그 지식인들의 이름을 구체적으로 거명하지 않는다. 수신인이 기록되지 않은 이 전언은 《현대 사상》 특별 증간호에 게재되었다. 그러나 이 수신인 미상의 전언은 유실되지 않고 수신인에게 제대로 전달되었다. 그것은 이 교수의 전언에 대한 답장의 형식으로 쓰여진 반박문이 《교수 신문》[2]에 실린 사실에서 확인된다. 수신인은 바로 《탈식민성과 우리 인문학의 글쓰기》의 저자로 유명해진 김영민 교수였다. 말하자면 '고상한 지식인에게'라고 막연하게 쓰여진 수취인 불명의 편지를 김 교수는 자신의 것으로 접수하고 답장을 보낸 것이다. "'고상한 지식인들'의 표적은 누구를 향하는가"라는 제목으로.

글의 제목이 말해 주듯이 무엇보다 김 교수는 고상한 지식인이라는 명칭이 과연 누구를 염두에 두고 사용된 것인지에 의문을 제기한다. 문제의 초점은 고상한 지식인이란 과연 누구인가이다. 명칭과 그 대

---

2) 《교수 신문》 138호(1998년 6월 29일자).

상이 밝혀져야 명칭의 진위를 논의 대상으로 끌어올릴 수 있기 때문이다. 뿐만 아니라 김 교수는 이 교수의 문체와 오해 혹은 오독의 문제에도 유의한다. '자기 기만'과 같은 어투에서는 인신 공격적 태도가 농밀하게 묻어나올 뿐만 아니라 자신의 글쓰기 철학을 고상한 지식인이라는 올가미로 단숨에 묶은 것은 이 교수가 자신의 저서를 꼼꼼하게 정독하지 않았기 때문이라는 것이다. 그래서 이 교수의 비판은 정당한 평가의 결과가 아니라 오해나 오독의 증상적 반영이라는 것이다.

수취인이 분명하게 기입된 김 교수의 반박 편지는 곧 이 교수의 회신[3]으로 이어진다. 이 재반박문에서 이 교수는 김 교수와 자신이 인문학의 위기라는 똑같은 문제를 두고 고민한다는 것, 그렇지만 위기에 대한 처방에서 서로 길이 갈린다는 것을 확인하면서, 김 교수의 글쓰기 철학에 대한 자신의 비판적 또는 유보적 태도를 몇 갈래로 정리한다. 그러면서 고상한 지식인의 표적에 대한 김 교수의 질문에 다음과 같이 해명한다. "김 교수가 선명하고 때로는 선동적인 언어로 이 위기의 징후를 그리는 데 선도적인 역할을 한 것은 사실이지만, 나는 그의 글에서 아직 보이지 않는 새로운 방향을 찾는 치열한 몸부림을 느끼기에 그를 지목할 의도는 추호도 없었다. 그러나 나의 글이 그를 표적으로 삼고 있다고 '읽혀졌다면,' 그것은 그의 글이 내용보다는 어조와 문체에 힘입고 있는 탓은 아닐까?" 말하자면 김 교수는 위기의 담론으로 집을 짓고 누에처럼 그 속에 안주하는 무책임한 지식인이 아니며, 위기의 담론에서 탈각하려는 치열한 정신의 소유자라는 것이다. 결국 자신이 쓴 편지의 수취인이 김 교수가 아니었다는 것이다. 그런데도 김 교수가 이 수취인 불명의 편지를 자신에게 보낸 것으로 오인

---

3) 《교수 신문》 139호(1998년 7월 13일자).

했다면, 혹은 오인할 수밖에 없었다면 그것은 바로 김 교수의 문체에서 비롯된 결과라는 것이다.

필자는 김 교수와 이 교수 사이에 오간 교신의 세목에 대해서는 아무런 관심이 없다. 그래서 논쟁의 내용을 정리하면서도 그 와중에 드러난 두 교수의 미묘한 입장 차이에는 비교적 무심하였다. 이들의 논쟁을 바라보는 필자의 시각은 다음과 같은 의문에서 출발한다. 첫째, 어떻게 수취인 불명의 전언이 특정한 수취인에게 전달될 수 있었는가 하는 소통 과정을 둘러싼 문제이다. 쓰여지지 않아도 읽힐 수 있다면, 혹은 읽지 않아도 이해될 수 있다면 도대체 이것은 무엇을 의미하는 것일까? 이것이 단지 수취인의 이름에만 한정되지 않는다. 교신 내용도 마찬가지이다. 구태여 꼼꼼하게 읽지 않더라도 독자는 교신의 내용을 어느 정도 미루어 짐작할 수 있다. 그래서 이 교수는 김 교수의 진단이 '모두 옳은 말뿐'이라거나 '오히려 구구절절이 옳은 말뿐'이라며 되풀이해서 동감을 표명하고, 자신도 같은 입장임을 거듭 천명하지 않았던가. 이와 같이 너무나 당연한, 그래서 읽지 않아도 충분히 이해할 수 있는 내용의 성격과 관련해 두번째로 지적될 수 있는 것은 김 교수와 이 교수의 교신이 반복과 재확인의 패턴에 입각해 있다는 사실이다. 이들은 모두 자생적 인문학의 필요성을 반복해서 주장할 뿐 아니라 상대방의 주장을 통해 자신의 입장을 재확인한다. 그런데도 세부적인 각론에 이르면 의견의 차이와 골이 깊어지는 것이다. 그래서 상대방에게 자기 기만이라는 비판의 화살을 쏘아보내면, 상대방도 같은 화살을 다시 되쏘아 보낸다. 세부 내용이 어떻든 그것은 자기 기만이라는 비난으로 간단히 수렴될 수 있으며, 그래서 김 교수나 이 교수 모두 자기 기만의 이름으로 상대방을 비판하는 것이다. 마치 자기 기만이라는 형식적 채널을 통해 두 사람이 서로 메시지를 주고받기라도 하듯이. 그러나 한걸음 물러나서 생각해 보면 자기 기만을 운운하는 점에서 이들의 논의는 모두 학자 의식의 주변에서 맴돈다.

그런데 식민성의 구태를 벗은 새로운 글쓰기가 과연 인문학자 개인의 의식 차원으로 완전히 환원될 수 있는 것이며, 개인의 의식적인 노력으로 쉽게 해결될 수 있는 문제일까. 필자는 그렇게 생각하지 않는다. 물론 학자들의 진지한 자성과 필사의 노력이 필수적으로 전제되어야 하겠지만, 이러한 개인 의식 못지않게 글쓰기를 둘러싼 제도적인 장치의 변화가 수반되어야 한다는 것이다.[4] 글쓰기는 진공 속에서 자유롭게 이루어지는 것이 아니라 특정한 제도적 장치의 통제와 지배를 받는다. 때문에 논문이 생산되고 유통되는 제도적 장치에 초점을 맞추어 논의가 이루어져야 한다. 학자의 의식에 모인 논쟁의 초점을 제도적 장치로 되돌려 놓음으로써 담론 생산의 하드웨어를 바꾸는 것, 다시 말해 제도적 관점에서 글쓰기의 문제를 바라보는 것, 그것이 필자가 이 글을 쓰게 된 이유이며 목적이다.

---

4) 새로운 글쓰기를 두고 논쟁에 참여했던 김 교수나 이 교수 모두 대학에 적을 두고 있는 현직 교수-학자들이다. 물론 교수가 아닌 지식인이나 학자들도 많이 있지만 글쓰기의 제도적 측면을 언급하기 위해 필자는 교수-학자들, 이들 대학이라는 제도권 내 지식인들을 대상으로 논의를 전개한다. 덧붙여서 말하자면 글쓰기의 문제는 교수·학자·문필가·작가·지식인·지성인 등의 구분과 맞물려서 이루어져야 한다고 생각한다. 이러한 구분에 대해서 김병익의 〈지성과 반지성〉(《지성과 반지성》, 민음사, 1974), Roland Barthes의 〈Ecrivains, intellectuels, professeurs〉, *Le Bruissement de la langue*(Seuil, 1984)를 참조하기 바람.

2. 논문중심주의의 온상으로서 대학이라는 이데올로기적 장치

　논쟁의 단서를 제공한 《탈식민성과 우리 인문학의 글쓰기》(이하 《탈식민성》으로 약칭)[5]는 김 교수가 인문학자들에게 보낸 '경종의 메시지'[6]로 볼 수 있다. 이 책에서 그는 아직도 구태의연한 식민성의 구각에서 벗어나지 못하고 여전히 서구 추종적인, 말하자면 지적 '허위의식'에 빠진 학자들의 논문 쓰기를 질타하면서 역사성과 삶의 숨결이 배인 새로운 글쓰기, "이 땅의 특수성과 이 시대의 보편성을 아울러 살릴 수 있는 글쓰기 방식"(21쪽)을 대안으로 내놓는다. 학자들이 논문이라는 식민주의의 늪에 잠긴 채 빠져나올 염두를 내지 못하고 있다는 것이다. 김 교수에 따르면 논문이란 '서구 정신 문화의 정화로 수입된 상품'이기 때문에 논문 쓰기에서 벗어나지 못하는 학자들은 '서구 문화의 중개상 노릇'(16쪽)을 하는 '기지촌 지식인'에 불과하다는 것이다. 줏대도 자긍심도 없는 이 서구 지향적 학자들은 '논문만이 가장 이상적인 형태의 글쓰기이며, 오직 논문을 통해서만 학문성이 보장된다는 지적 허위 의식'(39쪽)에 사로잡혀 있다. 여기서

---

5) 김영민, 《탈식민성과 우리 인문학의 글쓰기》(민음사, 1996). 이하 본문에서는 쪽수만 언급하기로 한다.

6) 〈인문학〉에서 이 교수도 이러한 '경종의 메시지'를 언급하면서 "이 메시지의 발신인은 누구이고 수신인은 누구인가?"라고 물었다. 그러면서 "고상한 지식인들이 보낸 경종의 메시지를 들을 수신인은 처음부터 없었던 셈이다"라고 진단하기도 했다(129-130). 약간 다른 맥락이기는 하지만 《탈식민성》에서도 글쓰기와 관련해서 이러한 주체의 문제가 가장 중요한 사안의 하나로 등장한다. 가령 그는 다음과 같이 물었다. "아, 논문을 쓰고 있는 우리는 대체 누구인가?"(36)

허위 의식이란 '삿된 방법으로 정당화된 신념의 콤플렉스'(68쪽)로 정의된다. 말하자면 학자들은 자기 것이 아닌 논문 형식이 마치 자기의 고유한 글쓰기 형식인 것처럼 착각할 뿐 아니라 그러한 논문에서 학자로서의 정체성, 그것도 자기 기만적인 정체성을 찾는다는 것이다. 그렇다면 학자의 주체라는 것도 식민주의적인 굴레에서 벗어날 수가 없다.

결국 김 교수는 인문학의 위기 발생 원인을 학자의 지적 허위 의식에서 찾는다. 그런데 허위 의식에 목이 잠긴 학자들, 논문중심주의[7]나 원전중심주의자라는 오명의 낙인이 찍힌 이 '기지촌 지식인들'은 과연 누구를 말하는 것일까. 김 교수의 글이 질책과 훈계의 성격이 농후한 일종의 옐로카드라면, 그 수취인은 도대체 누구일까. 이러한 질문에 대해《탈식민성》은 아무런 해답도 제공하지 않는다. 애초부터 뚜렷한 수취인 없이, 아니면 모든 인문학자를 대상으로 보낸 경고 편지이기 때문일까. 아무튼 개념의 꽃봉오리는 화려하게 피어올랐지만 그 개념은 구체적인 지시 대상의 토양에 뿌리를 내리고 있지 않다. 때문에 모든 인문학자에게 수취인 자격이 있지만 어느 누구에게도 정당한 수취인의 권리가 없는 것이다. 이것은 논문이나 논문중심주의에 대한 비판에 대해서도 마찬가지이다. 김 교수에 의하면 '논문의 불행

---

7) 혹시 논문중심주의에 대한 비판이 논문 폐지론으로 오해되지 않도록 김 교수는 '원전 자체가 아니라 원전중심주의'가 비판의 대상이며 '논문이 아니라 논문중심주의라는 문화'(43)가 비판의 대상이라고 강변한다. 그러한 문화와 관련해서 김 교수는 자신의 "글의 표적은 논문이라는 글쓰기 형식 속에만 최량 최고의 진리를 담을 수 있다고 믿는 허위 의식과 이를 부추기며 뒷받침하는 문화 조건들"(27)이라고 밝힌 바 있다. 그럼에도 김 교수는 '문화 조건들'보다는 주로 학자들의 허위 의식을 겨냥해서 공격한다. 따라서 필자의 글은 그의 논지에 대한 반박이 아니라 보완적인 성격을 갖는다. 다시 말하지만 허위 의식의 출처를 '문화 조건들' 특히 대학이나 잡지사의 제도적 장치에서 찾으려는 시도에서 이 글이 쓰여졌다.

은 복잡한 인간의 다양한 경험을 하나의 경직된 스타일 속에 담을 수 있다는 독선적 태도에서 연유'(27쪽)하는데, 논문중심주의자는 '논문이야말로 가장 가치 있는 글쓰기 방식이라는 위계적 믿음을 포기하지 않는' 사람이다. 그런데 도대체 어떤 학자가 논문이 '인간의 다양한 경험을 하나의 스타일' 속에 담는 담론 형식이라고 생각할 것이며, 논문이 가장 이상적이며 훌륭한 글쓰기라고 간주하겠는가. 개별적이고 다양한 경험의 세계를 다루는 문학 작품과는 달리 논문은 아이디어나 논증의 세계를 다룬다. 제기된 일련의 이론적인 문제의 맥을 집어내고 그 해결책을 모색하며, 그것의 진위를 판별하는 글쓰기 형식이 바로 논문이다. 따라서 논문에서는 경험의 다양한 층위가 애초부터 억압되고 배제되게 마련이다. 결국 논문이란 이상적이고 훌륭한 글쓰기 형식이 아니라 수많은 담론 형식의 하나에 불과할 따름이다.

학자의 의식 속에는 실제로 논문중심주의가 부재하는데도 누군가 그를 논문중심주의적 허위 의식의 이름으로 고발한다면, 그러한 고발의 목소리가 오히려 허위이거나 자기 기만이라는 비판을 초래할 수 있다. 상대방에게 던진 비판의 칼날이 부메랑처럼 되돌아와서 그를 위협할 수도 있는 것이다. 김 교수에 대한 이 교수의 반론은 이러한 맥락에서 이해할 수 있다. 현재의 글쓰기를 진단하고 폄하하면서 김 교수가 공격적으로 적용한 '허위 의식'이라는 기준이 방심한 학자들의 허를 찌르는 대신 학자 중의 한 사람에 의해 김 교수에게 되돌아온 셈이다(당신이 오히려 자기 기만적이 아니냐는 식으로). 이 교수의 말처럼 '인문학을 하는 사람이라면 누구나' 새로운 글쓰기와 관련해서 '내면적 고통의 목소리'를 보듬고 있다면, 학자의 허위 의식을 운운하는 목소리의 정체가 의심스러울 수밖에 없다.

그런데 학자가 허위 의식에 발목이 잡혀 있든 그렇지 않든 새로운 글쓰기의 문제가 의식의 문제로 간단히 환원될 수 있는 것일까. 처음에 설정된 문제틀은 다음에 이어지는 논의의 향방을 결정하면서 반복되게 마련이다. 그래서 김 교수와 이 교수의 논쟁도 지식인의 의식 주위를 맴돌 수밖에 없었으며, 이들의 목소리에도 교훈 또는 훈계조의 어감이 스며들 수밖에 없었다. 여기서 우리는 문제의 핵심에 더 가까이 다가서기 위해서 접근 방법을 바꾸어야 하지 않을까. 말하자면 개인의 의식이 아니라 제도적인 측면, 소통의 관점에서 담론의 전달 매체라는 측면에서 논문 쓰기의 문제에 접근해야 하지 않을까.

앞에서 이미 언급했듯이 수취자가 명기되지 않았는데도 이 교수의 〈인문학〉은 김 교수에게 제대로 전달되었다. 다른 이유들도 꼽을 수 있겠지만 아마 이 교수의 글이 《현대 사상》 특별 증간호인 《1998 지식인 리포트》에 게재되었다는 사실이 그 결정적 요인일 것이다. 이 특별호의 권두 좌담에 김 교수가 참여했을 뿐만 아니라 1997년 창간호에는 김영민 특집이 실리기도 했다. 말하자면 김 교수와 이 교수는 《현대 사상》이라는 동일한 매체에 한 자리씩 차지하고 있었던 셈이다. 만일 이 교수의 〈인문학〉이 대학 논문집이나 대학 신문에 실렸더라면 과연 소통이 이루어질 수 있었을까. '매체는 메시지'라는 맥루언의 명제를 입에 올리지 않더라도 《현대 사상》이라는 매체 또한 이미 많은 메시지를 내장하고 있다. 《1998 지식인 리포트》라는 특별 증간호에 김영민 교수나 이진우 교수가 포진함으로써 이 잡지의 편집자는 이들을 한국의 대표적 지성인의 반열에 올려 놓았다. 이러한 담론적 상황 덕분에 수취인이 명기되지 않았는데도 이 교수의 논문이 김 교수에게 쉽게 전달될 수 있었던 것이다.

다른 잡지들과 마찬가지로 《현대 사상》도 동시대를 살아가는 독자의 감성에 예민하게 다가오는 문제들을 특집으로 다룬다. 그렇지 않으면 독자에게 외면당해 폐간 위험에 직면할 수밖에 없다. 폐간되지 않고 계속 나오기 위해서는 역사성과 가독성이 잡지의 필수 조건으로 요청된다. 때문에 게재되는 글들도 장황한 각주와 참고 문헌으로 독자의 눈을 어지럽히거나 딱딱한 논문투의 글쓰기로 독서 분위기를 썰렁하게 만드는 대신 일상적이고 친근한 어투로 독자의 지적 호기심을 충족시켜야 한다. 이 교수의 〈인문학〉을 포함하여 《1998 지식인 리포트》에 실린 대부분의 글들이 그 점을 증언하고 있다. 아무튼 이러한 잡지의 성격과 그것의 내재적 요청 때문에 잡지에 싣기 위해 글을 준비하는 인문학자의 글쓰기 태도도 사뭇 달라지지 않을 수 없다. 그는 특수한 전문 독자가 아니라 일반 독자를 염두에 두고서 이해하기 쉬운 글을 써야 하는 것이다.

글을 담는 매체의 성격이 학자의 글쓰기의 방향과 스타일을 좌우한다. 한편에는 독자가, 다른 한편에는 학자가, 그리고 그 중간에 위치하는 잡지가 독자와 학자 사이의 관계를 매개하며 소통의 주파수를 조율하는데, 겨냥하는 독자층의 종류에 따라 잡지의 성격과 그것에 실리는 글의 성격이 달라진다. 더욱이 잡지가 서점에서 판매된다는 사실에 비추어 보면 글쓰기의 모양새는 자본주의적 통제와 지배의 손길을 타면서 형성된다고 할 수 있다. 담론이 유통되는 자본주의적 상황이 학자의 글쓰기 방식을 어느 정도 결정하는 것이다. 이러한 유통 과정에서 그들이 누리는 자유의 폭은 크게 제한될 수밖에 없다. 가령 상업 잡지에 글을 기고하는 학자는 비매품 학술지를 위한 논문을 준비하듯이 글을 쓸 수가 없으며, 잡지는 잡지대로 그러한 글을 용인하지 않는다. 말하자면 잡지에 실리는 글에는 '논문이야말로 가장 가치 있는 글쓰기 방식이라는 위계적 믿음'이나 논문중심주의적 허위 의식이 스며들 여지가 없는 것이다.

물론 학자들은 매체를 선택할 수 있는 자유를 가진다. 그러나 이 말은 형식 논리적인 층위에서만 정당성을 지닌다. 대부분의 권력 구조와 마찬가지로 담론의 유통에도 제도적인 선택과 배제의 원칙이 작용하기 때문이다. 모든 학자들은 나름의 글쓰기를 시도할 수 있지만, 그 글의 선택과 출판을 최종적으로 결정하는 힘은 그들 바깥에 존재한다. 따라서 글쓰기는 자율적으로 선택하는 것이 아니라 타율적으로 선택된다고 할 수 있다. 여기서 결정적인 힘은 담론 내적인 측면[8]에서는 지배 담론이라는 이름으로 불릴 수 있으며, 이데올로기적 측면에서 이러한 지배 담론은 김 교수의 제안처럼 "이 땅의 특수성과 이 시대의 보편성을 아울러 살릴 수 있는"(21쪽) 자율성과 줏대를 갖춘 글쓰기를 요구하며, 잡지사는 이 지배 담론과 보조를 맞추어 특정한 글을 선택하거나 배제하면서 현실적인 힘과 영향력을 기른다. 이러한 담론 형성과 유통의 과정에서 지배 담론에 일조하는 학자들도 마찬가지로 막강한 현실적인 힘과 영향력을 겸비하게 되는데, 이것은 현실의 다양한 목소리와 고민을 글 속에 수렴하고 독자들을 위해 가독성을 높임으로써만 가능하다. 만약 '논문만이 가장 가치 있는 글쓰기 방식'이라고 고집하는 학자가 있다면, 그는 대중매체로 들어가는 입장권을 일찌감치 몰수당할 것임에 분명하다.

위와 같은 상황을 고려하면 오로지 몇몇 특권적인 학자들, 담론 유통 시장에서 수요가 급증하는 학자들만이 자유로운 글쓰기를 실천할 수 있는 자유와 자격이 있다고 할 수 있다. 어떠한 이유든간에 담론 유통 시장에서 배제된 학자들은 김 교수가 비판하는 이른바 '논문 쓰

---

8) 담론 외적인 측면으로는 인맥이나 학맥 등을 들 수 있다. 잡지마다 특정한 인맥과 학맥으로 짜여진 견고한 네크워크를 가지고 있다는 것은 이미 공공연한 비밀이다. 힘껏 두드린다고 해서 잡지사의 문이 열리지는 않는다. 안내인이 필요한 것이다.

기’ 식 글쓰기를 유일한 대안으로 삼을 수밖에 없다. 이들에게 허용되는 지면은 담론 유통 시장과 무관한 비매품 학술지이기 때문이다. 결국 시장 경제에서 밀려난 학자들이 학술 논문이라는 대학의 제도적 장치의 도움을 빌려 글쓰기를 실천하는 셈이다. 따라서 논문중심주의가 인문학자의 의식 속에 존재한다면, 그것은 우월감이나 특권의 표현이 아니라 열등감과 패배 의식의 표현이라고 말하는 것이 더 올바른 진단이 될 것이다. 또 만약 논문중심주의가 존재한다면 그것은 학자의 개인적인 의식에 존재하는 것이 아니라, 비매품 학술 논문지를 생산하는 대학이라는 제도적 장치 안에 존재할 것이다.

상업 잡지가 불안한 시장 경제의 논리에 따라 움직이는 반면, 비매품 학술지는 대학이라는 보다 안정된 제도 위에 서 있다. 우리 현실에서 과연 엄격한 의미의 학문이 가능한지는 미해결로 남을 수밖에 없지만, 아무튼 대학과 연구 기관은 학문의 전당으로서 스스로의 입지를 확인하고 다지기 위해 학술지를 펴낸다. 이러한 학술지는 학자들에게 지면을 할애함으로써 그 연구의 결실이 출판되고 유통될 수 있는 매체의 역할을 담당한다. 그러나 학술지가 무조건적으로 학자들에게 지면을 제공하지는 않는다. 거기에 게재될 논문은 대학이 요구하는 논문의 형식을 갖추어야 한다. 아무리 독창적이거나 뛰어난 내용의 글이라고 하더라도 논문 형식을 갖추지 않으면 문전박대당하기 십상이다. 학술지에 실릴 논문은 서론·본론·결론의 구분이 선명해야 하며 참고 문헌이 명시되어 있어야 하고, 때로는 영문 요약까지 첨부되어 있어야 한다. 이러한 요건이 갖추어져야만 글은 어엿한 학술 논문으로 인정될 수 있는 자격을 확보하게 된다. 이 점에서 대학이라는 제도는 철저히 논문중심주의적인 것이다.

대학이 논문중심주의로 흐를 수밖에 없는 주된 이유는 학위를 수여하는 제도적 장치인 대학의 성격에서 찾을 수 있는데, 이러한 특징이 가장 잘 드러나는 현장이 석박사 논문 심사의 자리에서 발견된다. 이 자리에서 지도 교수들은 내용의 깊이나 참신성 여부보다는 논문 형식이 제대로 갖추어졌는지에 초점을 맞추어 심사를 진행한다. 글의 내용이 구태의연한 것은 용서할 수 있지만, 형식이 어긋나 있는 것은 용서할 수 없는 중죄로 간주된다. 간단한 논문 형식마저 제대로 소화하지 못한 글이라면 그 내용의 부실함도 미루어 짐작할 수 있다는 생각이 바탕에 깔려 있기도 하겠지만, 더 중요한 이유는 대학의 제도와 규정에서 연유한다. 교수가 혀를 내두를 정도로 뛰어난 글이라 할지라도 형식이 결여되어 있다면 그것은 아예 정당한 석박사 논문의 자격으로 대학에 접수되지도 못하는 것이 현실이다. 형식이 갖추어지지 않으면 학위가 물거품되는 대학의 현실 속에서 자연히 지도 교수들은 글의 형식적 부위에 메스를 들이대면서 심사할 수밖에 없는 것이다.

대학은 논문 형식이라는 기준을 가지고 석박사과정 학생들을 행정적으로 규제하고 관리한다. 그러나 이러한 규제와 관리가 다만 학생들에게만 제한되지는 않는다. 이 규제의 손길은 논문심사를 집행하는 교수들에게까지도 뻗치는데, 몇 년 전부터 대학에 자리잡기 시작한 교수업적 평가 제도가 바로 그 역할을 행사한다. 주지의 사실로 교수의 승진이나 재임용에서 결정적인 요인은 논문이다. 학자라면 누구나 연구의 중요성에 공감하기 때문에 논문 평가의 중요성에 대해 아무도 이의를 제기하지 않지만, 문제는 논문의 평가에 또다시 행정적인 논문중심주의적 기제가 작동하기 시작한다는 데에 있다. 비록 타대학 교수에게 논문 심사를 의뢰함으로써 공정성을 기하려고 노력하기는 하지만 대학은 논문의 질을 평가할 마땅한 장치를 갖추고 있지 않다. 다양한 학술지의 위상이나 등급이 차별화되어 있지 않은 현실에서 논문의 질을 평가할 객관적 기준이 마련되어 있지 않기 때문이다. 따라서 적절한 객관적 평가 기준의 부재 속에서 대학은 형식적인 평가로 흐르게 마련이다. 결국 각주와 참고 문헌·요약문·별쇄본 등의 여부가 어떤 글이 논문인지 아닌지를 판단하는 시금석으로 등장하고, 이러한 여건을 갖추지 못한 글은 상당한 불이익을 감수해야 한다. 심지어 논문에 필요한 모든 형식을 온전하게 갖추었음에도 불구하고, 상업 잡지에 실린 글이라면 논문으로 간주되지 않는 경우조차 있다. 하물며 상업 잡지에 실린 새로운 글쓰기의 실천인 경우에는 두말할 여지가 없다. 그래서 다만 논문으로 평가받기 위한 일념에서 글의 성격상 불필요함에도 불구하고 각주와 참고 문헌을 덧붙이는 우스꽝스러운 사태가 전개되기도 한다.

그러나 교수들이 모두 교수 업적 평가의 협박에 움츠러들면서 형식적인 논문 쓰기의 순응주의로 퇴행하지는 않는다. 비록 퇴행한다고 할지라도 이들은 자유로운 글쓰기의 비전에서 눈을 떼지 못한 채 뒷걸음질한다. 뒷걸음질하지만 의식은 여전히 앞을 향해 나아가는 것이다. 때문에 이들 의식의 거울에는 평가의 차꼬를 간단히 벗어던진, 그래서 대학의 제도적 규제의 손길에서 멀리 벗어나 초연하게 나름대로의 글쓰기를 실험하는 힘센 동료 교수들이 선망의 대상으로 비친다. 만약 이들 교수들의 의식의 근저에 논문중심주의가 깔려 있다면 그것은 글쓰기의 스트레스를 은폐하기 위한 수단이거나 볼멘 자기 방어 기제로 작용하지, 위계적인 신념이나 자기 확신으로 우람하게 솟아오르지 않는다. 그것은 생존 양식이지 신념의 체계나 주의(主義)가 아니다. 무엇보다 교수들이 꿈꾸는 현실적이거나 학문적인 힘과 영향력은 상아탑 유폐의 운명을 자신의 몫으로 당연히 받아들이는 논문중심주의에서 싹터 나오지 않기 때문이다.

3. 대학과 글쓰기

흔히 사회적 제도나 이데올로기가 구성원의 의식을 규정한다고 한다. 그래서 개인의 사유와 발언 내용은 개인 자신의 것이기보다는 제도의 반향이면서 동시에 그것의 자기 확인인 경우가 많다. 제도는 개개인의 의식과 몸을 빌려서 스스로를 주장하고 증명하며 계속해서 보전해 나가는 것이다. 그러나 아무리 강력한 제도나 이데올로기적 장치라 할지라도 개인의 의식의 후미진 구석까지 완전하게 지배할 수는 없다. 만일 완벽하게 지배된 개인이 있다면 그는 개인으로서의 자율성을 상실한 채 제도의 꼭두각시나 제도의 프로그램이 입력된 로봇으로 전락하고 말 것이다. 어떻게 보면 개인의 불안감이나 갈등은 제도와 의식의 균열된 틈새에서 새어나오는 난처한 바람일 수도 있는데, 특히 사회적 변환기나 위기의 시기에 이러한 틈새는 더욱 넓게 벌어지게 마련이다. 변환의 움직임에 비틀거리는 사회에서는 과거의 지배적 이데올로기가 개인의 의식이나 언어를 장악하고 지배하는 고삐가 느슨하게 풀리면서 개인은 위기 의식에 사로잡히게 된다. 이때 불안을 감당하지 못하는 나약한 개인들은 과거의 안전 지대로 퇴행해서 약화된 이데올로기가 여전히 자신의 삶을 지탱하며 지배한다는 듯이 생각하고 행동할 수 있다. 이것이 바로 허위 의식이다.

제도나 이데올로기적 장치는 개인에게 언제나 허위 의식을 조장하는 경향이 있다. 굳어서 각질화된 제도는 끊임없이 변화 생성하는 시간과 보조를 맞출 수가 없고, 그래서 시간과의 균열과 간극은 점점 크게 벌어질 수밖에 없는데, 그럼에도 제도는 그러한 차이를 인정하는 대신 구성원들에게 시간의 항상성을 강요함으로써 제도의 영속성을 꾀하고 정당성을 확보하고자 한다. 말하자면 과거에 유효했던 제도나 습속이 현재에도 여전히 유효하다고, 현재의 우리에게는 너무나 작거나 커다란 옷인데도 더할나위없는 안성맞춤이라고 선전하면서.

앞서 논의했듯이 논문중심주의는 대학의 이데올로기적 장치이다. 그것은 대학이라는 하드웨어에 깔려 있는 프로그램이기 때문에 대학의 모든 공식적인 담론은 이것을 통해서 생성되고 유통된다. 논문을 쓰지 않으면 교수들이 생존할 수 없음을 공공연히 언명하면서 대학은 교수업적 평가 리스트에 논문의 숫자를 기입한다. 교수의 운명이 숫자를 기입하는 대학의 행정적인 손가락에 달려 있는 것이다. 때문에 교수들은 생존을 위해서 논문의 형식적 요건을 충족시키는 글을 자신의 글쓰기 양식으로 채택할 수밖에 없다. 그렇다고 대학 제도와 마찬가지로 학자들도 모두 논문중심주의에 빠져 있다고 생각하면 안 된다. 개인적으로 필자는 김 교수의 묘사에 일치하는 논문중심주의자를 학자 가운데 한번도 본 적이 없다. 그런데 아이러니컬하게도 글쓰기를 업으로 삼지 않는 대학의 행정 직원들은 대부분이 논문중심주의자들이었다. 심지어 이들 가운데는 별쇄본이 없으면 논문이 아니라는 고정 관념의 소유자들도 없지 않았다. 때문에 교수들은 이러한 논문중심주의적 평가의 수혜자가 아니라 일차적인 피해자들이다. 더구나 대학 학술지의 담론적 공간에 만족하면서 안주하는 학자들이 거의 없다는 사실을 염두에 두면, 그 폐해의 범위는 더욱 커진다. 비록 대학이 최소한의 경제적 안정과 학문적인 권위를 보장해 주기는 하지만 붓끝에 침을 바르면서 미래를 벼르는 대부분의 학자들은 대학의 우물에서 벗어나 넓고 깊은 세계로 나아가 대중과 교감하기를 바란다. 이들은 논문중심주의의 울타리에 머물러 있는 한 그러한 세계로 향하는 문이 차단된다는 사실을 너무나 잘 알고 있기 때문에 삶의 맥박과 숨결이 배어 있는 글쓰기를 시도한다. 그런데 대학이라는 제도에 속해 있으면서 교수 업적 평가에 발목이 묶여 있는 교수들에게 그러한 새로운 글쓰기는 자칫하면 예기치 못한 결과를 초래할 수 있다. 그것은 아예 논문으로 평가되지도 않거나 논문보다 등급이 훨씬 낮은 평론의 범주로 강등되면서 이들의 지위를 위협하기 때문이다.

때문에 논문중심주의라는 이름으로 학자들의 글쓰기를 질타하고 단죄하는 것도 나름대로의 정당성을 지니기는 하지만, 그것은 글쓰기를 둘러싼 제도적인 장치들을 도외시하기 쉽다. 물론 약간이나마 허위 의식이나 논문중심주의적 성향에 노출되지 않은 학자들은 없을 것이다. 그러나 이러한 허위 의식을 조장하는 출처는 학자들이 아니라 대학의 논문 평가 제도에 있다. 새로운 글쓰기가 개화만발하기 위해서는 학자의 의식을 닦달할 것이 아니라 우선 제도적으로 논문 평가 방식이 개선되어야 한다. 상업 잡지에 실린 글들도 학술지에 게재된 논문과 어깨를 나란히 하고 내용의 참신성이나 깊이에 따라서 자웅을 겨눌 수 있어야 하며, 이것을 지켜보고 평가할 적절한 제도적 장치가 마련되어 있어야 한다. 그러면 업적 평가의 눈치를 보지 않고 떳떳하게 학자들은 자신의 성향에 맞는 글쓰기 형식을 개발하거나 선택할 수 있을 것이다.

'인문학의 위기'가 학계의 안색을 어둡게 만들면서 위기의 중요한 해결책이라는 듯이 글쓰기 문제가 불거져 나왔다. 위기 발생의 역사적인 사례사에서 쉽게 읽을 수 있듯이 바싹 침이 마르는 위기의 분위기는 사태를 바라보는 적절한 거리, 원근법적 시각을 앗아간다. 겁에 질린 사람의 눈에는 난쟁이가 거인처럼, 고양이가 호랑이처럼 무섭게 보이는 법이다. 그래서 위기감은 극단적인 처방을 불러오기 쉽다. 비근한 예로 과거 우리나라에서 남침 위기설이 계엄령이나 유신이라는 극단적 처방을 위한 전주곡으로 울려 퍼지곤 했듯이, 역사상 위기의 이름으로 수많은 폭력과 독재가 자행되었다. 위기의 요란한 나팔 소리에 묻혀서 개인의 자유나 인권의 목소리가 흔적도 없이 지워지며, 위기의 검은색이 휩쓸고 지나가면 여타 다양한 색상들이 생기를 잃고 한결같이 먹빛으로 변한다. 담론적인 차원에서 위기의 성마른 목소리는 다채로운 담론의 잔치를 마감하고 오로지 위기의 담론만을 대량 생산 유포하도록 종용한다. 그리하여 위기의 담론은 후렴처럼 반복되면서 읽지 않더라도 내용을 이해할 수 있을 정도로 개인의 내면에 친밀하게 자리잡고, 담론의 발신인과 수신인의 구별마저도 막연해져 버린다. 인문학의 위기와 관련해서 제시되는 새로운 글쓰기의 주장도 마찬가지이다. 인문학의 위기를 보고 놀란 가슴 논문 보고도 놀란다. 위기감이 팽배한 분위기 속에서 자칫하면 위기의 원인이 논문 쓰기에, 해결책이 새로운 글쓰기에 있다는 착시 현상에 사로잡힐 수 있다. 그리고 담화 치료(talking cure) 요법을 받는 신경증 환자처럼 켜켜이 가슴에 쌓인 불안을 원고지에 쏟아내야 한다는 초조감에 잠길 수 있다. 마치 글쓰는 노고의 땀에서 위기의 홍수를 잠재우는 약속의 무지개가 솟아오르기라도 한다는 듯이. 물론 새로운 글쓰기의 모색이 위기에 대한 하나의 적절한 반응이며 해결책임에는 틀림이 없다. 그러나 글쓰기를 새로운 가치의 깃발로 게양하기 전에, 우리 인문학자들이 스스로를 향해 정직하게 자문해야 하는 질문이 있다. 도대체 우리는 왜 써야만 하는 것일까.[9] 환경 생태학적으로 말하면 글쓰는 양이 증가하면서 책이 양산되어 쏟아져 나오고, 이와 비례해서 더 많은 나무들이 잘리며 숲이 사라진다. 물론 글의 도끼와 톱에 나무가 스러진다고 해서 아예 글쓰는 작업의 중단이나 감량을 요구하는 것은 말도 안 되는 억지이리라. 그러나 과연 글의 무게가 무참하게 잘려서 종이가 된 나무의 무게를 견딜 수 있는가 하는 자문과 반성은 모든 글쓰는 사람들의 부담으로 남는다. 앞서 지적했듯이 쓴다는 것, 그것은 한편으론 담론 유통의 시장 경제의 논리와, 다른 한편으론 대학의 이데올로기적 장치와 악수하는 길이다. 시장 경제가 피와 살이 꿈틀거리는, 소위 팍팍 튀는 글쓰기를 요구한다면 대학은 형식의 칼로 살점을 깨끗이 도려낸 삭막한 뼈의 글쓰기를 요구한다. 학자의 학문적 양심이나 살아가는 삶의 태도와 상관없이 그들의 글쓰기는 이러한 요구의 궤도 위를 구를 수밖에 없다. '쓰지 않으면 죽인다'와 '많으면 많을수록 좋다'라는 물량 위주 교수 평가의 협박이 이들의 목을 조이기 때문이다. 그리고 '많이 쓰지 않으면 죽인다'는 등살에 바로 지금 이 순간에도 숲속의 나무들이 영문도 모른 채 퍽퍽 스러지고 있다. 이러한 와중에 글쓰기는 터무니없이 과대 평가의 상승세를 타고서 허

___

9) 왜 써야만 하는가 하는 질문은 이 자리에서 자세히 논의될 수 있는 성질의 물음이 아니다. 그것은 철학적이거나 이론적인 진지한 성찰을 요구한다. 그럼에도 간단히 필자의 입장을 말하면 글쓰기에 대한 전통적인 태도와 관련해서, 글쓰기를 무조건적으로 옹호하면서 그 방법론을 교사하는 담론이 수사학의 이름으로 불려 왔다. 그러나 이론적이거나 철학적인 질문은 글쓰기를 심문대에 올려 놓는다. 달리 말해 철학은 수사학의 정당성에 의문을 제기하며 그것의 정체와 가치, 의미를 추궁한다. 그런데 철학도 마찬가지로 글로 쓰여질 수밖에 없다는 점을 염두에 두면, 철학마저 객관적으로 혹은 전지적으로 수사학의 진위나 정당성을 판단할 자격을 갖지 못한다는 사실이 너무나 분명해진다. 글쓰기 앞에서 철학은 얼굴을 붉힐 수밖에 없다. 철학이나 이론을 향해 도움을 외치지만 글쓰기에 대한 본질론적 해결이 불가능해지는 순간이다. 때문에 철학을 향해 스스로의 근거를 묻는 순간 글쓰기는 '서자'처럼 자살(절필)의 충동에 사로잡히거나, 아니면 철학도 '적자'가 아니라 '서자'라는 사실을 발견하고는 안도의 한숨을 내쉬며 원고지의 빈 칸을 다시 채워 나가게 마련이다. 그런데도 모든 인문학자는 왜 써야 하는가라는 질문의 상처를 숙명처럼 지니고 다닐 수밖에 없다. 카인처럼. 이러한 질문을 망각한 지식인들, 이러한 질문을 제도적으로 억압하는 장치들이 '논문중심주의'라는 이름으로 불릴 수 있으리라.

공으로 부풀어오르는 반면, 수업이나 현장 교육은 날개가 부러진 신천옹처럼 조소의 대상으로 전락하게 마련이다.[10] 만약 인문학의 위기가 새삼스레 대학을 강타했다면, 그 위기는 글쓰기의 결여나 부재 때문이 아니라 진정한 의미의 교육의 부재, 김영민 교수의 표현을 빌리면 '성숙'의 부재 때문이다. 피와 살이 튀는 글쓰기도 중요하지만, 그것보다 몇 갑절 더 중요한 것은 피와 살이 튀는 인간 관계·사제 관계·성숙한 문화이다. 영광을 꿈꾸는 장군이 은근히 전쟁을 기대하듯이 인문학자는 쌍수를 들어 위기를 반긴다. 다가오는 위기의 먹구름이 인문학자의 고갈된 글쓰기 땅을 촉촉이 적실 소나기를 몰고 올 것이기 때문에. 그러나 장군의 돌격 명령에 수많은 군인들이 죽어가듯이, 글쓰기에 바쁜 인문학자의 시야에는 꿈틀거리며 기어다니는 글과

---

10) 이 점은 특히 교수 평가 제도의 악영향이 크다. 불행하게도 수량화와 수치화를 절대 명제로 내거는 현재의 교수 평가 제도는 교수의 교육적 자질이나 성취도를 평가하려는 의지도 없거니와, 그것을 제대로 평가할 수 있는 방법이나 장치조차 마련되어 있지 않다. 계산기처럼 그것은 정량적인 업적을 평가 대상으로 삼을 뿐 연구의 열매나 가치에는 철저히 무관심하다. 이때 교육적 자질이란 간단히 강의 능력으로 수렴될 수 있는 것이 아니라 사제 관계의 확대와 심화 능력을 뜻한다. 그러나 글쓰기나 연구 실적 챙기기에 바쁜 교수들은 대부분이 학생과 함께하는 시간을 아까워한다. 학생과 보내는 시간은 수량 위주의 시장 경제적 업적 평가 논리 속에서는 헛되이 잃어버린 시간, 희생의 시간으로 간주되는 것이다. 축재에 눈이 어두워서 동생을 박대하는 놀부처럼. 그런데도 교수 업적 평가 제도는 이러한 논문 축재형의 교수를 가장 이상적인 교수의 자화상으로 그려 놓는다. 이러한 와중에서 과거의 유물처럼 망각되는 교수들이 있다. 교육적 신념과 줏대를 가지고 학생들에게 피 같은 시간을 푸짐하게 수혈하는, 시간 헌혈의 고결한 교수들이 바로 그들이다. 무엇보다 이들의 노력과 정성이 정당한 대접과 평가를 받아야 한다. 학자가 대학이라는 교육 기관에 몸 담고 있는 이상, 그들의 일차적인 책임과 의무는 글쓰기가 아니라 교육과 교화이며, 그들이 있어야 할 자리는 글쓰기의 고독한 공간이 아니라 감동이 오가는 생생한 교육 현장이다. 어떻게 보면 연구 실적 제도란 학생들과 공유하는 교육 현장이 아니라 교수의 개인적인 영예에 뿌리를 두고 있다. 학자와 교수·문필가·지식인·지성인의 구별이 또다시 절실해지는 순간이다.

글의 행진만이 보일 뿐 그 문자의 행렬에 밀려 교육이나 학생들의 모습은 아예 지평선 너머로 사라져 버리는지 모른다.

색 인

김종갑
1986년 건국대학교 영어영문학과 졸업
1992년 미국 루이지애나주립대학에서 문학 이론으로 박사학위 취득
현재 건국대학교 재직
최근에 저자가 관심을 기울였던 주제는 인간의 몸과 시각 문화로,
곧 《타자로서의 몸》(건대출판부, 2004)이 출간될 예정이다.

문예신서
262

문학과 문화 읽기

초판발행 : 2004년 2월 10일

지은이 : 김종갑
총편집 : 韓仁淑
펴낸곳 : 東文選
제10-64호, 78. 12. 16 등록
110-300 서울 종로구 관훈동 74번지
전화 : 737-2795

편집설계 : 李姃昊

ISBN 89-8038-481-5 94800
ISBN 89-8038-000-3 (세트)

【東文選 現代新書】

1 21세기를 위한 새로운 엘리트	FORESEEN 연구소 / 김경현	7,000원
2 의지, 의무, 자유 — 주제별 논술	L. 밀러 / 이대희	6,000원
3 사유의 패배	A. 핑켈크로트 / 주태환	7,000원
4 문학이론	J. 컬러 / 이은경 · 임옥희	7,000원
5 불교란 무엇인가	D. 키언 / 고길환	6,000원
6 유대교란 무엇인가	N. 솔로몬 / 최창모	6,000원
7 20세기 프랑스철학	E. 매슈스 / 김종갑	8,000원
8 강의에 대한 강의	P. 부르디외 / 현택수	6,000원
9 텔레비전에 대하여	P. 부르디외 / 현택수	7,000원
10 고고학이란 무엇인가	P. 반 / 박범수	8,000원
11 우리는 무엇을 아는가	T. 나겔 / 오영미	5,000원
12 에쁘롱 — 니체의 문체들	J. 데리다 / 김다은	7,000원
13 히스테리 사례분석	S. 프로이트 / 태혜숙	7,000원
14 사랑의 지혜	A. 핑켈크로트 / 권유현	6,000원
15 일반미학	R. 카이유와 / 이경자	6,000원
16 본다는 것의 의미	J. 버거 / 박범수	10,000원
17 일본영화사	M. 테시에 / 최은미	7,000원
18 청소년을 위한 철학교실	A. 자카르 / 장혜영	7,000원
19 미술사학 입문	M. 포인턴 / 박범수	8,000원
20 클래식	M. 비어드 · J. 헨더슨 / 박범수	6,000원
21 정치란 무엇인가	K. 미노그 / 이정철	6,000원
22 이미지의 폭력	O. 몽젱 / 이은민	8,000원
23 청소년을 위한 경제학교실	J. C. 드루엥 / 조은미	6,000원
24 순진함의 유혹 〔메디시스賞 수상작〕	P. 브뤼크네르 / 김웅권	9,000원
25 청소년을 위한 이야기 경제학	A. 푸르상 / 이은민	8,000원
26 부르디외 사회학 입문	P. 보네위츠 / 문경자	7,000원
27 돈은 하늘에서 떨어지지 않는다	K. 아른트 / 유영미	6,000원
28 상상력의 세계사	R. 보이아 / 김웅권	9,000원
29 지식을 교환하는 새로운 기술	A. 벵토릴라 外 / 김혜경	6,000원
30 니체 읽기	R. 비어즈워스 / 김웅권	6,000원
31 노동, 교환, 기술 — 주제별 논술	B. 데코사 / 신은영	6,000원
32 미국만들기	R. 로티 / 임옥희	10,000원
33 연극의 이해	A. 쿠프리 / 장혜영	8,000원
34 라틴문학의 이해	J. 가야르 / 김교신	8,000원
35 여성적 가치의 선택	FORESEEN연구소 / 문신원	7,000원
36 동양과 서양 사이	L. 이리가라이 / 이은민	7,000원
37 영화와 문학	R. 리처드슨 / 이형식	8,000원
38 분류하기의 유혹 — 생각하기와 조직하기	G. 비뇨 / 임기대	7,000원
39 사실주의 문학의 이해	G. 라루 / 조성애	8,000원
40 윤리학 — 악에 대한 의식에 관하여	A. 바디우 / 이종영	7,000원
41 흙과 재 〔소설〕	A. 라히미 / 김주경	6,000원

【東文選 文藝新書】

【기 타】

■ 경제적 공포〔메디치賞 수상작〕	V. 포레스테 / 김주경	7,000원
■ 古陶文字徵	高 明·葛英會	20,000원
■ 金文編	容 庚	36,000원
■ 고독하지 않은 홀로되기	P. 들레름·M. 들레름 / 박정오	8,000원
■ 그리하여 어느날 사랑이여	이외수 편	4,000원
■ 딸에게 들려 주는 작은 지혜	N. 레흐레이트너 / 양영란	6,500원
■ 노력을 대신하는 것은 없다	R. 쉬이 / 유혜련	5,000원
■ 노블레스 오블리주	현택수 사회비평집	7,500원
■ 미래를 원한다	J. D. 로스네 / 문 선·김덕희	8,500원
■ 사랑의 존재	한용운	3,000원
■ 산이 높으면 마땅히 우러러볼 일이다	유 향 / 임동석	5,000원
■ 서기 1000년과 서기 2000년 그 두려움의 흔적들	J. 뒤비 / 양영란	8,000원
■ 서비스는 유행을 타지 않는다	B. 바게트 / 정소영	5,000원
■ 선종이야기	홍 회 편저	8,000원
■ 섬으로 흐르는 역사	김영희	10,000원
■ 세계사상	창간호~3호: 각권 10,000원 / 4호: 14,000원	
■ 십이속상도안집	편집부	8,000원
■ 어린이 수묵화의 첫걸음(전6권)	趙 陽 / 편집부	각권 5,000원
■ 오늘 다 못다한 말은	이외수 편	7,000원
■ 오블라디 오블라다, 인생은 브래지어 위를 흐른다	무라카미 하루키 / 김난주	7,000원
■ 이젠 다시 유혹하지 않으련다	P. 쌍소 / 서민원	9,000원
■ 인생은 앞유리를 통해서 보라	B. 바게트 / 박해순	5,000원
■ 잠수복과 나비	J. D. 보비 / 양영란	6,000원
■ 천연기념물이 된 바보	최병식	7,800원
■ 原本 武藝圖譜通志	正祖 命撰	60,000원
■ 隸字編	洪鈞陶	40,000원
■ 테오의 여행 (전5권)	C. 클레망 / 양영란	각권 6,000원
■ 한글 설원 (상·중·하)	임동석 옮김	각권 7,000원
■ 한글 안자춘추	임동석 옮김	8,000원
■ 한글 수신기 (상·하)	임동석 옮김	각권 8,000원

【이외수 작품집】

■ 겨울나기	창작소설	7,000원
■ 그대에게 던지는 사랑의 그물	에세이	8,000원
■ 그리움도 화석이 된다	시화집	6,000원
■ 꿈꾸는 식물	장편소설	7,000원
■ 내 잠 속에 비 내리는데	에세이	7,000원
■ 들 개	장편소설	7,000원
■ 말더듬이의 겨울수첩	에스프리모음집	7,000원
■ 벽오금학도	장편소설	7,000원
■ 장수하늘소	창작소설	7,000원
■ 칼	장편소설	7,000원

| ■ 풀꽃 술잔 나비 | 서정시집 | 6,000원 |
| ■ 황금비늘 (1 · 2) | 장편소설 | 각권 7,000원 |

【조병화 작품집】

■ 공존의 이유	제11시점	5,000원
■ 그리운 사람이 있다는 것은	제45시집	5,000원
■ 길	애송시모음집	10,000원
■ 개구리의 명상	제40시집	3,000원
■ 그리움	애송시화집	8,000원
■ 꿈	고희기념자선시집	10,000원
■ 따뜻한 슬픔	제49시집	5,000원
■ 버리고 싶은 유산	제 1시집	3,000원
■ 사랑의 노숙	애송시집	4,000원
■ 사랑의 여백	애송시화집	5,000원
■ 사랑이 가기 전에	제 5시집	4,000원
■ 남은 세월의 이삭	제 52시집	6,000원
■ 시와 그림	애장본시화집	30,000원
■ 아내의 방	제44시집	4,000원
■ 잠 잃은 밤에	제39시집	3,400원
■ 패각의 침실	제 3시집	3,000원
■ 하루만의 위안	제 2시집	3,000원

【세르 작품집】

■ 동물학	C. 세르	14,000원
■ 먹기	C. 세르	근간
■ 바캉스	C. 세르	근간
■ 블랙 유머와 흰 가운의 의료인들	C. 세르	14,000원
■ 비스 콩프리	C. 세르	14,000원
■ 사냥과 낚시	C. 세르	근간
■ 삶의 방법	C. 세르	근간
■ 세르(평전)	Y. 프레미옹 / 서민원	16,000원
■ 스포츠	C. 세르	근간
■ 악의 사전	C. 세르	근간
■ 올림픽	C. 세르	근간
■ 음악들	C. 세르	근간
■ 자가 수리공	C. 세르	14,000원
■ 자동차	C. 세르	근간
■ 작은 천사들	C. 세르	근간
■ 재발	C. 세르	근간

東文選 現代新書 3

사유의 패배

알랭 핑켈크로트
주태환 옮김

　문화 속에서 우리는 거북스러움을 느낀다. 왜냐하면 문화란, 사유(思惟)하면서 살아가는 일이기 때문이다. 그리고 오늘날 사유가 아무런 역할도 하지 못하는 제반행위를 흔히 문화적인 것으로 규정해 버리는 조류가 확인되고 있다. 정신의 위대한 창조에 필수적인 동작들, 이 모두가 이렇게 문화적인 것으로 잘못 여겨지고 있다. 무슨 이유로 소비와 광고, 혹은 역사 속에 뿌리박은 모든 자동성이 가져다 주는 달콤함을 탐닉하기보다는 참된 문화를 선택해야 하는 것일까?

　87,88년 프랑스 최고의 베스트셀러로서 프랑스 지성계에 커다란 파문을 일으킨 본서는, 오늘날 프랑스 대중들에게 가장 영향력 있는 철학자 중의 한 사람인 핑켈크로트의 대표작이다. 그는 현재 많은 저작과 방송매체를 통해 사회문제에 관해 적극적인 발언을 펼치고 있다.

　그는 오늘날의 거대한 야망이 문화를 손아귀에 움켜쥐고 있다고 결론짓고, 문화라는 거창한 이름 아래 소아병적 증상과 더불어 비관용적 분위기가 확대되어 왔으며, 이제는 기술시대가 낳은 레저산업이 인간 정신이 이루어 놓은 문화적 유산을 싸구려 유희거리로 전락시키고 있으며, 그리하여 정신이 주도하던 인간 삶은 마침내 집단의 배타적 가치에 광분하는 인간과 흐느적거리는 무골인간, 이 둘 사이의 무시무시하고도 우스꽝스런 만남에 자기 자리를 내주고 있다고 통박하고 있다.

　그는 본서를 통해 정신적 의미가 구체적 역사 속에서 부상하고 함몰하는 과정을 그려내면서, 우리가 어떻게 해서 여기에까지 도달하게 되었는지를 일관된 논리로 비판하고 있다.

東文選 現代新書 1

21세기를 위한 새로운 엘리트

FORSEEN 연구소 (프)

김경현 옮김

우리 사회의 미래를 누르고 있는 경제적·사회적 그리고 도덕적 불확실성과 격변하는 세계에서 새로운 지표들을 찾는 어려움은 엘리트들의 역할과 책임에 대한 재고를 요구한다.

엘리트의 쇄신은 불가피하다. 미래의 지도자들은 어떠한 모습을 갖게 될 것인가? 그들은 어떠한 조건하의 위기 속에서 흔들린 그들의 신뢰도를 다시금 회복할 수 있을 것인가? 기업의 경영을 위해 어떠한 변화를 기대해야 할 것인가? 미래의 결정자들을 위해서 어떠한 교육이 필요한가? 다가오는 시대의 의사결정자들에게 필요한 자질들은 어떠한 것들일까?

이 한 권의 연구보고서는 21세기를 이끌어 나갈 엘리트들에 대한 기대와 조건분석을 시도하고 있으며, 구체적으로 그들이 담당할 역할과 반드시 갖추어야 될 미래에 대한 비전을 제시하고 있다.

본서는 프랑스의 세계적인 커뮤니케이션 그룹인 아바스 그룹 산하의 포르셍 연구소에서 펴낸《미래에 대한 예측총서》중의 하나이다. 63개국에 걸친 연구원들의 활동을 바탕으로 세계적인 차원에서 우리 사회를 변화시키게 될 여러 가지 추세들을 깊숙이 파악하고 있다.

사회학적 추세를 연구하는 포르셍 연구소의 이번 연구는 단순히 미래를 예측하는 데에 그치는 것이 아니라, 미래를 준비하는 자들로 하여금 보충적인 성찰의 요소들을 비롯해서, 그들을 에워싸고 있는 세계에 대한 보다 넓은 이해를 지닌 상태에서 행동하고 앞날을 맞이하게끔 하기 위해서 이 관찰을 활용하자는 것이다.

東文選 現代新書 9

텔레비전에 대하여

피에르 부르디외

현택수 옮김

　텔레비전으로 방송된 이 두 개의 콜레주 드 프랑스에서의 강의는 명쾌하고 종합적인 형태로 텔레비전 분석을 소개하고 있다. 첫번째 강의는 텔레비전이라는 작은 화면에 가해지는 보이지 않는 검열의 메커니즘을 보여 주고, 텔레비전의 영상과 담론의 인위적 구조를 만드는 비밀들을 보여 주고 있다. 두번째 강의는 저널리즘계의 영상과 담론을 지배하고 있는 텔레비전이 어떻게 서로 다른 영역인 예술·문학·철학·정치·과학의 기능을 깊게 변화시키는지를 설명하고 있다. 이러한 현상은 시청률의 논리를 도입하여 상업성과 대중 선동적 여론의 요구에 복종한 결과이다.

　이 책은 프랑스에서 출판되자마자 논쟁거리가 되면서, 1년도 채 안 되어 10만 부 이상 팔려 나가 베스트셀러 리스트에 오르고, 세계 각국에서 번역되어 읽혀지고 있는 피에르 부르디외의 최근 대표작 중 하나이다. 인문사회과학 서적으로서 보기 드문 이같은 성공은, 프랑스 및 세계 주요국의 지적 풍토를 말해 주고 있다. 이처럼 이 책이 독자 대중의 폭발적인 반응과 기자 및 지식인들의 지속적인 반향을 불러일으키는 이유는, 세계적으로 잘 알려진 그의 학자적·사회적 명성 때문이기도 하지만 무엇보다도 언론계 기자·지식인·교양 대중들 모두가 관심을 가질 만한 논쟁적인 내용을 담고 있기 때문이다.

東文選 現代新書 14

사랑의 지혜

알랭 핑켈크로트

권유현 옮김

　수많은 말들 중에서 주는 행위와 받는 행위, 자비와 탐욕, 자선과 소유욕을 동시에 의미하는 낱말이 하나 있다. 사랑이라는 말이다. 그러나 누가 아직도 무사무욕을 믿고 있는가? 누가 무상의 행위를 진짜로 존재한다고 생각하는가? '근대'의 동이 터오면서부터 도덕을 논하는 모든 계파들은 어느것을 막론하고 무상은 탐욕에서, 또 숭고한 행위는 획득하고 싶은 욕망에서 유래한다는 설명을 하고 있다.

　이 책에서 묘사하는 사랑의 이야기는 타자와 나 사이의 불공평에서 출발한다. 즉 사랑이란 타자가 언제나 나보다 우위에 놓이는 것이며, 끊임없이 나에게서 도망가는 타자로부터 나는 도망가지 못하는 것이다. 그리고 사랑의 지혜란 이 알 수 없고 환원되지 않는 타자의 얼굴에 다가가기 위해 애쓰는 것이다. 저자는 이 책에서 남녀간의 사랑의 감정에서 출발하여 타자의 존재론적인 문제로, 이어서 근대사의 비극으로 그의 철학적 성찰을 이끌어 가기 때문이다. 그러나 우리가 이웃에 대한 사랑을 이상적인 영역으로 내쫓는다고 해서, 현실을 더 잘 생각한다는 법은 없다. 오히려 우리는 타인과의 원초적 관계를 이해하기 위해서, 또 그것에서 출발하여 사랑의 감정뿐 아니라 다른 사람에 대한 미움의 감정까지도 이해하기 위해서, 유행에 뒤진 이 개념, 소유의 이야기와는 또 다른 이야기를 필요로 할 수 있다.

　알랭 핑켈크로트는 엠마뉴엘 레비나스의 작품에 영향을 받아서 근대가 겪은 엄청난 집단 체험과 각 개인이 살아가면서 맺는 '타자'와의 관계에 대해서 계속해서 질문을 던진다. 이것은 철학임에 틀림없다. 그렇기는 하지만 구체적인 인물에 의해 이야기로 꾸민 철학이다. 이 책은 인간에 대한 인식의 수단으로 플로베르 · 제임스, 특히 프루스트를 다루며, 이들의 현존하는 문학작품에 의해 철학을 이야기로 꾸며 나간다.

東文選 現代新書 42

진보의 미래

도미니크 르쿠르

김영선 옮김

　과거를 조명하지 않고는 진보 사상에 대한 미래를 예견할 수 없다. 진보라는 단어의 현대적 의미가 만들어진 것은 17세기 베이컨과 더불어였다. 이 진보주의 학설은 당시 움직이는 신화가 되었으며, 공산주의자들이 그것을 계승한 20세기까지 그러하였다. 저자는 진보주의 학설이 발생시킨 '정치적' 표류만큼이나 '과학적' 표류를 징계하며, 미래의 윤리학으로 이해된 진보에 대한 요구에 새로운 정의를 주장한다.

　발달과 성장이라는 것은 복지와 사회적 화합에서 비롯된 두 가지 양식인가? 단연코 그렇지 않다. 작가는 비관주의에 빠지지 않으면서도 다소 어두운 시대적 도표를 작성한다. 생활윤리학·농업·환경론 및 새로운 통신 기술이 여기서는 비판적이면서도 개방적인 관점에서 언급된다.

　과학과 기술을 혼동함에 따라 사람들은 무엇에 대해 말하고 있는지 더 이상 알지 못한다. 정치 분야와 도덕의 영역을 혼동함에 따라 무엇을 생각해야 할지 또한 더 이상 알지 못한다. 작가는 철학의 새로운 평가에 대해 옹호하고, 그래서 그는 미덕의 가장 근본인 용기를 주장한다. 그가 이 책에서 증명하기를 바라는 것은 두려움의 윤리에 대항하며, 방법을 아는 조건하에서는 모든 사람이 철학을 할 수 있다는 점인 것이다.

東文選 現代新書 81

영원한 황홀

파스칼 브뤼크네르

김웅권 옮김

"당신은 행복해지기 위해 사는가?"

당신은 왜 사는가? 전통적으로 많이 들어온 유명한 답변 중 하나는 "행복해지기 위해서 산다"이다. 이때 '행복'은 우리에게 목표가 되고, 스트레스가 되며, 역설적으로 불행의 원천이 된다. 브뤼크네르는 그러한 '행복의 강박증'으로부터 당신을 치유하기 위해 이 책을 썼다. 프랑스의 전 언론이 기립박수에 가까운 찬사를 보낸 이 책은 사실상 석 달 가까이 베스트셀러 1위를 지켜내면서 프랑스를 '들었다 놓은' 철학 에세이이다.

"어떻게 지내십니까? 잘 지내시죠?"라고 묻는 인사말에도 상대에게 행복을 강제하는 이데올로기가 숨쉬고 있다. 당신은 행복을 숭배하고 있다. 그것은 서구 사회를 침윤하고 있는 집단적 마취제다. 당신은 인정해야 한다. 불행도 분명 삶의 뿌리다. 그 뿌리는 결코 뽑히지 않는다. 이것을 받아들일 때 당신은 '행복의 의무'로부터 해방될 것이고, 행복하지 않아도 부끄럽지 않게 될 것이다.

대신 저자는 자유롭고 개인적인 안락을 제안한다. '행복은 어림치고 접근해서 조용히 잡아야 하는 것'이다. 현대인들의 '저속한 허식'인 행복의 웅덩이로부터 당신 자신을 건져내라. 그때 '빛나지도 계속되지도 않는 것이 지닌 부드러움과 덧없음'이 당신을 따뜻이 안아 줄 것이다. 그곳에 영원한 만족감이 있다.

중세에서 현대까지 동서의 명현석학과 문호들을 풍부하게 인용하는 저자의 깊은 지식샘, 그리고 혀끝에 맞을 느끼게 해줄 듯 명징하게 떠오르는 탁월한 비유 문장들은 이 책을 오래오래 되읽고 싶은 욕심을 갖게 한다. 독자들께 권해 드린다.　　　　— 조선일보, 2001. 11. 3.

東文選 現代新書 129

번영의 비참
— 종교화한 시장 경제와 그 적들

파스칼 브뤼크네르 / 이창실 옮김

'2002 프랑스 BOOK OF ECONOMY賞' 수상
'2002 유러피언 BOOK OF ECONOMY賞' 특별수훈

　번영의 한가운데서 더 큰 비참이 확산되고 있다면 세계화의 혜택은 무엇이란 말인가?

　모든 종교와 이데올로기가 붕괴되는 와중에 그래도 버티는 게 있다면 그건 경제다. 경제는 이제 무미건조한 과학이나 이성의 냉철한 활동이기를 그치고, 발전된 세계의 마지막 영성이 되었다. 이 준엄한 종교성은 이렇다 할 고양된 감정은 없어도 제의(祭儀)에 가까운 열정을 과시한다.

　이 신화로부터 새로운 반체제 운동들이 사람들의 마음을 사로잡는다. 시장의 불공평을 비난하는 이 운동들은 지상의 모든 혼란의 원인이 시장에 있다고 본다. 그러나 실상은 그렇게 하면서 시장을 계속 역사의 원동력으로 삼게 된다. 신자유주의자들이나 이들을 비방하는 자들 모두가 같은 신앙으로 결속되어 있는 만큼 그들은 한통속이라 할 수 있다.

　그렇다면 우리가 벗어나야 하는 것은 자본주의가 아니라 경제만능주의이다. 사회 전체를 지배하려 드는 경제의 원칙, 우리를 근면한 햄스터로 실추시켜 단순히 생산자·소비자 혹은 주주라는 역할에 가두어두는 이 원칙을 너나없이 떠받드는 상황에서 벗어나야 한다. 일체의 시장 경제 행위를 원위치에 되돌려 놓고 시장 경제가 아닌 자리를 되찾아야 한다. 이것은 우리 삶의 의미와도 직결되는 문제이기 때문이다.

　파스칼 브뤼크네르: 1948년생으로 오늘날 프랑스에서 가장 영향력 있는 에세이스트이자 소설가이기도 하다. 그는 매 2년마다 소설과 에세이를 번갈아 가며 발표하고 있다. 주요 저서로는 《순진함의 유혹》(1995 메디치상), 《아름다움을 훔친 자들》(1997 르노도상), 《영원한 황홀》 등이 있으며, 1999년에는 프랑스에서 가장 많이 팔린 작가로 뽑히기도 하였다.

東文選 現代新書 153

세계의 폭력

장 보드리야르 / 에드가 모랭
배영달 옮김

충격으로 표명된 최초의 논평 이후 2001년 9월 11일의 뉴욕 테러 사건을 어떻게 해석해야 할까? 미국 영토에서 발생한 테러리즘에 대한 이 눈길을 끄는 표현은 무엇을 의미하는 것일까?

아랍세계연구소에서 개최된 이 두 강연을 통해서, 장 보드리야르와 에드가 모랭은 이 사건을 '세계화'의 현재의 풍경 속에 다시 놓고 생각한다.

보드리야르의 관점에서 보면 쌍둥이 빌딩이라는 거만한 건축물은 쌍둥이 빌딩의 파괴와 무관하지 않으며, 금융의 힘과 승승장구하던 자유주의에 바쳐진 세계의 상징적 붕괴와 무관하지 않다. "극단적으로 말해서 테러리스들이 이 일을 저질렀지만, 그것은 우리가 원하는 바였다."고 그는 역설한다.

자신이 심사숙고한 중요한 주제들이 발견되는 한 텍스트를 통해, 에드가 모랭은 테러 행위를 가능하게 만들었던 역사적 조건들을 상기시키고, 나아가 다른 미래를 창조하기 위해 세계적인 자각에 호소한다.

이 두 강연은 현대 테러리즘의 의미와, 이 절대적 폭력이 탄생할 수 있는 세계의 상황을 이해하는 데 매우 중요한 것이 되고 있다.

東文選 現代新書 113

쥐비알

알렉상드르 자르댕

김남주 옮김

아버지의 유산, 우리들 가슴속엔 어떤 아버지가 자리하고 있는가?

정신적 지주였던 아버지에 관한 자전적 이야기인 이 작품은, 소설보다 더 소설적인 부자(父子)의 삶을 감동적으로 담아내고 있다. 자녀들에게 쥐비알이라는 애칭으로 불렸던 그의 아버지 파스칼 자르댕은 여러 편의 소설과 1백여 편의 시나리오를 남겼다. 그 또한 자신의 아버지, 그러니까 저자의 할아버지에 대한 소설 《노란 곱추》를 발표하였으며, 이 작품 또한 수년 전 한국에 소개된 바 있다. 하지만 자유 그 자체였던 그의 존재 이유는 무엇보다도 여자를 사랑하는 일에 있었다. 그의 진정한 일은 여인을 사랑하는 것이었다, 특히 자신의 아내를.

그는 열여섯의 나이에 아버지의 여자친구인 거대한 재산 상속녀의 침대로 기운차게 뛰어들어 그녀의 정부가 되었으며, 자신들의 관계를 기념하기 위해 베르사유궁의 프티 트리아농과 똑같은 저택을 짓게 하고 파티를 열어 그의 아버지를 초대하는가 하면, 창녀를 친구로 사귀어 몇 달 동안 하루도 거르지 않고 서너 차례씩 꽃다발을 보내어 관리인으로 하여금 그녀가 혹시 공주가 아닐까 하는 착각에 빠지게끔 만들기도 하였다. 그런가 하면 자신의 어머니의 절친한 연인의 해골과 뼈를 집 안에 들여다 놓고, 그것이 저 유명한 나폴레옹 외무상이었던 탈레랑의 뼈라고 능청스레 둘러대다가 탄로나서 집 안을 발칵 뒤집히게 하는 등, 기상천외한 기행과 사랑의 모험을 한순간도 멈추지 않았다. 심지어 죽어서까지 그의 영원한 연인이자 아내였던 저자의 어머니에게 끊임없이 무덤으로부터 열렬한 사랑의 편지가 배달되게 하는가 하면, 17년이 지난 오늘날까지 그의 아내를 포함하여 그를 사랑했던 30여 명의 여인들을 해마다 그가 죽은 날을 기해 성당에 모여 눈물을 흘리게 하여, 그가 죽음으로써 안도의 숨을 내쉬었던 그녀들의 남자들을 참담하게 만들기도 하였다. 스위스의 그의 무덤에는 하루도 빠짐없이 지금까지도 제비꽃 다발이 놓이고 있다.

東文選 現代新書 102

글렌 굴드, 피아노 솔로

미셸 슈나이더

이창실 옮김

 캐나다 태생의 전설적인 피아니스트 글렌 굴드에 관한 전기
 정상에 오른 32세 나이에 무대를 완전히 떠났으며, 결혼도 하지 않고, 50세라는 길지 않은 생을 살았던 천재적인 피아니스트 글렌 굴드에 관한 전기나 책들이 외국에서는 이미 많이 나왔으나 국내에는 처음으로 번역 소개되었다.
 삐걱거리는 의자, 몸을 흔들며 끙끙대는 신음, 흥얼대는 노래, 다양한 음색, 질주하는 템포, 악보를 무시하는 해석, ……독특한 개성으로 많은 음악애호가들의 사랑을 받아 왔던 글렌 굴드의 무대 경력은 불과 9년에 불과했다. 30세가 되면 연주회를 그만두겠다고 밝힌 바 있었으며, 32세에 이를 실행하였다. 50세에는 녹음을 그만두겠다고 했다가 50세가 되던 다음 다음날 임종했다. 짧다면 짧고 단순하다면 단순하다고 할 수 있는 이 연주가에 대해 한 편의 전기를 쓰는 일이 결코 쉬운 일이 아니었을 것이나, 여기서 저자는 통상적인 전기물의 관례를 깨뜨린 채 인물의 내면으로 곧장 빠져 들어감으로써 보다 강렬한 진실을 열어 보이는, 예기치 못한 방법으로 그의 삶과 예술 세계를 조명하고 있다. 그리하여 그동안 그의 음악을 들어 오던 독자들로 하여금 평소에 생각했던 점들이 너무도 또렷한 언어들로 구현되고 있다는 느낌을 떨쳐 버릴 수 없도록 해주고 있다. 굴드의 연주에 대한 날카로운 분석은 물론 그런 연주와 밀접하게 얽혀 있는 한 삶에 대한 저자의 이해와 긴 명상에 동참하는 기쁨을 누리게 해준다.

東文選 文藝新書 206

문화 학습 — 실천적 입문

주디 자일스 / 팀 미들턴
장성희 옮김

이 책은 문화 연구의 핵심 개념들을 소개하는 개론서로, 특히 문화 연구라는 주제를 처음 접하는 사람들을 위해 쓰여졌다. 저자들이 선택한 독서들과 활동·논평들은 문화 연구의 장을 열어 주고, 문화지리학·젠더 스터디·문화 역사 분야에서의 새로운 작업을 결합시킨다.

제I부는 문화와 문화 연구에 대한 다양한 해석들에 관한 논의로 시작해서 정체성·재현·역사·장소와 공간에 대한 탐구로 이어진다. 제II부에서는 논의를 확장시켜서 고급 문화와 대중 문화, 주체성, 소비와 신기술을 포함한 좀더 복잡한 주제들을 소개한다. 제I부와 제II부 모두 추상적 개념들을 경험적 자료들에 적용시키는 방법과 문화 분석에 있어 여러 학제적 접근 방법의 중요성을 예시해 주는 사례 연구들로 끝을 맺는다.

중요 이론가들과 논평가들의 저서에서 발췌한 인용문들이 텍스트와 결합되어 학생들이 주요 관건들·이론들·논쟁들에 접근하도록 돕는다. 이 책 전반에 등장하는 연습과 활동은 독자들로 하여금 제시된 문제들을 분석적으로 생각하게 고무한다. 심화된 연구와 폭넓은 독서를 위해 서지·참고 문헌·권장 도서 목록을 함께 실었다.

이 책은 그 다양성을 통해 문화 연구에 관한 지속적인 관심과 이해의 초석이 될 것이다.

주디 자일스는 리폰 & 요크 세인트 존 칼리지에서 문화 연구·문학 연구·여성학을 강의하고 있으며, 팀 미들턴은 리폰 & 요크 세인트 존 칼리지에서 문학 연구와 문화 연구를 강의하고 있다.

이젠 다시
유혹하지 않으련다

피에르 쌍소

서민원 옮김

섬세하고 정교한 글쓰기로 표현된, 온화하지만 쓴맛이 있는 이 글의 저자는 대체 누구를 더 이상 유혹하지 않겠다고 선언하는가? 여성들, 신, 삶, 아니면 그 자신인가?

여자를 유혹하는 남자들이 점점 사라져 가고 있다. 느림의 철학자 피에르 쌍소는 유혹자로서의 자신의 경험을 소설 같은 에세이로 만들어 그 궤적을 밟는다. 물론 또 다른 조류에 몸을 맡기기 전까지 말이다. 그것은 정겨움과 관대함으로 타인을 바라보는 신비의 조류이다. 이 책은 여성과 삶을 사랑하는 작가의 매우 유려한 필치로 쓰여진, 입가에 미소가 맴돌게 하면서도 무언가 생각하게 하는 책이다. 결국 우리로 하여금 보다 잘 성찰하고, 보다 잘 느끼며 더욱 사랑하라고 속삭인다.

"40년 전에는 한 여성이 유혹에 진다는 것은 정숙함과 자신의 평판을 포기한다는 것을 의미했습니다. 오늘날의 여성은 그럴 필요를 느끼지 않으니 자신을 온전히 내주지도 않지요. 유혹이 너무 일반화되어 그 비극적인 면을 잃고 말았어요. 반대로 누군가의 마음을 사로잡는다는 것, 서로 같은 조건에서 그에게 주의를 기울인다는 것은 유혹이나 매력 같은 것보다 한 단계 위의 가치입니다."

"이 세상의 아름다움과 미소를 함께 나누는 행복을 위해서라도 마음을 사로잡는 일은 누구에게나 하나의 의무라고 봐요. 타인은 시간과 더불어 그 밀도와 신비함을 더해 가고, 그와 나의 관계에서 풍기는 수수께끼는 거의 예술작품에 가까워지지요. 당신의 존재에 겹쳐지지만 투사하지는 않는 것, 그것이 바로 완전한 유혹이 아닐까요."

東文選 文藝新書 243

행복해지기 위해
무엇을 배워야 하는가

알랭 우지오 [외]
김교신 옮김

  아니, 행복해지는 법을 배울 수 있기라도 한 것일까? 행복하지 않다면 그 인생은 실패한 인생이란 말인가? 그리고 실패한 인생은 불행한 인생이고, 이는 아니 삶만 못한 것일까? ⋯⋯현대인들은 과거의 그 어떤 조상들이 누렸던 것보다도 더한 풍족함 속에서도 끊임없이 '행복에 대한 강박증'에 시달린다. 행복은 이제 의무이자 종교이다. "행복하라, 그렇지 않으면⋯⋯"

  프랑스 개혁교회 목사인 알랭 우지오의 기획아래 오늘날 프랑스에서 가장 영향력 있는 22명의 각계의 유명인사들이 모여 "행복해지는 법'에 대한 지혜를 짜 모았다.

  ■ 실패로부터 이익을 끌어낼 수 있을까?
  ■ 고통은 의미가 있을까?
  ■ 행복해지는 법을 배울 수 있을까?
  ■ 신앙은 삶에 도움을 줄 수 있을까?
  ■ 자신의 감정을 두려워해야 할까?
  ■ 더 이상 희망이 없을 땐 어떻게 살아야 할까?
  ■ 타인을 받아들이는 법을 배울 수 있을까?
  ■ 자기 자신을 사랑하는 법을 배울 수 있을까?

  마지막으로 알랭 우지오는 행복해지기 위한 세 가지 기술을 제시한다. 먼저 신뢰 속에 살아 있다는 느낌, 그 다음엔 태평함과 거침없음, 그리고 마지막으로 삶에 대한 단순한 사랑으로 '거저' 사는 기쁨. 하지만 이 세가지 중에서 가장 중요한 것은 변명도 이유도 없는 것에 대한 사랑, 삶에 대한 사랑이다.